불의 여신

정이

①

불의 여신

정이

권순규 장편소설

차
례

일본 아리타의 호온지報恩寺에 세워진 법탑.

조선 최초의 여성 사기장이자

신타로 자기의 도조로 추앙받는 불의 여인,

열화熱火 백파선의 법탑이다.

이 이야기는

뜨거운 불길처럼 열정적인 삶을 살고 간 그녀,

파란만장했던 정이의 일대기다.

1장
귀기鬼氣의 자색紫色

❦

백색白色 비색翡色 자색紫色 중 으뜸은 단연 자색이다.

스산한 어둠이 구중궁궐을 덮고 있었다. 하늬바람이 몰고 온 짙은 먹구름이 막 기지개를 펴는 여명을 짓눌렀고 그 아래 을씨년스레 휘몰아친 낙엽만이 사내의 발걸음에 소리 없이 부서졌다. 임금의 곤룡포를 걸친 채, 허리엔 옥대를 두르고 물소가죽으로 만든 적역赤舄[1]을 신었지만 기이하게도 익선관은 쓰지 않고 있었다. 큼지막한 보補에 금실로 수놓은 오조룡 발톱이 사내의 발걸음에 맞춰 연신 꿈틀거리길 이내 향오문을 넘어섰다. 내삼청內三廳[2] 철통 경비는 고사하고 보는 이도 막는 이도 없었다. 낮게 깔

---

1) 적역 : 임금의 신발.

2) 내삼청 : 내금위(內禁衛) · 우림위(羽林衛) · 겸사복(兼司僕).

린 박석마당을 훑고 지나 용마루가 없는 전각에 다가서자 장시간 갓밝이[3]를 짓누르고 있던 지독한 어둠이 보름달을 토해 냈다. 강녕전이라, 대왕의 침전이 눈앞에 서 있었다. 잠시 호흡을 다듬은 사내의 적역이 월대 계단을 올라 대청마루를 밟자 삐걱하고 육간 대청의 울림이 고요했던 강녕전을 흔들었다. 대왕의 침소까지는 도합 열아홉 보步, 삐거덕…… 삐거덕…… 순식간에 대왕의 침소에 당도한 사내가 두 손을 펼치자 단령 소매 깃을 빠져나온 서늘한 삭풍이 덜컥 침소 문을 열어 젖혔다. 전신 가득 위엄 어린 정적을 품은 사내가 대왕의 침소에, 구중궁궐 가장 깊숙한 그곳에 서 있었다.

정체 모를 한기에 소스라친 임금 선조가 슬며시 눈을 떴다. 눈을 부비기도 잠시 고개를 치켜들자 어둠의 저편에 귀신 같은 사내가 달빛을 등지고 서 있었다. 순간 전에 없던 한기가 전신을 휘감았다. 심장은 차갑게 내려앉았고 떨리는 입술이 바싹 타들어가 단말마 외침도 나오지 않았다. 웬 놈이냐! 어찌 감히 곤룡포를 입고 있단 말이냐! 심중의 목소리는 파리해진 입술을 빠져나오지 못했지만 마치 듣기라도 한 듯 사내의 발길이 성큼 선조를 향

---

3) 갓밝이 : 여명이 트기 전.

했다. 전신을 둘러싼 지독히도 차가운 기운에 그의 발걸음 아래로 새하얀 서리가 여트막이 번져 나갔다. 얼굴엔 흰색의 가면을 쓰고 있는데 한파의 백설을 비집고 나온 백매화조차 이 가면 앞에선 회색빛으로 보였다. 희디흰 가면이었고 창틈을 비집고 들어온 달빛이 백색의 가면을 더욱 도드라지게 했다. 마치 귀鬼와 신神 사이의 존재처럼 느껴졌다. 침을 꿀꺽 삼킨 선조가 외쳤다.

"내가 조선의 왕이다! 네놈이 어찌 감히 곤룡포를 입고 있느냐!"

가면의 사내는 침묵했고 때맞춰 터진 파루4)의 타종 소리에 간신히 악몽에서 깨어났다. 식은땀이 흥건했고 이부자리가 축축이 젖어 있었다. 이레가 넘도록 시달려 온 악몽, 꿈속에서는 미처 깨닫지 못한 채 매번 두려움에 떨어야 했다. 거친 호흡을 더듬은 선조가 떨리는 손을 품에 넣어 곱게 접은 황색지를 꺼내들었다. 경면주사鏡面朱沙로 휘갈긴 부적이었다. 성수청星宿廳5) 국무가 신기를 부여한 부적이었지만 그 효능의 유명무실함이 단번에 증명된 순간이었다. 부적을 움켜쥔 선조의 목소리가 무겁게 내려앉은 새벽 공기를 헤집었다.

"밖에 있느냐! 당장 국무를 들라 하라!"

---

4) 파루 : 통행금지를 해제하기 위하여 종각의 종을 서른세 번 치던 일.
5) 성수청 : 왕가의 복을 빌던 행사인 기은(祈恩)을 전담한 관서.

호수처럼 촉촉이 젖은 눈동자에 오롯이 내리뻗은 콧날, 가지런한 인중 아래로 복숭아 꽃물을 들인 듯한 붉은 입술은 윤기가 흘렀고, 백색의 옷매무새 또한 화려하지도 천박스럽지도 않아 지극히 단정하였다. 대왕의 부름에 걸음을 재촉하던 국무가 어둠 속에서 잠시 걸음을 멈춰 섰다.

일각 전에 파루가 울렸으니 오경삼점五更三點[6]이 갓 지난 시각이었다. 무슨 일인가. 이 새벽에. 뒤를 돌아보니 훤히 빛나던 달빛이 사라지고 짙은 먹색구름이 북악산 서녘에 자리한 성수청 하늘을 검게 뒤덮고 있었다. 대궐의 안녕을 위해 기은祈恩한 적은 많았으나 단 한 번도 이처럼 이른 시각에 부름을 받은 적은 없었기에 순간 불안감이 엄습했다. 파르르 떨리는 손끝을 감춘 국무의 발길이 어둠이 내려앉은 강녕전을 향했다.

향오문 사위를 밝힌 횃불이 연신 바람에 흔들리고 있었다. 국무를 알아본 내금위병이 예를 갖추기도 전에 문이 열리고 상선이 버선발로 달려 나왔다. 잔뜩 상기된 상선의 얼굴을 보자마자 국무의 얼굴에 짙은 어둠이 드리워졌다.

"이 따위 부적으로 막을 수 있는 악몽이 아니다!"

---

6) 오경삼점 : 새벽 4시경.

분노에 찬 선조의 외침이 벼락처럼 내리쳤고 갈가리 찢긴 부적이 국무의 면전에 날아들었다. 파리한 손끝의 떨림이 등골을 타고 올라 두 눈동자에 맺혔지만 차갑게 시선을 거두어 차분히 좌정했다. 하나 허공으로 흩어진 황색 부적의 너울거림이 채 사라지기도 전에 불화와 같은 일침이 이어졌다.

"그러고도 네가 일국의 국무라 할 수 있겠느냐!"

두려웠다. 신의 계시로써 왕을 인도하는 자, 그 국무의 눈에도 이 나라의 조선의 왕은 귀신보다 두려운 존재였다. 힘겹게 시선을 들어 이글거리는 선조의 눈빛을 마주한 그 찰나의 순간에 참혹했던 과거의 기억이 스쳐갔다. 천민이라 불리는 천한 계급이 있었다. 악기나 춤사위로 구걸하는 창우도 있고, 바구니를 만드는 고리수에 가죽신을 만드는 갓바치, 그리고 사형을 집행하는 망나니나 소돼지를 도살하는 백정도 있는데, 그 중에서도 한 평생 짐승의 피를 뒤집어쓰고 사는 백정이 가장 천하여 노비들조차 이들을 업신여기며 꺼려했다. 헌데 국무의 아비가 바로 그 백정이었고 국무 또한 태어나길 백정의 운명에서 자유로울 수 없었다. 하지만 벗어나고 싶었다. 그래서 무녀가 되었고 내친김에 선조가 왕이 될 것이라 예언했다. 목숨을 내건 그녀의 목소리가 하늘에 닿은 듯 예언은 적중했고 선조는 이듬해 보위에 올랐다. 그녀 또한 국무가 되었다. 하지만 실상 예언 따위 애초에 존재하지도 않았고 그 모두가 국무의 세 치 혀에서 나온 거짓이었다. 하여 두려웠다. 자신이 만들어 낸 거짓이 가져올 종국이. 대답의 여하에 따라 사지가 찢기는 오체분신五體分身의 형벌을 받을 수도 있음이라, 떨리는 가슴을 진정시킨 국무가 힘겹게 입을 열었다.

"부적조차 효용이 없다면…… 단순히 악몽이라 치부할 수만은 없사옵니다."

"악몽이 아니다?"

선조는 그저 차분히 응대했지만 매섭게 치켜세운 눈빛이 얼음장처럼 차갑게 느껴졌다. 뼛속까지 스며든 두려움을 힘겹게 밀어 낸 국무가 재차 말문을 열었다.

"추측하온데 전하의 꿈은 예지몽인 듯하옵니다."

예지몽이란 말이 선조의 귀를 자극했다. 흠칫 놀란 선조가 슬며시 국무의 얼굴을 들여다보았다. 심중 가득 의혹 어린 눈빛이었지만 이내 시선을 거두곤 바닥에 널브러진 작은 부적 조각 하나를 쥐어 들었다. 그러곤 무심한 눈빛으로 팔각 소반 위에서 연신 흔들리고 있는 촛불 위에 부적을 옮겨 갔다. 손끝을 떠난 부적은 한순간 연기가 되어 사라지고 검은 재만 나풀거리며 소반 위에 내려앉았다. 뭔가를 골똘히 생각하듯 재가 된 부적을 검지로 사부작 문질렀다. 무표정하니 화를 내지도 미소를 머금지도 않았지만 그런 무미건조한 선조의 반응이 국무에겐 되레 감당하긴 힘든 두려움이었다. 수없이 많은 고관대작들이 저 무표정한 얼굴 앞에 희로애락을 반복하다 결국엔 이름 없는 형장의 이슬이 되지 않았던가. 이유를 알 수 없는 긴 침묵에 바싹 긴장한 국무의 귓속으로 낮고 굵직한 목소리가 빨려 들어왔다.

"그래, 예지몽이라 하였지?"

"예, 전하."

무심코 내뱉은, 단지 본능적으로 흘러나온 답변이었다. 지그시 시선을 흘린 선조가 물었다.

"말해 보라. 무엇을 예지한단 말이냐?"

달면 삼키고 쓰면 뱉는 인간, 이해득실에 있어 늘 득만 취하는 인간, 대의명분을 내세우지만 찰나의 심정으로 판을 뒤 엎는 인간, 그가 바로 조선의 왕이었고 이 순간의 허튼 말 한마디는 죽음으로도 변제할 수 없음을 그 누구보다도 국무가 잘 알고 있었다. 목을 죄는 두려움에 침을 삼킨 국무가 떨리는 목소리를 다잡아 화답했다.

"전하, 아직은 단언하기 어렵습니다. 다만…… 예지몽이란 늘 시작과 끝이 있기 마련이오니…… 전하의 염몽 속에서 우선 그 시작을 찾으시옵소서."

"염몽의 시작이라……."

목 끝까지 차오른 숨을 간신히 되삼켜 넘기곤 선조의 의중을 살폈다. 표정은 여전히 무미건조했지만 의혹의 시선을 거둔 선조의 고개가 저도 모르게 살짝 끄덕이는 것이 보였다. 긍정의 뜻이리라. 예지몽을 꺼내든 국모의 임기응변이 빛을 발한 순간이었다. 기실 선조에게 예지몽이란 말은 그리 낯설게 다가오지 않았다. 과거 선조가 하성군이라 불리던 어린 시절이 있었다. 하루는 명종이 여러 왕손들을 불러 놓고 익선관을 써 보라 하였는데, 다른 왕손들과 달리 선조는 전날 밤 기이한 익선관을 쓰고 혼쭐이 난 예지몽을 꾸었기 때문에 끝끝내 익선관을 쓰지 않고 이리 답하였다. "이것이 어찌 보통 사람이 쓸 수 있는 것이겠습니까?" 그 한마디의 대가로 선조는 왕위에 오를 수 있었다. 하여 적자가 아닌 서자, 게다가 장자도 아닌 삼남이 조선의 왕이 되었다. 이는 조선 역사상 최초로 방계 출신이 왕이 된 사례였고, 국무는 물론 육조를 휘잡는 사대부에서 서소문 밖에서 유리걸식하는 비렁뱅이들까지 알고 있는 공공연한 사실이었다. 그때 차분히 가라앉은 선조의 음성이 들렸다.

"물러가라."

선조의 목소리가 귓속을 맴돌았고 제 호흡 소리조차 들리지 않았다. 정신없이 월대계단을 내려와 향오문을 뒤로 하고서야 간신히 참고 있던 숨을 토해 냈다. 일다경의 시간이 억겁처럼 길게 느껴졌고 주체 못할 심장의 떨림은 여전히 진정되지 않고 있었

다. 낙엽조차 흔들지 못한 옅은 바람이 잔뜩 한기를 머금은 삭풍
처럼 차갑게 느껴졌다. 마치 갈비뼈를 두루 훑고 지나간 듯했다.
간신히 호흡을 다듬고서야 정신을 가눌 수 있었다.

'그래, 방법이 없지 않은가, 무슨 수로 대왕의 노여움을 푼단
말인가.'

애초에 거짓으로 잉태된 삶이니 이대로 목숨을 부지하는 것
외엔 더 바랄 것도 없었다. 과필재앙過必災殃이라, 그녀는 몰랐을
것이다. 살기 위해 내두른 세 치 혀의 거짓이 어떠한 재앙을 잉태
하게 되는지. 국무는 무거운 발걸음을 옮겼다. 바람은 스산했고
하늘은 여전히 어두웠다.

쉬이 잠을 청하지 못한 선조는 줄곧 염몽 속 백색가면의 사내
를 씹고 또 곱씹었다. 서슬 퍼런 칼날을 들어밀진 않았지만 대홍
색 곤룡포를 입고 있었단 이유만으로도 흉몽이 분명하였다. 국
무는 이를 예지몽이라 했다. 혹여 반정反正을 예지한 것인가? 그
럴 수도 있고 아닐 수도 있었다. 무언가 불안하여 잠을 청할 수조
차 없었다. 때는 시대의 일대전환기라 어제 등용된 자가 오늘 삭
탈관직 되고 오늘 등용된 자는 또 언제 흉배[7]를 벗어놓아야 할지

---

7) 흉배 : 문무백관 관복의 가슴과 등에 장식한 표장(表章).

모르는 형국이었다. 동인과 서인을 망라하여 책인즉명責人則明[8]
에 여념이 없는 그 혼란스러운 정국의 중심에 대왕 선조가 독사
마냥 똬리를 틀고 있었다. 하니 그런 선조에겐 오직 전심으로 사
랑한 공빈만이 의지할 수 있는 유일한 존재였다. 하나 단걸음에
자미당紫薇堂으로 달려가고 싶은 맘과 달리 선뜻 발길이 서지 않
았다. 이레 전 두 번째 왕자를 해산한 공빈이 줄곧 산후병으로 몸
져 누워 있는 터라 때 이른 방문은 좀처럼 체통이 서지 않았다.
게다가 국무가 말한 염몽의 시작이 어쩌면 근자에 태어난 제 자
식과도 깊은 연관이 있어 보였다. 이레 전 첫 번째 악몽이 시작
된 날에 바로 그 아이가 태어났다. 핏기도 가시지 않은 검붉은 피
부가 눈이 부시도록 총명한 눈동자를 품고 있었다. 흑옥黑玉 같은
눈동자라 손수 혼琿이라 이름 지어 준 차남 광해, 어쩌면 백색 가
면의 염몽은 핏덩이 광해를 향해 있었다. 부정하면 할수록 메아
리가 되어 돌아왔다. 한순간 사념을 털어낸 선조가 무겁게 입을
열었다.

"공빈의 병세는 어떠하냐?"

선조의 나직한 음성에 소반 위 촛불이 가늘게 흔들렸고 이내
상선이 화답했다.

---

8) 책인즉명 : 제 허물은 덮어놓고 남의 잘못을 밝힘.

"산후 혈허9)가 여전하다 들었사옵니다."

"혈허라……. 어찌 처방하였더냐?"

"쇠한 심신을 보전하기 위해 보허탕을 지어 올리고, 혈허를 메우는 데 좋은 사물탕을 처방하였다 하옵니다."

꽃살문 빗살을 뚫고 들어온 달빛이 근심 어린 선조의 눈빛에 부딪쳐 흩어졌다. 곁눈질로 소반 위에 재가 된 부적을 살피니 녹아 내린 촛농이 재를 덮어 한데 엉겨 있었다. 가벼이 바람을 불어 촛불을 끄자 축축한 어둠이 배어들었고 문득 당나라 장구령張九齡의 시 망월회원望月懷遠의 세 번째 시구가 떠올랐다.

멸촉련광만 滅燭憐光滿

피의각로자 披衣覺露滋.

(촛불을 끄니 방 안에 하얀 달빛이 가득한데,

밖으로 나오니 밤이슬에 옷깃이 젖는다.)

어둠 속에서 눈을 감았다. 한 치 앞도 보이지 않았고 짐작할 수조차 없었다. 그들 앞에 기다리고 있는 기가 막히도록 아프고 시린 운명을.

---

9) 혈허 : 출혈과다로 생기는 혈액 부족.

위엄 어린 사내의 기풍을 담은 사대문이나 여성의 부드러움을 살린 사소문에 비할 순 없으나 중종대왕 시절 이름난 영조사營造司[10]와 와서瓦署[11]의 장인이 손수 터를 닦고 지붕을 얹은 문루였다. 연의나 수레가 왕래할 수 있는 정도의 너비였고 위로는 유선형으로 벽돌을 쌓아 부드러운 여인의 허리를 연상케 했다. 좌로는 담 벼락이 길게 이어져 인근의 초가 마을과 접해 있고, 우측 담장 끝으로는 작은 나루터가 자리했다. 광주목 제일의 시목柴木들이 우거진 삼림 또한 북산의 허리 아래로 위세를 뽐냈다. 앞으론 한강을 끼고 뒤로는 우거진 삼림의 비호를 받는 거대한 분지, 이곳이 바로 왕실 소용 자기를 생산하며 백자번조소白磁燔造所라고 불리는 사옹원 분원이었다.

밤새 내린 어둠 위로 여명이 빠끔 고개를 내밀 시각, 사옹원분원司饔院分院이라 명명된 오래된 전서체 현판 앞에 선 을담이 처연히 서릿발 바람을 맞고 서 있었다. 뒤틀리고 낡은 현판이건만 을담에겐 그 무엇보다 소중한 존재였고 촉촉이 젖어든 눈빛엔 감회가 젖어 있었다. 음력 이월절二月節 경칩驚蟄, 십 년 전 오늘 이곳 분원에 처음 발을 들였었다. 금강송을 반듯이 잘라 만든 현판은 세월도 비켜간 듯 변함없이 제자리를 보전하고 있었지만 이곳

---

10) 영조사 : 궁, 성지(城池), 관청의 청사, 토목공사 등을 전담한 관청.

11) 와서 : 기와ㆍ벽돌을 공급하기 위해 설치되었던 관서.

을 드나드는 사람들은 수백, 수천이 바뀌었다. 을담 또한 혈기 넘쳤던 한때의 시절은 사라지고 어느새 사기장들을 통솔하는 분원의 변수邊首가 되어 있었다. 피식 미소를 머금은 을담이 혼잣말처럼 읊조렸다.

"흠…… 전서체가 아니라 예서체로 할 걸 그랬나……. 자넨 어찌 생각하는가?"

문루를 지키는 수문장 박 씨는 을담의 말이 농인지 진담인지 구분치 못해 진땀을 흘리다가 그저 어색한 미소를 지었다.

"허허, 내 괜한 소릴한 겐가?"

박 씨 어깨 위에 가벼이 손을 올려 두들긴 을담이 소탈한 걸음을 뗄 때였다.

"나리, 유 변수 나리!"

저만치 멀리서 이강천 변수의 봉족奉足으로 있는 국비가 달려왔다. 얼굴은 바싹 상기되어 있었다.

"나리, 급히 청사廳舍에 드셔야겠습니다."

"무슨 일이냐?

"자세히는 모르겠사오나…… 용가마에서 변고가 생긴 듯하옵니다."

"용가마!"

용龍가마라는 말에 심장이 덜컹 내려앉았다. 매년 초봄 용가마

시번始燔[12])으로 분원의 한 해를 개시하고 또 매년 겨울 용가마 봉통을 덮음으로 한 해를 매듭지었다. 문득 재작년 초봄의 시번이 떠올랐다. 전에 없던 강추위에 실금이 간 용가마를 잘못 수리하는 바람에 시번 때 용가마 꼬리가 터지고 말았다. 당시 수토감관이었던 문사승의 불호령은 둘째 치고 분원의 용가마가 터졌다는 흉문이 새어 나가면서 사옹원 서리에서 제조대감까지 한바탕 곤욕을 치러야 했다. 게다가 문사승을 내치려 호시탐탐 기회를 엿보던 위정자들의 서릿발 같은 책임 추궁에 스승 문사승이 분원에서 쫓겨나지 않았던가. 시리도록 아픈 기억이었고 당시의 상황이 꼭 지금과 같았다. 서리가 가시지 않은 초봄, 게다가 새벽, 문득 되살아난 기억에 을담이 급히 되물었다.

"무슨 일이냐! 용가마에 뭔 사달이라도 난 게야?"

"소인은 그저 번조가 끝난 용가마에서 기묘한 일이 벌어졌단 말만 들었사옵니다."

"기묘한 일?"

"예, 이 변수께서 진즉부터 기다리고 계십니다. 어서 빈청으로 드시지요."

큰일도 아니고 사달도 아닌, 그저 기묘한 일이란 말이 좀처럼

---

12) 시번 : 매년 초 시험 삼아 가마에서 자기를 구워 내는 것.

가시지 않은 그때 우렁찬 뿔 나발 소리가 분원의 담장 너머로 길게 울려 퍼졌다. 조례朝禮가 있을 때나 자기 제조에 다급한 사정이 생겼을 때 한 번, 수위首位 사기장의 사고나 가마의 붕괴 같은 중차대한 일이 생길 때는 두 번, 그리고 임금의 내방 때는 세 번이 울렸다. 한 번이니 두령 사기장들의 집합 신호리라. 을담이 걸음을 떼자마자 숙소를 나온 사기장들이 하나둘 옆으로 따라 붙었다. 다들 이 새벽에 무슨 일인가 의아한 표정이었지만 원인을 알고 있는 자는 없었고, 시번 때 뭔가 기묘한 일이 벌어졌다는 정도만 들은 모양이었다. 해서 더 조바심이 났다. 조기소를 지날 땐 잔잔하던 심장이 요동치기 시작했고, 마기소 착수소를 지날 땐 뛴 걸음으로 바뀌었다. 새벽잠이 없는 파기장破棄匠 심종수는 그러하더라도 조기장造器匠 박평의, 화청장畵靑匠 양세홍은 조례 때조차 종종 지각을 하던 인물들이었다. 그런 이들조차 인편을 받은 듯 일찍이 뛰어 나온 것을 보면 필시 큰일이 벌어진 것만은 분명했다. 온전한 진심으로 큰일이 아니길, 단지 기묘한 일이기를 바라며 청사 마당으로 들어섰다.

비명이나 통곡의 소리는 들리지 않았지만 헤아리기도 힘든 기십의 사기장들이 벌 떼처럼 몰려 있었다. 분원의 사기장들이 모두 모였다면 거짓말이겠고 그만큼 많은 사기장이며 봉족, 잡역들이 마당을 메우고 있었다. 그리고 그 가운데 변수 이강천이 서 있었다. 궁금증이 폭발할 지경에 다급히 물었다.

"이 변수! 이 새벽에 대체 무슨 일인 게야?"

한일자로 꽉 다문 입술 위로 부리부리한 눈매가 빛나고 있어 뭔가 사달이 났음을 짐작케 했지만, 여삼추如三秋[13] 같은 시간을 보내며 을담을 기다린 강천은 그저 불호령으로 응대했다.

"유 변수! 기별을 넣은 지가 언젠데 이제야 오는 겐가?"

굳고 거센 목소리가 좌중의 웅성거림을 일시에 걷어 버렸다. 을담은 짐짓 미안한 표정을 지었지만 이내 훌훌 털어 내곤 미소를 지었다. 그러곤 거목처럼 서 있는 강천을 지그시 살펴보았다. 반듯하게 깎인 이마 아래로 짙은 눈썹을 치켜세우고 있었다. 매서운 눈매 아래로 선 오뚝한 콧날, 그 아래 천금으로도 열 수 없는 무거운 입, 모든 면면이 분원 최고의 실력자이자 자신의 숙적인 이강천을 가리키고 있었다. 질타 가득한 말에도 을담의 얼굴엔 한 점의 구겨짐도 생기지 않았다.

"미안허이, 미안해, 한데 대체 무슨 일인가?"

을담의 속없는 너털웃음에 강천이 냉랭히 고개를 돌렸다. 대체 무슨 일인가, 가슴 한가득 의구심을 품은 을담이 강천을 뒤따랐다.

장방형의 빈청 중앙에 타원형 서탁이 자리 잡고 있고 좌우에

---

13) 여삼추 : 짧은 시간이 삼 년처럼 길게 느껴진다는 뜻.

늘어선 선반 위로 기십의 자기들이 진열되어 있었다. 고려청자에서 백자, 분청사기까지, 종류도 수십이었고 명국과 왜국의 자기도 더러 섞여 있었다. 복색이 다른 수위 사기장 네 명이 원탁 위에 놓은 작은 화병을 중심으로 두서없이 앉아 있었다. 여느 때와 달리 싱거운 농 한마디 오가지 않고 조금만 당기면 끊어질 듯한 팽팽한 긴장감이 흘렀다. 사기장들의 복색은 빨주노초파남보 무지개색이라, 수비를 담당하는 홍색보다는 성형을 담당하는 황색이, 번조를 담당하는 청색보다는 변수인 을담과 강천이 입고 있는 자색이 상서열이었고, 맡은 바 직책에 따라 색상만 다를 뿐 똑같은 형식의 옷이었다. 폭이 넓은 직령直領[14]을 개조해 안으로 받쳐 입고 밖으로는 소맷단을 틀어 묶은 철릭綴翼[15]을 걸쳤다. 소매단과 깃에 수놓은 무늬가 섬세하나 화려하진 않았고 머리에 쓴 두건 또한 각자의 복색에 장단을 맞추고 있었다. 다만 이들 옆으로 별 특색 없는 색 바랜 치마저고리를 입은 여인이 마치 벌을 서듯 한쪽으로 서 있었다. 강천과 을담이 들어서자 두령 사기장들이 일제히 예를 갖추었고, 이어 여인의 가녀린 목소리가 흘러 나왔다.

"유 변수 나리……."

---

14) 직령 : 폭이 넓은 도포.

15) 철릭 : 상의와 하의를 따로 구성하여 허리에 연결시킨 포(袍).

파랗게 물든 입술에 목소리 또한 힘이 없었다. 강천과 을담을 포함한 수위 사기장이 도합 아홉, 그리고 여인이 한 명이었다. 분위기를 살핀 을담이 좌정하며 말했다.

"어찌 섰느냐? 너도 앉거라."

"아, 아닙니다, 나리."

"어허! 시시비비는 나와 이 변수가 가릴 것이다. 그 전엔 무엇이 잘못되었건, 뉘 잘못도 아니다."

더는 거절하지 못한 초선이 조심스레 말석에 자리하자 두루 사기장 면면을 살핀 을담이 속내를 터놓았다.

"보아하니 용가마에 문제가 생긴 건 아닌 듯하고…… 말씀들 해 보시게. 대체 언제부터 봉족의 시번이 문제가 된 것인가?"

시번이 잘못되었고 초선이 이 자리에 있으니 결론은 미루어 짐작할 수 있었다. 수준 미달의 자기가 나왔거나, 유약이 흘러 넘쳐 다른 자기를 더럽혔거나, 하다못해 시번된 자기를 몽땅 깨트린 정도일 것이다. 어차피 시번은 예행연습이고, 잔치이며, 봉족들의 놀이에 불과했다. 사기장들은 약속이라도 한 듯 침묵했다. 그 분위기에 슬쩍 일침을 가하려던 을담을 향해 무겁게 닫혀 있던 강천의 입이 열렸다.

"자색일세!"

단 한마디였건만 벼락을 맞은 듯 짜릿한 전율이 전신을 파고

들었다. 믿기지 않았고 믿을 수도 없었다.

"지금 무어라 했나? 자색!"

강천의 매서운 시선이 서탁 위에 놓인 화병을 향해 있었다. 그제야 자색 자기가 눈에 들어왔다. 가마신의 요변에서만 탄생한다는, 백년에 하나가 나와도 결코 적다 할 수 없는 자기가 바로 자색 자기였다. 장님이 개안을 해도, 앉은뱅이가 벌떡 일어나 뜀질을 해도, 죽었던 부모가 살아 돌아온다 해도 이처럼 놀라진 않았을 게다. 충격에 빠지고 또 한참을 홀로 기뻐했지만 무언가 이상함을 느껴 주위를 살피니 여타 사기장들은 뭔가 마뜩잖은 눈빛을 품고 있었다. 그제야 번뜩 생각났다. 이들은 지금 열등감을 느끼고 있다. 그 안에 말 못할 시기를 담고 있다. 한낱 봉족, 한낱 여인에게. 말석에 앉은 초선의 표정만 살펴도 알 수 있었다. 거기까지 생각이 미치자 을담이 너털웃음으로 초선을 다독였다.

"초선아, 네가 내 기대를 저버리지 않는구나. 요변에 기대어 나온 것이라 해도 자색은 자색이다. 분원이 생긴 이래 두 번밖에 없는 신기며 축복이 아니냐. 게다가…… 이처럼 어여쁜 화병이 자색으로 태어났으니 길조 중의 길조가 분명하다. 하니 그리 움츠려 있지 말고……."

그때 강천이 끼어들었다. 목청은 낮았으나 기세가 우레와 같았다.

"자색 자기가 아닐세! 다만 영험이 없는 기물일 뿐!"

을담이 의아한 표정을 짓기도 전에 강천이 자색 화병을 돌려 세웠다. 기이하게도 화병의 반대쪽은 자색이 아닌 백색이었다. 이내 을담의 표정에 기묘한 파문이 일었다.

"반자색!"

초선은 분원 역사상 두 번째로 자색자기를 만든 것이 아니라, 분원 최초로 반자색半紫色 자기를 잉태했다. 그리고 이 반자색이 다른 이들로 하여금 초선을 비난할 근거를 만들어 주고 있었다. 강천이 매섭게 쏘아보며 말했다.

"반자색이라니, 일평생 듣도 보도 못한 일이 아닌가! 이 화병은 파기해야 될 흉물이네!"

순간 을담의 낯빛이 싸늘히 얼어붙었고 근심 가득한 시선은 초선을 향해 있었다. 초선, 어여쁘고 사랑스러운 아이였다. 후에 을담은 정이를 앞에 두고 이리 말했다. 네 어미는 말이다. 고운 자태에 면면 가득 총명한 기운이 흘러 달빛아래 꽃망울을 터트린 백매화마냥 청초하였다. 눈동자는 흑진주를 박아 놓은 듯 했고, 백옥 같은 살빛은 또 어찌나 투명하고 희었는지 보는 이의 시선이 그윽할 수밖에 없었지. 어미 얼굴도 보지 못한 어린 정이에게 분명 그리 말했다. 비록 첩실의 자식이긴 하나 초선의 부친은 풍산 심가의 후손으로 뼈대 있는 양반가의 후손이었다. 조부가 중종中宗 시절 우의정을 지낸 심정沈貞이었으니 비록 서자라 하여도 평민과 비교할 바 못되었고, 어미 또한 진사댁 무남독녀였으니 논하자면 초선 또한 양반이었다.

하나 그것이 전부였고 제 앞에 놓인 냉혹한 현실은 가난과 배고픔이었다. 그런 중 열 살이 된 때 고을에 역병이 돌아 부모를 여의고 홀몸이 되고 말았다. 꽃망울도 틔우지 못한 어린 나이에 다만 살기 위해 분원의 잡역으로 들어왔지만 땀 흘리며 뛰는 동안 저도 모르게 사기장을 꿈꾸고 있었다. 아니 된다, 불능하다, 여자는 사기장이 될 수 없다. 그리 들었고, 그리 알고 있었다. 하지만 되고 싶었다.

꿈이었고 삶이었기에. 근심 가득한 을담의 귓속으로 강천의 목소리가 빨려 들어왔다.

"모두 물러가게!"

빈청을 나서자 기십의 사기장이 의아한 시선으로 초선을 쏘아보았다. 마치 바윗돌을 어깨에 짊어진 듯 무겁고 또 따가웠다. 어찌해야 할지 몰라 그저 눈치만 살피며 빈청 앞에 우두커니 서 있었다. 나가라고 했으니 이렇듯 기다리고 있어야 하는지, 공방으로 돌아가 끝내지 못한 수비水飛 작업을 마무리 지어야 하는지. 다시 들어가 어찌해야 할까요 물어볼 수도 없지 않은가. 떨리는 입술만큼 손도 떨렸고 그만큼 다리도 후들거렸다. 발을 내려다보니 왼쪽 발에는 삼麻을 꼬아 만든 삼신麻履을, 오른쪽 발에는 그저 버선襪발이었다. 그제야 3월의 동토冬土 바닥에서 올라오는 한기가 버선발을 뚫고 들어왔다. 차가웠지만 작금의 상황에 비하면 대수롭지 않았다. '자색을 만드는 건 요변일 뿐 사기장의 손끝이 아니지 않습니까?' 그리 울분을 토해 내고 싶었다. 하늘이 원망스러웠다. 대체 어쩌다가 이리된 것인가. 새벽, 대략 축시丑時를 넘긴 시각이었을 게다.

시번의 감독을 담당한 화장 고덕기가 졸린 눈을 부비며 반자색 자기를 발견한 것은 정확히 축시였다. 움푹 들어간 화병 굽에 새겨진 초선蕉腺이라는 이름을 확인하고 공방에서 수비를 하고 있던 초선을 빈청으로 잡아들이는 데까지 채 일각도 걸리지 않았다. 까닭과 사정을 몰라 두려워하던 눈에 빈청 가운데 놓인 반자색 화병과 그 바닥에 새겨진 이름이 보였다. 어찌 만들었느냐? 정말 네 것이냐? 훔친 것이 아니냐! 누구에게 하는지 모를 작은 소리의 지껄임까지, 물음을 빙자한 질책과 비난이 초선에게 쏟아졌다.

축초시[16]에 일어난 괴변은 을담이 빈청에 들어선 인시[17]까지 눈 깜짝 사이에 지나갔다. 지난 열흘간 시번을 준비하며 편히 잠

---

16) 축초시 : 새벽 2시
17) 인시 : 새벽 3시 ~ 5시

을 이룬 날이 단 하루도 없었고 졸음을 참으며 흙을 고르다 흙속에 얼굴을 파묻은 게 또한 수차례였다. 눈을 감는 찰나 진득한 늪 같은 꿈속으로 빠져들 것 같았지만 알 수 없는 질책과 힐난이 졸음을 잊게 만들었다. 강천의 매서운 한마디가 머릿속에서 어지러이 맴돌았다. '이건 자색자기가 아닐세! 영험이 없는 기물일 뿐!' 떨리는 손을 감추려 깍지를 끼고 시선을 돌렸다. 빈청의 문은 굳게 닫혀 있었고 인간의 힘으로는 열 수 없어 보였다. 그때 누군가의 목소리가 들렸다.

"그렇지. 반자색은 자색이 될 수 없지. 봉족 따위가 감히……어디 가당키나 한 일인가!"

변명 뒤에 시기를 숨긴 우스운 괴리乖離였다. 그 한마디에 웅성거림이 울림이 되고 파도가 되어 커져 갔다. 사기장들은 너나없이 비겁함이 섞인 무안함을 감추기 위해 초선에게 공세를 가했다. 다만 사기장들이 내뱉는 불만의 팔 할은 못할 것을 해낸 이에 대한 질투, 단지 그것뿐이었다. 파랗게 질린 초선의 얼굴에 뜨거운 눈물이 흘러 내렸다. 두려움에, 서러움에, 멈출 수 없었다. 하늘은 어둡고 바람은 여전히 스산했다.

강천과 을담의 전신을 훑어 내린 팽팽한 긴장감이 채 사라지지 않고 두 사람 사이에 머물렀다. 애써 가라앉힌 저음의 목소리가 을담의 입에서 흘러 나왔다.

"눈이 있다면 보시게. 탐스러운 여인의 자태에 긴장미가 흐르고 한 치의 뒤틀림도 없는 완벽한 타원일세. 어디 그뿐인가? 고르게 도포된 유약 또한 색조의 번짐이 없이 화병의 빛깔을 한층 잘 살려 내지 않았는가."

백색면에는 수수한 국화꽃 문양이 생기 있게 그려졌고 자색면에는 갓 피어오른 듯한 백매화가 작은 꽃씨 하나까지 생생히 살아 숨 쉬었다. 조금의 과장도 없는 견해에 강천도 부정하진 않는 듯 슬쩍 고개를 끄덕였다.

"부드러운 유청색 계열의 빛깔은 소나무와 편백나무 그리고 마른 땅에서 나는 장석을 사용한 듯 보이네……. 한데 안쪽 면은 좀 다르군…… 달라. 반광反光이 비치는 걸로 보아 다른 재를 사용한 것이 분명한데……."

갸웃한 표정으로 화병을 살피던 강천의 눈빛이 순간 충격에 물들었다.

"볏짚? 볏짚이 아닌가!"

마른 볏짚을 약한 불에 태운 후 검은 재는 버리고 흰 재만 골라내어 다시 볶고 정제하면 좋은 유약재가 되었다. 하지만 이는 강천에게조차 비밀로 감춰 온 을담의 독문 비법이었다. 불신의 눈빛으로 을담을 쏘아보던 강천이 말을 이었다.

"한낱 봉족 따위에게 베푼 친절치곤 너무 과한 호의가 아닌가!"

"한낱 자기를 굽는 데 귀천이 있을 리 없으니 배움에는 더더욱 상하가 없는 법일세."

"그 봉족이 여인이라면! 사기장이 될 수 없고, 돼서도 안 될, 그런 희망조차 품어선 안 될 여인이 아닌가!"

틀린 말이 아니었기에 을담은 침묵했다. 강천의 말대로 조선의 개국 이래 사기장이 된 여인은 없었다. 될 수 없었다. 자기를 굽기는커녕 부정을 탄단 이유로 가마 앞에 앉을 자격도 주어지지 않았다. 제아무리 뛰어난들 사기장 밑에서 수발이나 드는 봉족이 오를 수 있는 최선이었다. 그것이 사기장을 꿈꾸는 여인의 한계였고 강천도 알고 을담도 알고 있었다. 그럼에도 가르쳐 주고 싶었다. 자신의 모든 것을 아낌없이. 그것이 비단 사랑이라 해도 부정할 수 없었을 테지만 초선에겐 그 이상의 것이 있었다. 열정과 재능 그리고 그것을 뛰어넘는 무엇. 을담의 침묵에 화병을 손에 쥔 강천이 쐐기를 박았다.

"이 화병은 파기돼야 하네!"

깜짝 놀란 을담이 소스라쳤다.

"무슨 소린가? 예로부터 자색 자기는……."

"주상전하께 진상하였지. 하나 이것은 자색 자기가 아니지 않은가? 반쪽의 자색은 결코 자색 자기가 될 수 없네!"

결코 꺾이지 않을 고집어린 눈빛이었고 해서 그 매서운 눈빛 아래 그저 침묵하고 말았다. 있는 힘껏 미간을 구긴 강천이 곧장 빈청을 나섰다.

꽝! 빈청 문짝이 부서질 듯 열리며 강천이 밖으로 나왔다. 상기 된 낯빛에 거친 호흡이 안쪽에서의 혈전을 연상케 했다. 급히 예를 갖춘 초선이 논의 결과를 듣고자 강천을 보았으나, 강천은 그저 감정 없는 재색의 눈동자로 초선의 여린 눈빛을 짓밟듯 쏘아보았다.

"너는, 오늘 당장 분원을 떠나야 할 것이다!"

바싹 긴장하고 있던 초선의 얼굴이 경악에 물들었다. 기껏해야 화병을 파기한다거나 달포간 잡역으로 일하는 정도만 생각했지 분원에서의 퇴출은 상상도 하지 못한 터였다. 꼼짝없이 내처질 위기에 얼어붙은 듯 덜덜 떨고 있는 초선에게 때맞춰 구원의 목소리가 들렸다.

"어찌 함부로 재단하는가?"

나락 속에서 발견한 동아줄 같았고 칠흑 어둠 속을 헤매다 빛을 만난 듯 반가웠다. 강천 뒤로 다가 선 을담의 두 눈에 전에 없던 강단이 스며 있었다.

"그 반자색 화병은, 분원의 규율에 따라 반드시 주상전하께 진상돼야 하네."

을담의 지극한 진심이 파동이 되어 초선의 심장까지 전해졌고 순간 저도 모르게 주르륵 눈물이 흘러 내렸다. 이내 을담의 말이 이어졌다.

"아는가? 이백여 년 전 자색 자기가 처음 세상에 나왔을 때, 모든 사기장들이 이를 반겼을 거라 생각하는가? 아닐세. 분명 아닐 걸세. 지금처럼 그저 흉물이라 치부했을 테지. 하나 지금은 아니지 않은가? 그 화병을 다시 보게. 온전한 자색이 아니기에, 백색과 자색이 이토록 오묘하게 조화를 이루고 있으니, 자네와 내가 한 평생 꿈꿔 왔던, 바로 그 신의 그릇이 아닌가!"

강천의 마음을 돌려세운 건 을담의 목소리도, 간절한 눈빛도 아니었다. 오로지 평생을 꿈꾸고 추구해 왔던 그 한마디, 신의 그릇이었다. 어느새 잔잔하게 바뀐 강천의 눈빛이 화병을 향했다. 그러기를 잠시 다시 초선의 얼굴을 응시했다. 거세고 드셌던 노기는 사라지고 없었다. 반자색은 자색이 아니다, 가마신이 보내는 기적도 아니다, 재앙이고 불의이고 파기해야 할 파자품일 뿐이다, 그 생각에는 여전히 변함이 없었다. 다만 초봄의 삭풍과 두려움이 뒤섞여 가늘게 떨고 있는 초선을 보았을 때 백색과 자색의 오묘한 조화라는 을담이 말이 크게 거슬리지 않았을 뿐이고, 초선이 신고 있는 신발과 버선을 보았을 때 이 반자색 또한 후대에는 신기로 인정받을 수도 있단 생각이 들었을 뿐이다. 아니, 그저 조금, 아주 조금 납득이 되었을 뿐이다.

"자네 뜻대로 하게……. 하나 명심하게. 결코 자네가 옳기 때문은 아닐세."

그리 매듭짓고 걸음을 떼었다. 가벼이 초선의 어깨를 스치자 바닥에 털썩 주저앉는 초선의 그림자가 얼핏 보였다. 기어이 터져 나온 초선의 통곡이 귀에서 머리로 다시 심장으로 전해졌다. 걸음을 재촉했지만 유난히 무겁게 느껴졌다. 무언가가 가슴을 후벼 파고 있었다. 초선은 그저 그런 잡역도, 그저 그런 봉족도 아니었다. 한때 연정을 품었던, 감당하기 힘든 욕정에 상처를 준, 그래서 씻을 수 없는 회한을 남긴 여인이었다. 적어도 변수 이강천에게 있어 초선은 그런 여인이었다.

2장
재앙의 뿌리

❦

물은 생명과 풍요의 원천이며 정화淨化의 신神이다.

하늘은 무겁고 어두웠다. 여명이 채 밝지 않은 때에 사납게 뒤엉키며 몰려든 먹구름은 한바탕 비라도 뿌릴 듯했다. 미궁 같은 대궐의 경로도 어지러운데 거미줄마냥 빼곡히 드리운 횃불이 쉼 없이 흔들리니 선조의 마음도 그만큼 심란했다. 짐짓 무거운 걸음으로 집복헌集福軒[18]을 지나 잠시 너럭바위 옆에 서서 하늘을 살피는데 바람이 할퀴고 간 먹구름의 모양새가 흡사 짐승 같기도 하고 신수神獸 같기도 하여 그렇잖아도 흉몽으로 인해 심란해진 어심이 사납게 요동쳤다. 오죽하면 횃불아래 흔들리는 제 그림자조차 요사스러웠을까. 잠시 서서 하늘도 보고 제 그림자도 보는

....

18) 집복헌 : 창경궁 영춘헌에 속한 전각.

37

데 오한에 고뿔이라도 걸릴까 염려한 상선의 재촉이 있어 양화당으로 발길을 옮겼다.

지금의 중전과는 열여섯 되는 해에 가례를 올렸었다. 성품이 워낙 온화한 데다 정심으로 내명부를 통솔하여 중전으로서는 기대 이상의 역할을 해내었지만 아무리 노력해도 여태 후사를 잉태하지 못하고 있었다. 이는 다른 후궁들 또한 마찬가지였고 오직 전심으로 동하였던 공빈에게서만 후사를 볼 수 있었다. 하여 두 해 전 태어난 장자가 임해군臨海君이었다. 중전이 몇 해 안에 왕손을 잉태하지 못한다면 언젠가 세자가 되고 또 왕위에 오를 아들이었다. 선조의 시선이 낮게 깔리자 작은 뒤척임도 없이 공빈 옆에 잠든 임해군이 보였다. 밤새 잠을 청하지 못한 듯 둘째 광해를 안은 공빈이 급히 몸을 일으켜 선조를 맞았다. 하루가 다르게 변해 가는 공빈의 얼굴에 산후병이 심상치 않음을 알 수 있었다. 공빈이 힘겹게 입을 열었다.

"전하…… 이 새벽에 어찌 납시었습니까……."

애써 미소를 머금은 볼기는 홍조가 짙어져 안면 가득 붉은빛이 감돌았다. 먹색 눈동자 아래 눈두덩도 전보다 두터워 보였고, 분홍빛으로 빛나던 입술도 제 색깔을 잃고 어두운 암갈색이 되어 있었다. 완연한 병색에 선조의 마음 또한 무거워졌다. 걱정 반 두려움 반. 탕약제를 올린 지 수일이 지나도록 차도가 보이질 않는다는 어의의 말에 간밤에도 자시가 넘도록 이부자리를 뒤척이다 늦잠에 든 것이 어쩌면 흉몽의 원인이 된 듯싶었다. 측은한 선조의 시선이 공빈 품에 안긴 광해를 향했다. 그 순간 광해의 얼굴에 백색 가면의 사내가 겹쳐지고 국무의 목소리가 메아리쳤다. 잠시 혼란스런 표정을 짓다가 이내 염몽을 털어낸 선조가 화답했다.

"내 공빈의 병세가 걱정되어 잠을 이룰 수가 없구려. 그래…… 몸은 좀 어떠하오?"

"전하의 보살핌에 차도가 있는 듯하옵니다."

미소로 화답했고 빈말이라도 고마운 말이었다. 요 며칠 얼굴을 보지 못한 까닭에 반 시진 동안 이런 저런 얘기가 오간 후 선조가 막 자리를 털고 일어날 때에 상선이 나직이 읊조렸다.

"전하, 수토감관水土監官19) 경합을 앞둔 분원에서 전날 밤 신묘한 일이 생겼다 하옵니다."

선조의 무심한 침묵에 상선이 말을 이었다.

"시번에서 자색 자기가 나왔다 하옵니다."

그제야 흠칫 놀란 선조가 시선을 돌려 물었다.

"지금, 자색 자기라 하였느냐?"

"예, 전하."

---

19) 수토감관 : 사옹원 분원을 지휘 감독하는 실무 관료.

대길大吉을 부른다는 자색 자기가 아닌가. 혹여 가마신이 내린 길조의 기운을 받고 탄생한 자기를 침소 안에 둔다면, 이 지독한 흉몽의 기운을 몰아낼 수 있을지도 모른다는 막연한 기대가 생겼다.

마침 오시午時에 수토감관 경합을 앞둔 변수들에게 어사주를 내릴 참이었으니 몇 시진 후면 자색 자기를 손에 쥘 수 있었다. 생각이 여기까지 미치자 저도 모르게 실소가 흘러나왔다. 대왕이란 자가 어쩌다 이렇게까지 된 것인가. 흉몽 하나 이겨 내지 못하고 전전긍긍 하는 모습이라니, 상선에게라도 들킨다면 체면 구겨지고도 남음이었다. 마치 어심을 읽은 듯 상선이 말했다.

"전하, 오시에 있을 어사주 하례에 자색 자기를 챙겨오라 일러 두었사옵니다."

대꾸 없이 고개를 끄덕인 선조가 공빈에게 시선을 두었다.

"조참을 가야 하니 그만 일어나야겠소. 곁을 지켜 주지 못해 미안하오."

"어찌 그리 생각하십니까, 전하. 지금 여기, 제 앞에 계시지 않습니까?"

고개를 끄덕인 선조가 잠시 생각한 후 말했다.

"내 이번 수토감관의 경합을 손수 심의할 생각이오. 괜찮다면 그 자리에 공빈이 함께했으면 하는데…… 어찌 생각하오?"

"그리해 주신다면 신첩이야 황공할 따름이옵니다."

고개를 끄덕인 선조가 광해를 곁눈질로 보곤 자리에서 일어섰다. 하늘도, 궁궐도, 발걸음도, 여전히 어두웠고 여전히 무거웠다.

삽시간에 오정시[20]가 되었다. 밤새 내린 서리도 새벽까지 하늘을 뒤덮고 있던 먹구름은 온데간데없고 어느새 뜨거운 오뉴월 햇살이 머리 위에서 작렬하고 있었다. 그 아래 잔잔하게 일렁이는 연못 수면위로 경복궁 제일의 경치 경회루가 일렁이며 비쳤다. 누마루를 받치는 마흔여덟 개의 돌기둥이 흡사 용궁이 연못 안에 현신한 듯했다. 경회루라, 누구에게는 출세를 선물했을 테며, 누구에겐 비극을 언도하였고, 또 누구에게는 향락과 사치로서 위세를 뽐내게 만들었을 것이다. 구중궁궐의 주인 선조에겐 안락과 휴식의 공간이었다. 궐 안의 풀 한 포기조차 모두 왕의 소유이나 정작 왕 자신이 편하게 쉴 수 있는 곳은 그리 많지 않았고, 그 많지 않은 곳 중 한 곳이 바로 이 곳 경회루였다. 북악산 전경을 감상하며 한가로이 술잔을 들고 있을 때 정오시를 알리는 타종 소리와 함께 상선의 목소리가 들렸다.

"전하, 분원의 변수 이강천, 유을담이옵니다."

시선을 돌리자 월대 계단 아래 두 명의 사내가 부복하고 있었

---

20) 낮 12시

다. 머리를 조아리고 있었으나 긴장어린 낯빛을 숨길 순 없었다. 잔을 내려놓은 선조가 메마른 미소를 삼킨 후 비스듬히 기대어 앉자 기다린 듯 지밀상궁이 술잔 두 개가 나란히 놓인 서안[21]을 선조 앞에 내려놓았다. 지켜보던 상선이 두 변수와 선조의 얼굴을 번갈아 살핀 후 나직이 말했다.

"전하, 수토감관 경합에 참가할 두 변수에게 어사주를 내리시어 경합에 있을 노고를 치하해 주시옵소서."

지그시 술잔을 바라보던 선조가 무심히 고개를 끄덕이곤 술을 따랐다. 천천히, 넘치지도 모자라지도 않게. 이어 서안을 받든 지밀상궁이 단정 걸음으로 내려가 부복하고 있는 강천과 을담 앞에 서안을 내려놓았다. 딱히 특별할 것은 없었으나 그윽하니 담긴 술잔을 본 강천과 을담의 표정에 전대 수토감관이었던 문사승의 얼굴이 스쳐갔다. 선조는 십여 년 전 문사승이 진상한 분장회청자기[22]잔을 여태 쓰고 있었다. 회청색 바탕흙에 백토를 분장한 후 투명한 유약으로 구워 낸 자기라, 근자에 분원에서 주력으로 생산하는 청화백자에 비하면 섬세하지도 화려하지도 않으나 대신 생동감이 넘치고 자유분방함이 느껴지는 자기였다. 무심한 선조의 목소리가 계단을 타고 흘러 술잔 끝에 와 닿았다.

21) 서안 : 작은 평좌식 책상이나 상.
22) 분장회청자기 : 분청사기

42

"경합에 최선을 다하라."

"황공하옵니다. 전하."

거의 동시에 답하였고 거의 동시에 어사주를 목구멍 깊숙이 털어 넣었다. 두 사람이 채 잔을 내려놓기도 전에 기다린 듯 선조의 음성이 들렸다.

"분원에 신묘한 일이 생겼다 들었는데……?"

반자색 화병을 말함이리라. 을담과 강천이 긍정의 뜻으로 대꾸 없이 부복하자 아직 약관도 지나지 않은 젊은 내관이 조심스레 다가와 화병을 선조 앞에 내놓았다. 반자색? 얼핏 놀란 표정을 지었지만 이내 흩어 버린 선조의 미간이 보이지 않을 정도로 살짝 구겨졌고 엷은 목소리가 혼잣말로 흘러나왔다.

"어찌하여 반쪽인가?"

그 순간에 강천과 을담의 심장이 덜컥 내려앉고 말았다. 몹시도 두려웠다. 조선의 임금이 아닌가, 저자의 말 한마디에 목숨을 잃을 수도, 아니 사옹원 분원조차 한낱 먼지처럼 사라질 수도 있었다. 그때 상선이 나섰다. 마치 근심 가득한 두 사람의 표정을 읽은 듯이.

"전하, 자색 자기가 나오면 국운이 바뀐다 하였습니다. 이는 분명 길조가 아니겠습니까."

상선의 목소리를 한쪽귀로 흘린 선조의 시선은 여전히 화병을 향해 있었다. 기이했을 것이다. 궁금했을 것이다. 태어나 한 번도 듣지 못한 일이니 모르는 것이 자명하나 대왕의 자존심이 이를 허락지 않았다. 다행스럽게도 강천과 을담에겐 그것이 요행이며 또한 축복이었다.

"옳거니! 부와 고귀를 상징하는 자색, 무결과 순정을 상징하는 백색이 조화를 이루었으니, 이 반색이야말로 대왕의 색이 분명하렸다!"

바닥까지 내려앉았던 심장이 삽시간에 제자리를 찾았다. 을담의 얼굴엔 화색이, 강천의 얼굴엔 알 수 없는 무미건조함이 남았다.

"실로 기묘한 일이 아닐 수 없구나. 뉘 공인가?"

을담이 바싹 긴장한 투로 대꾸했다.

"소인의 봉족이 시번 때 빚은 것이옵니다."

"사기장도 아닌 봉족이 빚었다?"

"예, 전하. 영특하고 재주가 뛰어난 아이이옵니다."

다시 한 번 화병을 살핀 선조가 무표정하게 화답했다.

"상선이 적절히 포상하라."

하여 새벽바람에 한바탕 분원에 휘몰아친 반자색 화병은 새 주인을 만나 강녕전 대왕의 침소로 옮겨졌다. 매서운 눈빛으로 줄곧 어사주 하례를 지켜보던 사옹원 제조 최충헌이 막 경회루를 벗어난 강천과 을담을 불러 세운 후 이리 말했다.

"아무쪼록 최선을 다하게."

그리 말하면서도 시선은 을담이 아닌 강천을 향해 있었다. 또한 예를 갖추는 강천의 어깨를 슬며시 두드리며 이 말 또한 잊지 않았다.

"술시에 있는 회합에 늦지 말고."

을담은 갸웃했다. 술시에? 회합이라? 경합을 하루 앞둔 야밤에 무슨 회합이란 말인가? 비단 뜻 모를 야합뿐만이 아니었다. 먹고 자고 뒷간 갈 때를 제외하곤 늘 공방에 처박혀 지내는 을담에게 눈앞에 선 두 사람의 관계는 생소하고 낯설게만 느껴졌다.

뜨겁게 달궈졌던 열기가 가라앉고 해가 서산 너머로 조금씩 기울었다. 회색빛 땅거미가 안개처럼 낮게 깔렸고 한껏 타올랐던 새하얀 광채는 삽시간에 빛을 잃어 열이 없는 침침한 붉은빛으로 변하였다. 밤의 어둠이 스멀스멀 피어오르자 기지개를 펴듯 영화관 곳곳에 횃불이 켜졌다. 마흔아홉 칸의 한옥에 기녀 이백여 명이 기거하고 있는 한양 최대의 기방이었으니 사위에 밝힌 횃불이 천여 개가 넘었고 그 위세가 실로 대궐을 연상케 했다. 해가 떨어지자 속속 여興[23]가 도착했고 이름만 대면 알 법한 조정 중신들

---

23) 여 : 사대부 조정중신들이 타는 가마.

이 영화관으로 들어섰다.

영화관에서도 가장 은밀한 곳이리라. 긴 침묵이 장방형 탁상에 둘러앉은 노신들의 얼굴을 한층 더 어둡게 만들고 있었다. 춘추관과 성균관의 종육품 관리에서부터 육조六曹와 삼사三司를 대표하는 정삼품 중신들까지 두루 섞여 있었고 그 중심엔 사옹원의 제조 최충헌이 자리 잡고 있었다. 두서없이 모인 듯하나 이들에게는 공통점이 있었다. 서로의 목에 서슬 퍼런 칼날을 들이대다가도 공통의 목적이 생기면 그 즉시 손을 맞잡고, 공명과 도리를 내세우다가도 눈앞에 떨어진 탐욕 앞에서는 허리를 꺾어 굴복하는, 그저 제 가문의 존속과 부귀영화를 위해 아래로는 짓밟고 위로는 굽실거리길 마다않는 이기적인 인간들이리라. 해서 자금줄이며 화수분[24]이 될 분원의 수토감관이 이들에게는 뉘보다도 중요했다.

이강천. 한낱 변수였지만 고관들조차 쉬이 대할 수 없는 존재, 어쩌면 곧 황룡이 될 자였다.

강천이 오길 기다리며 향내 가득한 기녀가 따라준 술을 가벼이 삼킨 제조 최충헌의 눈빛에 진한 독기가 서렸다. 그는 태어나길 명문가의 자식이었고 부와 명예, 무엇하나 모자람이 없었지만 근자에 들어서야 작은 깨달음 하나를 얻었다. 자신의 부친이, 조

---

24) 화수분 : 재물이 끝없이 나오는 보물단지.

부가, 증조부가. 이 휘황찬란한 부와 명예를 지키기 위해 얼마나 고군분투해왔는지를. 실로 투견판鬪犬 같은 조정에서 한 평생 이전투구泥田鬪狗하며 이뤄낸 피로 얼룩진 권력이라, 지금 제조의 손에 쥔 그 모든 것들이 목숨 바쳐 얻어낸 혈옥血玉이었다.

기다린 듯 얼굴 한가득 분칠을 한 어린 기녀가 영화관의 가장 깊고 은밀한 방으로 강천을 안내했다.

문이 열리자 제조 최충헌 휘하로 얼굴을 알아볼 수 없는 사대부들, 애초에 사기장이란 직함으론 대면조차 할 수 없는 위엄 어린 자들이 앉아 있었다. 한 호흡 숨을 들이쉬는 것조차 쉽지 않았다. 깍듯이 예를 갖춘 강천이 문 앞 말석에 좌정하자 제조의 단호한 음성이 울려 퍼졌다.

"황금에 비견되는 청화백자의 값어치가 얼마이며 한 해 분원에서 만들어지는 자기가 또 몇 점인가? 전대 수토감관이었던 문사승은 시류를 읽지 못해 우리와 함께하지 못했지만, 이번만큼은 반드시 우리 사람이 그 자리에 앉아야 하네. 다시없을 이 기회를 잡아 조정의 자금줄을 우리가 틀어쥐어야 한단 말일세!"

신진 노사 할 것 없이 수긍으로 일관했다. 한 해 분원에서 생산되는 백자가 가늠하여 천점이 넘고, 백자 하나의 값어치가 전답 한 필을 넘어서니 분원에서 잉태된 백자기는 그야말로 조정을 쥐고 흔들 만한 힘이 있었다. 제조 최충헌의 일장 연설이 끝나자 몇 잔의 술잔이 오갔고, 강천 앞에 놓인 작은 잔에도 술이 넘쳐흘렀다. 최충헌이 넌지시 물었다.

"이 변수. 자넨 이 나라 조정을 움직이는 힘이 무엇이라 생각는가?"

강천의 전신 어디에서도 긴장한 기색이라곤 찾아볼 수 없었다.

"황금이 아니겠습니까? 대왕의 권력은 사대부의 명분 앞에 힘을 잃고 그 명분은 소인배의 황금 앞에 무릎을 꿇기 마련이지요."

품계도 없는 분원의 사기장 따위가 내뱉을 언사가 아니었기에 순간 몇몇 노신들이 술렁였다. 쏟아진 헛기침 속에 얼핏 욕지거리도 더러 섞여 있었지만 한 귀로 흘린 강천이 더 강하게 쏘아 붙였다.

"아닙니까? 그 때문에 소인을 부른 것이 아니라면…… 아무래도 소인이 자리를 잘못 찾은 모양입니다."

좌중의 웅성거림이 이어졌지만 최충헌의 호탕한 웃음소리가 일시에 술렁임을 걷어냈다. 침묵이 찾아들자 최충헌이 기다린 듯 주먹으로 탁자를 내리쳤다.

"제대로 찾았음이네! 자네가 이번 경합에서 이겨 수토감관이 된다면, 명분과 권력을 좌지우지할 바로 그 황금을 손에 쥐게 되는 게야! 자넨 우리의 명분을, 우린 자네의 황금을, 그렇지 아니

한가?"

수긍하는 듯 미소를 머금은 강천이 잔을 들자 최충헌의 당찬 목소리가 울려 퍼졌다.

"이번 경합의 결과에 우리 모두의 미래가 걸려 있음을, 명심하고 또 명심하게!"

단숨에 술을 털어 넣은 강천이 힘차게 잔을 내려놓자 만면에 미소를 띤 최충헌이 조용히 자리를 파하였다.

"이만하면 뜻을 모은 듯하니 대감들께서는 그만 일어들 나시지요. 이후엔 제가 이 변수와 좀 더 덕담을 나누며 논의 하겠습니다."

고개를 끄덕인 신료들이 썰물처럼 사라지자 제조가 넌지시 입을 열었다.

"내, 자네가 경합에서 이길 가장 확실한 방도를 알려줌세."

뜻밖의 말에 강천의 미간이 꿈틀거렸다. 기껏해야 야합이나 할 줄 알았던 제조 대감이 경합에서 이길 방도를 알려준다? 이상하다 못해 기괴한 느낌이라 내심 실소를 터트렸지만 침묵으로 응대했다. 유심히 강천의 표정을 살핀 제조 최충헌이 말했다.

"유을담, 그자의 유약에 매화꽃을 넣게."

매화꽃을 넣어라? 더욱 기괴한 말이었다. 유약을 만들 땐 매화꽃뿐 아니라 기십의 나뭇가지며 꽃가지며 꽃잎을 사용한다. 한데, 매화꽃을 넣으라니, 또한 그리한들 어찌해 자신이 경합에서 이긴단 말인가? 강천의 심중을 읽은 듯 최충헌의 말이 이어졌다.

"담마진[25]이라는 병이 있네. 사람이 강건할 때는 풍처럼 지나가지만 병약할 때는 기도를 막아 목숨을 앗아가기도 하지."

강천이라고 담마진을 모를 리 없었다. 매화꽃…… 담마진…… 경합…… 선조의 심사, 그리고…… 공빈! 거기까지 생각이 미치자 모든 정황이 이해되었다. 피식 미소를 흘린 강천이 대꾸했다.

"대감, 한낱 수토감관의 경합에 공빈마마의 목숨을 담보하다니요? 배꼽이 배를 잡는 격입니다. 너무 큰 도박이 아닙니까?"

"배꼽이라고 늘 배에 빌붙어 있으란 법이 없고, 판이 클수록 득도 큰 법일세."

"하나, 제가 무엇이 두려워 그런 소인배 같은 짓을 한단 말입니까? 소신은 오직 실력으로써 수토감관에 오를 것입니다."

"두려울 것은 없겠지. 또한 충분히 그런 능력을 갖추고 있을 테며. 하나, 만에 하나 경합에 패한다면? 그럼 어찌할 텐가?"

"대감, 소신을 믿지 못함이옵니까?

"아니, 자네가 아니라 죽 끓듯 변하는 주상의 변덕을 믿지 못함이지."

"……."

----

25) 담마진 : 두드러기의 옛말.

강천의 침묵에 최충헌이 쐐기를 박았다.

"명심하게! 내 장담컨대 분원에서 살아남을 수 있는 건, 자네와 유을담, 둘 중 한 명뿐일 걸세!"

　

그 옛날 세 개의 천부인天符印26)을 손에 쥔 환웅이 인간세상을 구하고자 풍백風伯, 우사雨師, 운사雲師 세 명과 무리 삼천을 거느려 태백산 신단수에 내려섰다. 삼신할미 또한 세 명이라 각각이 아이를 점지하고, 탄생케 하고, 성장케 했으며, 하다못해 쌈짓돈 내기도 삼세 번이라 하지 않던가. 하여 숫자 삼三은 예로부터 완성을 뜻하는 수였고 분원이 설립될 당시 와서瓦署의 경공장京工匠도 이를 고려해 문루에 333개의 벽돌을 쌓았고 문루에서 청사까지의 거리를 정확히 333보로 하였다. 술기운이 돌았으나 습관이 된 헤아림은 잊지 않았다. 정확히 333보를 걸은 후 고개를 들자 여느 관청 못지않은 거대한 청사가 눈앞에서 위용을 뽐내고 있었다. 분원의 사무라면 그것이 무엇이든 대소사를 가리지 않고 이곳에서 담론하고 결정했다. 수토감관과 사용원 중신들이 집무를 보는 곳이기도 했고 대왕의 내방 때도 이곳에 옥교를 놓아 사기장들의 예례를 받았다. 정해시正亥時27)가 지난지라 불빛이라곤

---

26) 천부인 : 청동검, 청동거울, 청동방울.

27) 정해시 : 밤 10시.

바람에 흔들리는 횃불이 전부였다. 청사를 향한 시선에서 고개를 떨어트리자 길게 늘어선 제 그림자가 눈에 들어왔고 정체모를 한숨이 입 밖으로 새어 나왔다. 무거운 입술을 빠져나온 술기운이 허공으로 흩어졌다가 다시 강천의 코끝으로 빨려 들어가는 찰나 눈빛을 번득인 강천이 고개를 돌렸다. 매서운 그의 눈빛이 청사의 서쪽, 을담의 공방을 향해 있었다.

　을담의 공방은 도저히 용도를 알 수 없는 물건들이 어지러이 널려 있어 발 디딜 틈도 없었다. 술초시戌初時[28]경에 경합에 쓰일 유약 준비를 위해 을담의 공방에 들른 초선은 줄곧 공방을 정리하는 데 시간을 할애하고 있었다. 한 시진이 넘어 제 물건이 제자리를 찾자 한쪽에 엎어 놓은 솥단지를 간이식으로 거치된 장작대 위에 놓고 불을 지폈다. 불길이 일자 바싹 말려 놓은 적색 꽃잎을 한 움큼 쥐어 솥단지 위에 뿌렸다. 적색 이파리에 노란 수꽃술이 보이는 동백나무 꽃잎이라, 쉼 없이 살살 저어 주자 거세진 불꽃 위에서 꽃잎은 이내 재가 되었다. 옆에 준비해 둔 유약을 한 바가지 퍼서는 솥단지 위에 부었다. 천천히 유약을 젓는 초선의 손끝에서 재가 된 동백나무 꽃잎이 흰색도 회색도 아닌 끈적이는 액

---

28) 술초시 : 밤 7시.

체와 한 몸이 되어 천천히 녹아들었다. 남은 꽃잎을 죄다 솥에 던져 넣은 초선의 입술에서 옅은 음성이 새어 나왔다.

"제발…… 제발……."

무언가 간절함이 배어 있었고 동동 떠다니던 꽃잎 무리가 이내 솥 안으로 사라졌다. 꽃잎들은 멀건 유약 밖으로 모습을 드러냈다 잠겼다가를 반복했고 물빛도 상응하여 조금씩 변해 갔다. 시간이 얼마나 흘렀을까, 장작은 모두 타들어 가 재가 되고 솥 안에서 연신 끓어오르던 유약도 잠잠해졌다. 땀을 훔쳐내고 굳은 종아리를 푸는 동안 거품이 일던 유약은 적당히 식어 잔잔한 호수처럼 고요해졌다. 침을 꿀꺽 삼킨 초선의 손길이 유약으로 향했다가 이내 그 아래 물밑 어둠 속으로 사라졌다. 따뜻했다. 천천히 손을 꺼낸 초선이 유약을 문질러 보고 맛도 보았으나 표정이 좋진 않았다. 실패, 또 실패였다. 투명하지 않았고 착감도 떨어졌다. 기대가 컸던 탓인가, 찾아든 실망은 감내하기 힘들 만큼 컸고 이내 한숨이 새어나왔다. 바로 그때 삐거덕 소리를 내며 공방의 문이 열리며 강천이 들어섰다.

"유약을 준비하는 것이냐?"

예를 갖추기도 전에 들린 강천의 음성에 가슴이 철렁 내려앉았다. 취기가 오른 모습이었으나 그 매서운 눈빛만은 여전했다. 갸웃한 표정의 초선이 급히 고개를 숙였다. 잠시의 어색한 침묵

속에 을담이 출타했다는 말을 전할 찰나 강천은 일각으로 길게
늘어선 꽃잎 항아리 앞에 서 있었다. 상태를 확인하는 듯 꽃잎을
집어 비비며 향내도 맡아 보았으나 눈빛은 연신 무언가를 찾고
있었다. 그런 중 마지막 항아리 안에 담긴 잘게 잘려진 꽃잎이 눈
에 들어왔다. 매화꽃! 아무리 잘게 잘라 원형의 모양이 남아 있지
않다 해도 강천의 눈을 속일 순 없었다. 술기운에 흔들리던 강천
의 눈빛이 단번에 독기로 차올랐다. 하나 독기를 가면 뒤에 숨긴
뒤 자상한 목소리로 응대했다.

"……이번 경합, 나는 패한다 해도 상관없다."

뜻 모를 말에 초선은 어리둥절했다. 패배라곤 모르던 사람이
아닌가. 적어도 초선이 아는 강천은 그리했다.

"초선이 네가 만든 유약으로 을담이 승리한다면 유약을 만든
너의 공 또한 치하되지 않겠느냐. 최고의 유약을 만들어 공을 세
우거라. 그것들이 모여 너의 꿈을 이뤄 줄 것이니."

반자색 화병을 두고 노기 서린 눈썹을 치켜세운 것이 오늘 새
벽이었다. 난데없는 강천의 변화에 초선은 침묵했다. 그저 알 수
없는 먹먹함만이 가슴 가득 번져 나갔다. 술에 취한 이유라도 상
관없었다. 진심이든 잠시의 가식이든 초선에겐 다시없을 감동이
리라.

"유약의 당도糖度와 기물의 착감, 이 둘의 관계를 아느냐?"

의식적이지 않은, 부드럽고 자연스러운 말투였다.

"예, 당도가 높으면 착감 또한 높다 알고 있습니다. 하지만 무작정 당도가 높은 꽃잎을 썼다가 성질이 다른 토질과 불길을 만나면 균열이 생기고 파자되지요."

듣는 둥 마는 둥한 강천의 손에 매화꽃 조각이 집혔다. 잠시 향을 맡고 혀끝으로 맛을 본 강천이 말했다.

"늘 그렇듯 을담은 이번 경합에 광주백토[29]를 쓸 것이다. 이 매화꽃은, 내가 쓰는 양구백토[30]엔 상충되어 무용지물이지만 광주백토에는 더 없는 유약재이니라. 네게 알려 주마, 이 매화꽃의 사용법을."

생각지도 않은 강천의 발언에 연이어 충격이 어렸지만 귀한 유약재 사용법을 알려 준다는 말에 이내 기대 어린 눈빛으로 변화했다. 초롱초롱 반짝이는 초선의 눈빛이 강천의 양심을 흔들었으나 부풀어 오른 욕망이 이내 죄책감을 짓눌렀다.

다음 날 새벽 을담이 공방을 찾았을 땐 항아리 가득 매화꽃 유약이 준비되어 있었다. 무엇을 어찌 만들었는지 연유 따윈 묻지 않았다. 반자색 화병 건으로 줄곧 침울해 하던 초선의 기분이 좋아진 듯하여 그저 응원해 주고 싶은 맘뿐이었다. 좋은 유약을 만

---

29) 광주백토 : 경기도 광주에서 나는 백토
30) 양구백토 : 강원도 양구에서 나는 최고 품질의 백토

들었다면 그걸로 좋고 혹 아니라도 크게 상관없었다.

"매화꽃이 경질 도기에 효능이 있다면, 연정練正[31)에게 통보해 정식으로 사용토록 하마."

말간 초선의 눈빛에 그저 속없는 미소가 번지었다.

준비된 태토와 시수, 유약, 가마에 들어갈 장작 하나하나까지. 이를 준비하는 사기장들의 눈빛도 움직임도, 어느 무엇 하나 모자람이 없었고 최선 최상의 상태를 유지했다. 나흘에 걸친 성형과 건조, 초벌과 재벌이 끝난 후 진흙으로 막아 둔 가마를 열자 붉은 화염을 뒤집어 쓴 발그레한 갑발匣鉢[32)이 보였다. 화장 고덕기의 손에서 조심스레 밖으로 나온 갑발이 열리자 사방에서 감탄이 쏟아졌고, 조선 역사상 최상품의 주자注子[33)와 차완이 잉태되어 나왔다.

금루에서 미시를 알리는 북소리가 들려왔다. 북소리에 장단을 맞추듯 을담과 강천의 발길이 자미당으로 들어섰다. 그 어느 때보다 엄숙했고 경건했으며 한걸음 한걸음에 신중함이 깃들어 있

---

31) 연정 : 유약 담당 사기장.

32) 갑발 : 자기를 보호하기 위해 씌우는 그릇.

33) 주자 : 술주전자.

었다. 이내 자미당 앞에 다다르자 기다리고 있던 상선을 따라 공빈의 침소로 들어섰다.

깍듯이 예를 갖추어 좌정하자 이내 선조의 시선이 두 사람의 작품을 차분히 응시했다.

봉래산 선경을 연상케 하는 십장생이 바닥까지 에워싸고 있고 그 위로 창공을 날아오를 듯한 청룡이 살아 있는 듯 꿈틀대고 있었다. 투각기법을 사용한 네 개의 잔엔 생동감 넘치는 매난국죽 梅蘭菊竹 사군자가 수일간 정제한 청화안료의 빛깔을 발하였고, 차완에 뜨거운 물이 들이차자 용이 입김을 내뱉는 듯했다. 선조의 어수가 천천히 청룡을 틀어쥐었고 이내 차완을 들어 그윽한 맛을 음미하였다. 향이 깊은 듯 잠시 입속에 머물렀던 찻물이 목젖을 타고 흘러들어가자 만족스러운 표정의 선조가 고개를 끄덕였다.

"백색의 청렴이 화려함을 입었도다. 또한 대왕 앞에서 이리도 위용을 뽐내고 있으니…… 진정 위엄 서린 잔이 아닌가."

고개를 끄덕인 선조의 시선이 지그시 강천을 향했다.

"이 변수의 솜씨인가?"

강천은 대꾸 없이 부복하였고 이내 흡족한 선조의 목소리가 들렸다.

"왕실 소용 자기는 자네가 맡도록 하지"

승리했다. 깊이 고개를 조아려 입에 걸린 미소와 득의한 눈빛을 감추자 이내 선조의 시선이 을담의 차완을 향했다. 실망 그득한 눈빛이었다.

"어찌 이러한가……? 그저 조잡한 질그릇이 아닌가……!"

바싹 긴장한 을담을 곁눈질로 살핀 선조의 시선이 재차 차완을 향했다. 화려한 장식은커녕 문양 하나 없는 질그릇에 을담의 지흔指痕마저 선명히 남아 있었다. 그때 가만히 닫혀 있던 공빈의 입술이 자그맣게 열리었다.

"전하. 소첩의 눈엔 그저 신기하기 그지없사옵니다. 언뜻 보면 볼품없어 보이나…… 그 소탈함에 눈이 가고 또 정이 가지 않사옵니까?"

멈칫한 선조의 눈빛이 잠시 공빈을 향했다가 이내 미소로 화답했다.

"허허…… 그러하오? 내 공빈에게 그릇을 보는 눈이 있단 걸 또 미처 몰랐구려."

만개한 듯 미소를 머금은 공빈이 그릇을 보며 입을 열었다.

"보시옵소서 전하. 저 그릇은 그저 고단한 백성의 삶이 아니옵니까. 유약은 애처로운 백성의 땀과 눈물이라 그릇 가득 스미었고, 애통한 삶이 응어리진 듯 번지다 말고 흘러내려 그 마음이 또한 애달프옵니다. 아무렇게나 휘어진 물레선은 벗어날 수 없는 고단한 삶의 굴레이고, 낮게 깔린 굽은 죽는 순간에도 좀처럼 포기하지 않는 백성들의 작은 희망이오니, 실로 민초의 삶을 담아낸 그릇이 아니겠습니까. 전하, 전하께옵서 백성을 아끼시는 마음이 하해와 같사오니 이 차완을 전하의 곁에 두시면 더욱 빛을 발할 것이옵니다."

기대치도 않은 공빈의 감상평에 선조의 만면 가득 감탄이 스며들었고 이내 확신에 찬 어조로 입을 열었다.

"내 전용 다기는 유 변수가 맡도록 하지."

을담의 얼굴에 화색이 비치진 않았지만 강천의 얼굴은 순간 잿빛이 되었다. 도저히 납득할 수 없는 결과였다. 강천의 눈엔 그저 조잡한 질그릇일 뿐 그 이상 무엇도 아니었다. 무늬도 없고 빛깔 또한 고르지 못했다.

'강년전이 아니라 민초들의 밥상에나 어울리는 질그릇이 아닌가! 그래, 왕이든 소첩이든 어차피 자기를 볼 줄 모르는 놈들인 게야!'

그리 이를 악다물고 끓어오르는 분노를 되삼키는데 문득 제조 최충헌의 목소리가 귓전을 스쳤다. '자네가 아니라 죽 끓듯 변하는 주상을 변덕을 믿지 못함이지.' 그땐 제조 대감을 비웃었으나 이제는 모두 이해가 되었다.

어차피 자기를 보는 안목이라곤 눈곱만큼도 없는 자들이니 정정당당함은 애초에 필요가 없는 것이리라. 순간 강천의 눈빛이 번득였다. 아직 기회가 남아 있었다. 흡족한 선조를 부추겨 공빈이 차를 마시게 하면 그뿐이리라. 독기 어린 흉계가 빠끔히 머리를 내밀 찰나 선조가 앞서 입을 열었다.

"어떠하오? 이 자리가 공빈을 위해 마련한 자리니 어디 맛이라도 보시구려."

순간 참혹했던 강천의 낯빛에 화색이 돌았다.

'천운이로구나! 실로 하늘이 나를 택하였음이야!'

미소로 화답한 공빈이 광해를 내려놓고 차를 음미했다. 두 번 세 번…… 기꺼운 마음으로 잔을 내려놓기가 무섭게 병세가 짙은 감색의 피부가 붉게 달아올랐다. 어지러운 듯 머리를 흔들었지만 점점 흐려지는 눈의 초점을 다잡기 어려웠다. 한순간 떨어지던 정신을 붙잡은 공빈의 목소리가 입술 밖으로 흘러 나왔다. 붉게 충혈된 눈빛이 지밀상궁을 향해 있었다.

"대체…… 이 차에 무엇을 탄 게냐!"

긴장한 낯빛의 지밀상궁이 급히 답하였다.

"마마, 그저 마마께옵서 평소 즐겨 드시는 국화차이옵니다."

만면 가득 불신 어린 공빈이 읊조렸다.

"그럴 리가…… 그럴 리가 없다……."

영문을 모른 선조가 화들짝 놀라 물었다.

"공빈……! 어찌 그러시오?"

대꾸 없는 공빈의 독기 어린 눈빛이 이내 을담을 향했다. 무언가 잘못되었다. 돌이킬 수 없는 종국의 상황이 머릿속에 그려졌고 잔잔했던 을담의 심장이 터질 듯 요동쳤다.

"말해 보라…… 이 그릇…… 대체 무엇으로 만든 게야……."

원망 가득한 눈빛이 화살처럼 을담의 눈빛을 파고들어 숨을 쉴 수조차 없었다. 그저 침묵할 수밖에 없는 을담 앞에 마지막 숨결을 들이쉰 공빈이 소리쳤다.

"묻지 않느냐! 대체 이 다기를 무엇으로 만든 게야! 대체 무엇을……!"

파들파들 떨리던 눈동자가 일순간 뒤집어졌고 원통한 외침은 매가리 없이 흩어졌다.

"공빈! 공빈!"

충격 어린 선조의 외침이 자미당을 울렸다. 흙빛으로 변한 을담의 표정을 강천은 그저 조용히 곱씹었다. 만감이 교차하는 표정이었다. 공빈의 안위도, 을담의 억울함도 아닌, 그저 이렇게밖에 을담을 이길 수 없는 자신의 비통함 때문이었다.

왕이 총애하는 후궁이 쓰러지자 궁궐이 통째 들썩였다. 엄한 목숨 수십이 떨어져 나간다 해도 누구 하나 반문할 수 없는 통에 다행히도 그 엄한 목숨은 을담의 것 하나로 좁혀졌다. 준비라도 한 듯 공빈이 혼절한 직후 소주방燒廚房 첨정僉正과 판관判官이 선조를 알현하여 진상된 인삼과 찻물에는 독이 없다 주장하였고 내의원에서 한 목소리를 내어 이를 뒷받침해 주었다. 하여 자연스레 을담이 그릇에 도포한 유약에 초점이 맞춰졌다.

권력에 빌붙은 작금의 의금부는 형평성을 잃은 지 오래고, 없는 죄는 조작을 해서라도 만들어 내었다. 사대부의 입김에 따라 무죄가 유죄되는 바로 그 의금부에 을담이 부복하고 있었다. 의금부 판사의 집요한 추궁에 을담이 목청껏 고하였다.

"소신이 제조한 유약에는 결코 독도 역심도 없사옵니다! 이 유약을 마셔서라도 증명할 수만 있다면, 소신, 그리할 것이옵니다!"

그러곤 대뜸 유약 사발을 들어 벌컥 들이켰다. 한 방울 남기지 않고 사발을 내려 놓고서야 좌중의 시선이 누그러졌다. 그때 뒤늦게 들어선 어의가 나섰다.

"혹, 유약에 쓰인 재료 중에 매화꽃이 있지 않은가?"

을담의 눈썹이 꿈틀거렸다.

'매화꽃이었던가!'

그 순간 유약 가득했던 매화꽃 향기가 코끝에 스미었고 초선의 얼굴도 오롯이 떠올랐다. 한 치의 주저함도 없었던 을담이 침묵했고 이는 수긍의 뜻으로 받아들여졌다. 어의가 말을 이었다.

"전하. 호흡곤란으로 의식을 잃고 발진과 두통을 동반하는 병증은 다름 아닌 담마진이옵니다.

"담마진이라?"

"예 전하. 가볍게는 가려움증을 동반한 열꽃이 피고, 심한 경우는 기혈이 막히고 혼절하는 경우도 있사온데, 공빈마마께서는 매화꽃 담마진이 있사옵니다."

도저히 믿기지 않는 일이 눈앞에 벌어졌고 그 어떤 이유로도 이 지독한 마수에서 벗어날 방도가 없어 보였다. 가여운 초선의 이름을 팔아 이 난국을 벗어나고픈 마음도 없었다. 해서 유약에 매화꽃을 넣은 것은 사실이며, 의도치는 않았으나 공빈마마를 위중케 하였으니 죽여 달라 읍소하였다. 그 순간 기다린 듯 노기 서린 제조 최충헌의 목소리가 울러 펴졌다.

"전하! 저 사악한 자가 공빈마마를 해하려 하였음이 모두 증명되었습니다. 대역죄를 물으시옵소서!"

"대역죄를 물으시옵소서!"

모든 대소신료가 한 목소리를 내던 그때 강천이 급히 무릎을 꿇었다. 그러곤 담대하게 입을 열었다.

"전하, 한낱 사기장이 공빈마마의 병증을 알 리 없고, 또한 고의성이 있다 볼 수도 없사옵니다. 하나, 그 죄 또한 없지 않은 바…… 지금까지의 공을 참작하여 삭탈관직하고 분원에서 내치는 것으로 죄를 벌하는 것이 어떻겠사옵니까?"

좌중이 술렁였다. 그러나 기가 막히게도 그 순간 내의원 참봉이 달려와 공빈이 깨어났음을 아뢰었다. 목숨엔 지장이 없으며 이미 원기를 회복하였다 그리 고하였다. 하여 진심이든 아니든 강천의 목소리가 어심을 움직이기에 충분한 조건이 되었다.

"변수 이강천을 수토감관에 명하니 종사에 차질이 없도록 하라."

주자가 하나 잔이 네 개, 실로 혼신을 다한 작품이었다. 잔 하나의 가치가 전답 열 필에 이르는 수작이었고 주자와 네 개의 잔을 합치면 그야말로 황금에 비견되는 작품이었다. 두렵지 않았다. 그 누구도 닿을 수 없을 거라 확신했다. 하지만 을담이 만든 차완은 시퍼렇게 날 서린 한 자루의 검이었다. 한기를 품은 날카로운 설풍처럼 청룡과 매난국죽을 일거에 베고 또 쓸어 버렸다. 그대로 강천의 목 끝을 겨누고 돌진해 왔다. 하지만 그걸로 끝이었다. 강천의 암수가 무딘 을담의 검을 깡그리 부숴 버렸다.

"자네가 졌네."

의금부를 나선 순간에 그리 말했다. 언제나처럼 을담은 그저 너털웃음을 짓고 말았다. 분원의 세계는 조정의 축소판이다, 조정의 위정자들과 손을 잡는 것 또한 전략이다. 고루한 사기장이 아닌, 선각자의 눈으로 승리한 것이다. 강천은 그리 마음을 다잡고 애써 양심을 외면했다.

"앞으론…… 나 이강천의 분원이다!"

개혁이다. 분원을 바꿀 것이다. 앞으로의 분원은 다르게 변할 것이고 위정자들의 주머니를 채워 주는 화수분貨水盆이 되진 않을 것이다. 저 멀리 명국과 왜국, 그 너머 천축국天竺國과 화란和蘭까지도 분원의 명성을 휘날릴 것이다. 또한 그 한가운데 자신이 우뚝 서게 될 것이다. 분원의 현판 앞에 선 강천의 머릿속으로 수백의 상념이 스쳤고, 수문장의 예례가 채 끝나기도 전에 기다린 듯 문이 열렸다.

"오셨습니까. 낭청 어른!"

낭청郎廳이라? 그 얼마나 오랜 기간 숙원했던 말이었던가. 심장에서 시작된 묘한 떨림이 손끝까지 전해졌다. 눈앞에 구름을 이룬 군중이 휘둥그레진 자신의 눈만을 바라보고 있었다. 수위 사기장들을 비롯한 봉족과 잡역들까지, 분원에서 밥을 빌어먹고 사는 인간은 모두 모인 듯 보였다. 그들의 시선에 비친 제 모습이 한낱 짐승으로 보이더라도 상관없었다. 아비가 그러하였고, 조부가 그러하였듯, 오늘로써 부와 명예, 권력을 모두 손에 쥐었다.

"어허, 낭청이라니! 본원本院의 승계 절차가 남았으니 자중들 하게."

질타의 말로 들리진 않았다. 눈치 빠른 사령使令은 "예, 낭청 어른." 하며 경쾌한 목소리로 너스레를 떨었다. 강천은 곧장 청사로 향했다. 대장군의 승전 행렬마냥 사기장들이 뒤따랐고 사방에서 연신 감축의 인사가 울려 퍼졌다. 오늘 아침까지도 변수였고 저들의 우두머리였으나 무언가 사기장들의 행태가 달라져 있었다. 눈빛도, 목소리도, 태도도. 변수는 고작해야 사기장들의 수장이었지만 수토감관은 엄밀히 말해 사옹원 본원에서 분원에 파견을 보낸 품계를 받은 사옹원 관리였다. 사농공상중 공工이 아닌 사士의 지위, 하여 강천의 심중이 소리쳤다. 나는 다를 것이다! 현실을 모르는 사옹원의 위정자들을 실력으로 농락할 것이며 기어오르는 사기장들을 관직의 기세로 꺾어 누를 것이다. 분명 달랐다. 눈빛도, 목소리도, 발걸음도.

몇몇 사기장들이 홀로 서 있는 을담에게 예를 갖추고 사라졌지만 어느 누구도 곁에 서 주진 않았다. 강천이 수토감관이 되고 을담이 분원에서 내쳐진다는 소문은 공공연한 사실이었고 평소 인망이 두터웠기에 몇몇은 을담을 향해 위로를 말을 건넬 수도 있었으나 시기가 좋지 않았다. 혹여 그런 행동이 강천의 눈에 거슬리지는 않을까 걱정이 앞섰다. 다만 초선을 제외하곤.

"이 모두가…… 이 모두가 제 탓입니다."

작은 떨림이 동반된 음성이었다. 누가 들을까 일부러 작은 목소리를 낸 것인지 가슴속 울분이 목소리를 잡아끌어 저절로 그리 된 것인지 초선 본인조차도 정확히 알지 못했다. 전신이 떨렸고 후들거리는 다리가 언제 무너져 그대로 주저앉을 줄 몰라 불안해 보였다.

"누구를 탓하겠느냐, 모두 나의 부덕이다."

그리 말하여 초선이 짊어진 짐을 덜어 주었지만 초선의 눈에 방울방울 맺힌 눈물은 연신 바닥을 적시고 있었다. 하염없이 눈물만 떨구고 있는데 을담이 통패通牌[34]를 내 밀었다. 눈물을 훔친 초선이 물었다.

"통패가 아닙니까? 어찌 제게……."

"더는 내 것이 아니지 않느냐."

"나리……!"

"초선아. 혹여 유약에 관해선 괜한 소리 말거라. 네 잘못도 아 니며 이미 엎질러진 물이다."

"나리……! 나리……!"

떨리는 두 손에 통패를 받아들자 간신히 버티고 있던 다리가 풀리며 털썩 주저앉고 말았다. 이내 소리 없는 통곡이 쏟아졌다. 지난 십여 년간 아비였으며 스승이었고 또 오라비 같은 존재였

---

34) 통패 : 분원의 변수임을 증명하는 신분증.

다. 은혜하는 마음이 그윽했고 강천의 손에 더럽혀지지 않았다면
아껴 둔 순정을 바치고도 남을 사내였다. 그런 을담의 가슴에 비
수를 꽂지 않았던가. 다름 아닌 자신이. 흙바닥에 눈물을 떨구고
죄송하단 말을 되풀이 하는 것밖엔 할 수 있는 것이 없었다. 을
담은 되레 그런 초선의 어깨를 토닥여 주었다. 그래서 더 울분이
터져 나왔다. 당장이라도 강천에게 달려가 따지고 싶었으나 백
에 하나 천에 하나를 믿고 싶었다. 우연일 게다! 그저 오비이락烏
飛梨落일 것이다! 강천 나리도 이리 될 줄은 몰랐을 것이다! 진정
그리 믿고 싶었다. 하염없이 눈물을 떨구는 초선의 시선 끝에 멀
리 석양 아래로 사라지는 강천이 희미하게 보였다가 이내 연기처
럼 사라졌다.

빈청에 들어선 강천은 감회에 젖은 눈으로 주변을 둘러보았다.
그러고 보니 무언가 변해 있었다. 늘 지나온 문루의 돌담도, 사기
장들의 바쁜 움직임도, 가마와 청사의 전경도, 대체 무엇이 바뀌
었는지 알 수 없었지만 이내 깨닫게 되었다. 늘 정면으로 바라보
던 것들을 지금은 한껏 내려다보고 있었다. 빈청 또한 마찬가지
라, 주인 없는 공간이었을 땐 그저 넓고 차갑고 딱딱한 장방형 덩
어리에 불과했지만 지금은 따뜻하고 아늑한 공간이 되어 있었다.
만면에 메마른 미소를 머금고 있었지만 작은 승리에 도취되어 축

배를 들 마음은 없었다. 아니, 흥분을 가라앉히자 되레 화가 치밀어 올랐다. 권좌는 손에 넣었으나 경합에선 패하지 않았는가. 어찌 대왕이라는 자가 똥 된장도 구분하지 못한단 말인가! 입에서 욕지거리가 튀어나왔다. 혼신을 다해 만든 명품이었거늘! 작은 화가 활화산 분노가 되었고 귀하게 모셔 둔 자기 몇 점이 산산이 부서져 나갔다. 그러기를 이내 또 비웃음이 서렸다. 방계 출신의 왕이라 보는 눈 또한 그리 형편없는 겐가! 그리 생각하니 위로가 되었다. 잠시 숨어 있었던 승자의 미소가 슬그머니 고개를 내민 때 초선이 목소리가 들렸다.

"지기를 버리시고도 그리 웃음이 나십니까!"

어느 틈엔가 들어선 초선의 충혈된 두 눈동자에 원망과 분노가 한껏 서려 있었다. 잠시 초선을 노려보던 강천이 같잖은 투로 물었다.

"어찌 그런 눈으로 보는 것이냐?"

"말씀해 보시지요! 제게 매화꽃을 권하신 연유가 무엇입니까?"

순간 움찔한 강천의 얼굴에 당황함이 비쳤으나 이내 흩어졌다. 차분하게, 그리고 차갑게 대꾸했다.

"매화꽃은 유약의 당도를 높여 기물의 착감을 높인다. 내 익히 말하지 않았느냐."

"아니요. 일부러 그러신 게지요. 조정의 간신배들과 작당하여 유을담 나리를 내치기 위해."

"무어라? 대체 무슨 근거로 그리 말하는 것이냐? 공빈마마의
속병을 내 미리 알고 있어야 했단 말이냐? 아니지, 혹 내 알고 있
었다고 한들…… 나를 기만한 초선 네게 비할 순 없을 테지."

"제가 나리를 기만하다니요? ……무슨 말씀이십니까?"

"설마 내가 모르고 있을 것이라 생각했더냐?"

순간 당황한 듯 초선의 눈빛이 흔들렸고 가늘게 떨리는 두 눈
동자를 쏘아보던 강천이 천천히 다가섰다. 한 호흡을 두고 멈춰
선 강천이 잽싸게 치맛자락을 들춰내자 잔뜩 부른 만삭의 배가
드러났다. 화들짝 놀란 초선이 급히 몸을 빼며 분노 어린 시선으
로 강천을 쏘아봤지만 아랑곳 않는 표정의 강천이 바싹 다가서
초선과 눈높이를 맞췄다. 두려운 눈빛이었다. 옆으로 몸을 피한
초선이 소리쳤다. 조용히 그리고 힘없이.

"……물러서십시오. 이 아이는…… 어찌하건 제가 키울 겁니
다……."

"아이를 키우건 말건 내 상관할 바 아니나, 어찌하였건 너는 분
원을 떠나야 할 게다. 네가 떠나지 않겠다면 내가 보낼 것이다."

"그런 이유였습니까? 반자색 화병을 놓고 그토록 무참히 저를
짓밟은 이유가, 저를 내치기 위해서였습니까? 이 아이의 존재를
지우기 위해! 진정 그런 것입니까?"

그런 듯 잠시 침묵한 강천이 무겁게 입을 뗐다.

"떠나라. 그것만이 네가 편히 살 수 있는 길이다."

단단히 입술을 깨문 초선이 고개를 젓곤 목청껏 외쳤다.

"제가 왜, 대체 왜 떠나야 합니까!"

"어찌……! 그럼 잿물이라도 마셔 진즉에 아이를 지웠어야지. 어찌 이 지경이 되도록……."

"나리! 잿물이라니요? 어찌 그리 말씀하십니까? ……나리의 아이가 아닙니까? ……아니요 ……맞습니다. ……나리가 이런 분인 줄 진즉에 알았다면, 아홉 달 전으로 다시 돌아갈 수만 있다면! 잿물 아니라 독이라도 마실 것입니다! 암, 마시고말고요."

"닥쳐라! 내 너를 범한 것에 후회가 없다 할 순 없으나 그렇다 하여 무작정 너의 농락을 호락호락 받아 줄 마음 또한 없다! 화를 입고 싶지 않다면 당장 분원을 떠나거라."

"늘 이런 식입니까? 유을담 나리도, 저도, 배 속의 이 아이도…… 맘에 안 드는 건 뭐든 그리 내쳐 버리면 그뿐입니까?"

"알지 않느냐? 어차피 너는, 사기장이 될 수 없다."

"예…… 아니 된다. 불가능하다. 여인은 이룰 수 없다. 알고 있습니다. 그래도 사기장이 되고 싶어 분원에 발을 들였고 제 뼈를 여기 묻겠다 결심했습니다. 아십니까? 저는 죽더라도 여기 분원에서 죽을 겁니다! 혼백이 되어서라도 분원에 남을 것입니다!"

"네년이 진정……!"

순간 진노한 강천의 손길이 초선의 뺨을 후려쳤다. 그럼에도 발갛게 달아오른 얼굴을 감싼 초선의 눈빛은 흔들림 없이 되레 차갑게 내려앉았다.

"이 아이 아비는…… 제가 죽는 한이 있어도 발설치 않을 테니 걱정 붙들어 매십시오. 하나, 저는 떠나지 않을 것입니다. 결코……!"

그 순간 초선이 강천의 눈앞에 통패를 들어 보였다.

"……!"

"분원의 변수임을 증명하는 통패, 유을담 나리의 통패입니다. 버리시건, 새로 만드시건, 나리께서 알아서 하십시오."

통패를 바닥에 내동댕이친 초선이 싸늘히 시선을 거두고 사라졌다. 강천은 물끄러미 바닥에 떨어진 통패를 응시했고 빈청엔 먹먹한 적막만이 내려앉았다.

축 늘어진 몸으로 빈청을 나선 초선이 터벅터벅 걸음을 떼었다. 금방이라도 비가 쏟아질 듯 먹구름이 하늘을 뒤덮고 있었고 간간이 새어 나오는 달빛이 초선의 눈물 어린 얼굴을 두들겼다. 후들거리는 다리가 좀처럼 진정되지 않았고 초저녁 찬바람이 목덜미를 훑고 지나자 전신이 떨렸다. 가까스로 몸을 움직여 청사를 벗어났다. 정처 없이 걸었다. 을담의 공방을 지나 착수소, 수

비소를 지나 문루 앞에 다다라서야 문득 정신이 들었다. 그때 누군가의 목소리가 들렸다. 낯선 사내의 목소리였다.

"그대가 혹 변수 유을담의 봉족이오?"

초선의 초롱초롱한 눈망울이 낯선 사내를 향했다. 매서운 눈빛에 허리엔 검을 차고 있는 사내가 둘이었다. 무슨 일인가. 미처 대꾸를 하기도 전에 사내의 시퍼런 칼날이 초선의 목을 향해 날아들었다. 그리고 기억이 끊어졌다.

근정전의 하늘이 더없이 어두운 밤이었고 곳곳에 밝혀 놓은 횃불도 어둠을 밝히기엔 역부족이었다. 명국 사신을 접대하는 환영연이라 악사의 아악도 연희의 정재무呈才舞도 더없이 화려하고 역동적이었다. 천천히 하월대下月臺를 오르던 선조의 시선이 문득 흑화 신발飾履을 향했다. 힘이 없었다. 줄곧 뿌리 없는 피곤이 발목을 잡고 있는 터라 계단을 오르는 것조차 힘에 부쳤다. 조선의 지존이 어찌 이리도 맘껏 할 수 있는 게 없는지 문득 짜증이 일었다. 잔뜩 일그러진 얼굴을 숨기려 고개를 늘어트린 채 상월대上月臺 답도踏道에 새겨진 봉황문과 당초문을 지났다. 문득 아악이 멈췄고 정적이 감돌았다. 멈칫한 선조가 고개를 돌리니 근정전을 가득 메우고 있던 대소신료들이 온데간데없이 사라지고 없었다. 악공들도, 연희들도, 하다못해 내금위병 하나 보이지 않왔다. 어찌된 일인가! 고개를 돌리자 순간 손끝에서부터 소름이 기어올랐다. 등골을 타고 전신에 퍼진 소름은 한겨울 냉수를 뒤집어 쓴 듯 섬뜩하였다. 낯설지 않은 사내가 자신이 앉아야 할 어좌에, 백색 가면의 사내가 어좌에 앉아 있었다.

"네…… 네 이놈! 감히 예가 어디라고…… 여봐라! 여봐라!"

진노한 선조의 외침이 일갈 터져 나왔지만 허공에 맴돌 뿐 퍼져나가지 않았다. 어좌에서 일어선 가면의 사내가 천천히 선조에게 다가섰다. 망연자실한 선조가 뒷걸음질로 물러섰지만 마치 귀신처럼 스르르 선조 코앞까지 다가선 가면의 사내가 선조의 코앞에 얼굴을 내밀었다. 눈이 마주쳤다. 흑색의 눈동자였다. 입은 열리지 않고 다만 전율 어린 공포가 선조의 심장을 잠식해 갔다. 그때 새하얀 백색 가면의 끝에서 작은 파장이 일더니 서서히 자색 빛으로 물들었다. 왼쪽 상단의 한 점에서 시작된 자색은 느리지도 빠르지도 않은 속도로 퍼져 나가 가면의 중앙에서 무언가에 막힌 듯 멈췄다가 이내 위로 그리고 아래로 번져 나갔다. 하여 백색의 가면은 정확히 백색과 자색으로 양분되었고 그 사이 작은 구멍으로 사내의 눈동자가 비웃듯 선조를 보고 있었다.

"반, 반자색!"

그 순간 악몽에서 깨어났다. 부들부들 떨리는 선조의 눈빛 끝에 반자색 화병이 서 있었다. 흉몽을 지우기 위해 가져다 놓은 반자색 화병이 어쩌면 염몽의 시작일 수 있었다. 주먹을 움켜쥔 선조의 목청이 터져 나왔다.

"밖에 있느냐! 당장 상선을 들라 하라!"

이내 겸사복과 의관조차 제대로 갖추지 못한 상선이 허겁지겁 침소로 뛰어 들어왔다. 잠시 후 선조의 밀명을 받은 상선은 내시부의 젊은 내관 둘을 따로 불러내어 무언가 밀명을 내렸고 이내 선조가 밖으로 나섰다.

"앞장서거라."

조용히 읍한 상선이 등롱을 비추어 앞장섰다. 스산한 바람을 마주하여 걷길 반시진이 지나자 성수청이 눈에 들어왔다. 짧은 회랑을 지나 안쪽의 신주당 문을 열자 기다린 듯 국무가 단정한 차림새로 선조를 맞았다. 그들에겐 결코 고통스럽지도 길지도 않은 밤이었으나, 누군가에게는 참으로 길고도 혹독한 재앙이 내린 밤이었다.

차가운 어둠 속에서 눈꺼풀이 파르르 떨렸다. 축 늘어진 머리를 세우기 위해 목에 힘을 주자 지릿한 고통이 엄습했다. 힘겹게 눈을 떴다. 얼굴에 복면을 씌운 듯 아무것도 보이지 않았다. 머리는 돌덩이처럼 무겁고 가슴은 쥐어짜는 듯 답답했다. 팔을 움직이려했으나 욱신거리기만 할 뿐 옴짝달싹할 수 없었다. 칠흑 같은 어둠 속에서 본능에 가까운 신음 소리가 흘러나왔다.

"뉘십니까…… 살려 주십시오……."

얼굴을 가리고 있는 복면이 벗겨 나가자 다시 어둠컴컴한 밀실이 눈에 들어왔다. 빛이 들어올 창문은 없었으나 작은 촛불이 있어 완벽한 어둠은 아니었고, 낯선 사내와 낯선 여인이 앞에, 자신을 납치한 사내 두 명은 좌우로 서 있었다. 처음엔 분원의 백자기를 노린 저자의 왈패들이라 생각했으나 저들의 모습에서 왈패들의 거친 느낌은 들지는 않았다. 함께 납치되었다 생각한 여인 또한 가만히 보니 그 복색이며 표정이 자신과는 사뭇 달랐다. 이어 문이 열리고 선조가 들어서자 초선은 본능적으로 눈앞의 사내가 조선의 대왕 선조임을 알아보았다. 두해 전, 먼발치에서 본 선조의 용안이 뚜렷이 떠올랐다.

"전하! 살려 주십시오 전하!"

왜 잡혀 왔는지, 무슨 연유인지, 화병 때문인지, 매화꽃 때문인지, 별의별 생각이 다 들었지만 알 순 없었다. 할 수 있는 일이라곤 그저 고개를 숙이고 목숨을 구걸하는 것이었다.

"살려 주십시오, 전하……!"

애절한 초선의 외침이 선조의 가슴에 와 닿았고 초선의 손끝이며 옷자락을 떠난 기이한 훈향이 또한 선조의 코끝에 와 닿았다. 꽃내음인지 살내음인지 아리송하였으나 좋은 향이었다. 여태 맡아 보지 못했던. 넌지시 초선의 얼굴을 살피자 눈물 어린 눈망울은 맑은 빛을 머금고 있었다. 마치 밤하늘의 별을 보는 듯했다. 노란 회장저고리에 남루한 치마를 입었지만 궐내 여느 후궁들보다 빛이 났다. 이해할 수 없었다. 그때 다시 한 번 아릿한 훈향이 선조의 코를 엄습했다. 확실히 싫지 않은 향이었지만 무슨 내음인지는 도통 알 길이 없었다. 알 필요도 없었다. 선조가 물었다.

"네가 왜 이곳에 잡혀 왔는지 아느냐?"

"모…… 모르겠사옵니다……. 사…… 살려 주십시오, 전하……."

공포에 물든 눈빛이 살려 달라 애원하고 있었고 국무는 애써 그 눈빛을 외면하고 있었다. 지나온 삶이 후회되었고, 하늘이 원망스러웠고, 아비가 원망스러웠고, 이리 태어난 자신이 원망스러웠다. 자신의 몹쓸 거짓이 한 여인을 벼랑 끝으로 내동댕이치고 있었다. 번복할 수도 뒤집을 수도 없었다. 하나 굳게 닫고 있던 입술을 힘겹게 열어 단호히 말했다.

"네가 잡혀 온 것은…… 바로 이것 때문이다!"

국무가 반자색 화병을 내놓았다.

"이 흉물을 잉태한 것이 바로 너의 죄다!"

"……!"

어찌 화병 하나 만든 것이 죄가 될 수 있는가 따지고 싶었지만 목구멍 속에서 맴돌 뿐 새어나오지 않았다. 국무의 말이 이어졌다.

"전하, 자색은 부와 고귀를 상징하오며 동시에 회개와 속재를 나타내기도 합니다. 하지만 이 모든 것은 온전한 자색이 나타내는 것일 뿐, 반자색의 자기는 이 모든 것을 부정하고, 어심을 불안케 하며, 국론을 분열시킬 징조이옵니다."

마치 준비라도 한 듯 쏟아져 나온 말에 선조는 고개를 끄덕였다. 어심을 확인한 국무가 잠시 호흡을 고르곤 말을 이었다.

"이 화병은 불에서 탄생한 흉물이옵니다. 불의 화기는 오직 물의 기운으로써 잠재울 수 있사오니 이 흉물은 경회루 연못에 던지시옵소서. 법궁을 지키는 두 마리 용의 기운이 흉물의 화기를 잠재울 것이옵니다. 또한 저 여인은 도성 밖에 피를 뿌려 죽이시옵소서. 더러운 피는 성수聖水가 정화할 것이며 그 살과 뼈는 백색의 자연으로 회귀할 것이옵니다."

국무의 청천벽력 같은 발언에 경악 어린 표정의 초선이 외쳤다.

"아, 아닙니다. 이 화병은 그저 요변으로 나온 것입니다. 흉물이 아닙니다! 전하, 소인은 죄가 없사옵니다! 살려 주시옵소서, 전하!"

선조의 얼굴엔 아무런 표정도 없었다. 무미건조한, 그래서 가장 두려운 표정이었다.

"국무의 뜻대로 하라."

"전하! 살려 주십시오, 전하! 이 배 속에……!"

순간 내관의 수도가 초선의 뒷덜미를 가격했고 초선의 공허한 외침은 메아리 없이 흩어졌다. 선조의 시선이 물끄러미 쓰러진 초선을 살폈지만 죄책감 따윈 없었다. 가혹하거나 냉정해서가 아니었다. 임금의 안위가 한낱 봉족의 목숨 몇 백보다 귀했기 때문이었다. 밀실을 나서고서야 기이한 훈향이 무엇인지 알 수 있었다. 유약이 머금고 있던 꽃내음이었다. 매화꽃이며 복사꽃이었고, 동백꽃이며 또한 배꽃이었다. 먹구름 가득한 하늘을 보는 선조의 얼굴에 어두운 그림자가 드리워졌다.

선조에게 예를 갖춘 국무는 곧장 경회루로 향했고 손수 반자색 화병을 경회루 연못에 던져 넣었다. 파문을 일며 사라지는 화병을 보는 국무의 눈에 옅은 자괴감이 어렸으나 이내 흩어졌다. 이 구중궁궐에서 살아남으려면 어쩔 수 없는 선택이었다, 그리 스스로를 위로할 뿐이었다.

한 점 달빛도 없는 칠흑 어둠속에 험한 칼바람이 굶주린 짐승의 포효마냥 전신을 훑어 왔다. 가뜩이나 죽음에 임박한 초선의 심장이 더 없이 출렁거렸고 이슬이 내려앉은 낡은 치맛자락은 허리며 다리며 척척 달라붙어 걸음을 떼기도 수월치 않았다. 사내들의 걸음을 맞추는 것도 버거웠고 무거운 흙내에 숨이 막혀 연신 거친 호흡을 쏟아냈다. 그러기를 한 시진, 줄곧 발길을 재촉하던 두 내관이 걸음을 멈추자 초선도 멈춰 섰다. 경사진 켠 아래는 절벽이었고 지근에서는 개천의 물소리가 갈갈 들렸다. 타는 갈증에 물 한 모금이 절실했지만, 지금은 목숨부터 구걸할 때였다. 내관 하나가 칼을 뽑아들자 급히 무릎을 꿇은 초선이 애걸했다.

"살려 주십시오, 나리. 제 배 속에 아이가 있습니다. 나리, 제발…… 이리 청하옵니다. 부디 목숨만은 살펴 주십시오……."

잠시 초선의 배를 살핀 내관이 주저하듯 초선의 눈빛을 보다가 이내 검을 회수하곤 나직이 말했다.

"가거라."

멈칫한 초선이 확인이라도 하려는 듯 내관을 응시하자 내관의 말이 이어졌다.

"조선을 떠나야 할 게다."

순간 눈물이 툭 떨어졌다. 메는 목소리로 힘내어 말했다.

"감사합니다……. 감사합니다……."

눈물을 훔치며 일어난 초선이 터벅터벅 걸음을 떼었다. 몇 보 가지 않아 돌다리가 놓인 개울이 보였다. 두려운 마음에 슬쩍 뒤를 돌아보자 내관들은 여전히 꼼짝 않고 서 있었다. 저들 마음이 변할까 급히 총총 걸음을 옮겼다. 그리 자그마한 돌다리를 밟아 건너길, 하나, 둘, 셋…… 그런 중 문득 돌다리 사이를 흐르는 차가운 개울빛이 눈에 들어왔다. 흐린 달빛 아래 잔뜩 헝클어진 제 모습이 보였다. 그리고 이내 국무의 얼굴이 그려졌다. 청천벽력 같은 목소리와 함께. '불의 화기는 오직 물의 기운으로써 잠재울 수 있사오니 저 여인은 피를 뿌려 죽이시옵소서!' 분명 그리 말하였다. 불, 화기, 물의 기운! 멈칫한 초선이 불신 가득한 표정으로 고개를 돌리자 기다린 듯 내관의 손끝을 떠난 화살이 벼락처럼 초선의 가슴을 파고들었다. 심장을 꿰뚫는 충격과 고통이 머리끝까지 전해져 왔지만 한가득 어린 원망보단 못하였다. 잔잔히 흐르던 개울에 파장을 일으키며 쓰러졌다. 숨을 쉴 수가 없었다. 덜덜 떨리던 손끝도 한순간 잠잠해졌고 가늘게 흘러나오던 숨소리도 이내 잦아졌다. 눈망울에 고인 눈물이 뺨을 타고 흘러 개울에 빠져들었다.

잠시 개울가에 서서 두둥실 떠 가는 초선을 확인한 내관 둘이 어둠 속으로 사라지자마자 하늘에서 벼락이 내리쳤다. 굵은 빗줄기가 후두둑 초선의 뺨에 내리쳤다. 죽지 말거라, 아직 때가 아니다. 저승의 문턱에 다다랐을 때 문득 을담의 음성이 들린 듯했다. 고개를 돌리자 칠흑의 공간 끝에 을담이 서 있었다. 다시 한 번 벼락이 칠 때 초선이 숨을 토해 내며 눈을 떴다. 아이를 위해 살아야 한다. 아직은, 아직은 죽을 때가 아니다. 힘겹게 뭍으로 나와서는 몸을 살폈다. 숨을 쉴 때마다 통증이 따랐지만 다행히 화살은 심장을 피해 간 듯했다. 덜덜 떨리는 손으로 화살촉을 잡아

콱 부러트리고 두어 번 심호흡을 하곤 한순간 화살을 뽑아 냈다. 뜨겁고 끈적한 피가 터져 나왔고 부러진 화살은 바닥에 내동댕이 쳐졌다. 휘청거리는 걸음에 살겠다는 의지를 담아 한 발씩 앞으로 나아갔다.

비는 밤새 쏟아졌다. 어찌나 드셌는지 문루를 지키는 수문장도 일찌감치 보이지 않았다. 행여나 오가는 사람이 있을까 문을 슬쩍 열어 두는 것도 잊지 않았다. 문루 앞에 선 초선은 현판을 보고 있었다. 본능이 이끈 곳이었다. 눈물과 빗물이 한데 범벅되어 뺨을 타고 흘러 내렸다. 이미 생명의 불꽃은 빠른 속도로 꺼져 가고 있었고 그것이 다 타 버리기 전에 마지막으로 보고픈 게 있었다. 용가마, 단 한 번만이라도 당당히 용가마 앞에 서 보고 싶었다. 사기장이 되겠다 마음먹은 이후 용가마는 삶의 유일한 이유가 되었고 마지막이라면 그곳에서 맞이하고 싶다는 욕심이 생겼다. 용가마로 향하는 초선의 발끝에 피가 흥건했다. 가슴에서 흘러내린 피가 아니었다. 때 이른 하혈이었다. 배 속의 아이도 위기를 느낀 듯 잔뜩 발버둥을 치고 있었다. 그리 힘겹게 걸음을 옮겨 용가마 앞에선 초선이 배를 어루만지며 주절주절 읊조렸다.

"아무도 나를 반기지 않았단다……. 아가야…… 아느냐……. 이 어미는 사기장이 되고 싶었다…… 이루지 못할 허황된 꿈이었지만…… 이제는 늦어 버렸지만…… 꿈을 꾸는 동안엔 깨기 싫을 만큼 간절한 꿈이었단다……. 아가야…… 너도 가마가 보고 싶은가 보구나……."

간단히 멜 수 있는 봇짐 하나가 전부였다. 잡다한 집기들로 가득 찬 공방이었지만 정작 챙겨 갈 짐은 그리 많지 않았다. 공방을 둘러보는 을담의 눈에 감회가 젖어 들었다. 기실 소싯적엔 사기장을 꿈꾸지 않았었다. 태어나 보니 육조거리에서도 소문난 검공劍工의 외아들이었고, 하여 자연스레 불을 가까이 할 수밖에 없었다. 재주도 남달라 약관이 되기 전에 이미 불을 제 몸처럼 쓴다하여 화수火手라는 별호를 얻었으니 검공으로서의 미래가 창창했을 게다. 적어도 그때까진 조선 최고의 검공이 꿈이었고 그 꿈을 이루기 위해 한시도 쉬지 않고 쇠를 두들겼었다. 하지만 운명의 그날, 우연히 왕실에서 흘러나온 고려청자를 본 순간 그 매혹적인 빛깔과 모양새에 혼을 빼앗기며 자신의 운명이 쇠가 아닌 흙에 있음을 깨달았다. 지금껏 밥그릇 국그릇이 전부인 줄 알고 살아온 그였지만, 아비가 만든 검이 최고라 여기며 살아온 그 세월들이 을담에겐 뼈아픈 후회가 되었다. 그래서 십 년 전 오늘 분원에 발을 들였다. 흙과 땔감을 나르는 잡역을 시작으로 사기장의 길을 걸었다. 마치 자기를 빚기 위해 태어난 사람처럼 공방과 가마를 떠나지 않으니 실력은 쏜살같이 성장했고 채 몇 해도 지나지 않아 분원 최고의 실력자 이강천과 어깨를 나란히 할 수 있었다. 다만 이 년 전, 줄곧 스승으로 모셨던 수토감관 문사승이 분원을 떠난 후로는 마음 한구석이 횅하니 비어 있었다. 처도 없고 자식도 없었으니 기댈 곳 또한 없었다. 오직 이곳 분원만이 을담에겐 피붙이며 삶이었다. 하지만 오늘로써 살붙이 분원과 작별을 고해야 했다. 강천에게 이별을 고하지 못하는 것이, 초선에게 마음을 고하지 못한 것이 그저 마지막으로 남은 아쉬움이었다.

공방을 나서자 때 이른 폭우가 쏟아지고 있었다. 텅 빈 작업소를 한 번씩 둘러보고 불 꺼진 청사에 들러 잠시 비를 피했다가 마지막으로 용가마로 향했다. 가마를 덮고 있는 우진각[35] 널판 처마 아래서 빗물을 털어 내곤 찬찬히 용가마를 둘러보았다. 이놈은 세상에서 가장 큰 낙폭의 성격을 가졌을 게다. 제 몸을 태우고 나서는 차갑게 식어 한낱 흙덩이에 불과했지만 활활 타오르는 동안에는 성난 황소처럼 씩씩 콧김을 내뿜으며 사방으로 그 열기를 내뱉지 않는가. 마치 아수라처럼 수십 개의 얼굴을 가진 채, 쓸데없는 기물을 뱉어 내기도, 천금으로도 살 수 없는 보석의 자기를 잉태하기도 했다. 처연한 을담의 시선이 길게 늘어선 열두 동의

_____

35) 우진각 : 지붕면이 사방으로 경사를 짓고 있는 지붕 형식.

가마를 훑고 지났다. 지난 십 년간 변한 것이라곤 수명이 다한 가마 두 개가 파기되고 새로운 가마가 두 개 더해졌단 것밖에 없었다. 손을 뻗어 마치 제 새끼마냥 가마를 쓸어내리는데 문득 아기의 울음소리가 빗속을 뚫고 을담의 귓속으로 빨려 들어왔다. 아주 작은 소리였고 딴 생각에 빠져 있었다면 듣지 못할 소리였으나 을담의 귀에는 너무도 선명히 들렸다. 그제야 용가마 바닥에 떨어진 정체 모를 핏물이 눈에 들어왔다. 무언가 심상치 않음을 느낀 을담이 허겁지겁 용가마 안을 살피자 비좁은 봉통 안에 몸을 뉘인 초선이 있었다. 혈흔 가득한 옷자락이 너부러져 있고 품엔 핏덩이 아이를 안고 있었다. 어찌 가마에 들어가 있느냐? 어찌된 상처이냐? 무수한 물음들이 을담의 뇌리에 떠올랐으나 감당키 힘든 충격에 그 어떤 것도 물어볼 수 없었다. 그저 본능이 이끄는 목소리였다.

"초선이 아니냐! 어찌된 일이냐! 어찌 이곳에서……!"

곧 죽을 것이다. 이제 얼마 남지 않았음을 직감적으로 느끼고 있었다. 뿌옇게 흐린 시야에 을담의 얼굴은 보이지 않았으나 까마득히 그리던 을담의 목소리였다. 죽음의 그림자는 이미 초선의 전신을 휘감고 있었다. 하지만 마지막에 함께하는 이가 을담이라 다행이라는 생각이 먼저 들었다. 너무도 미안한 사람, 자신을 보는 눈빛에 연심이 있다는 것도 언젠가부터 느끼고 있었다. 왈칵 눈물이 쏟아졌다. 가쁜 호흡을 붙잡고 부들부들 떨리는 손으로 을담에게 아이를 내밀었다.

"부탁드립니다, 나리…… 이 아이를 좀 살펴 주십시오……."

"어허…… 어찌된 영문인지 묻지 않느냐? 몸은? 몸은 괜찮은 게야? 아니다. 당장 의원부터 불러야겠다."

급히 일어서는 을담의 옷자락을 초선이 잡아끌었다. 그러곤 울컥 진득한 피 한 모금을 쏟아 내었다.

"저는 이미…… 약조해 주십시오, 나리……. 이 아이를 잘 키워 주시겠다……, 그리 약조해 주십시오……."

"아비는 어찌하고 내게…… 아니다, 내 당장 의원을 불러 올 테니……."

"이 아이의 아비는…… 이미 이 세상 사람이 아닙니다……."

"어허, 어찌……!"

"나리…… 이년의 마지막 청입니다……. 부디 약조해 주십시오……."

"알겠다……. 내 그리할 터이니 어서……."

툭 하고 초선의 손이 바닥으로 떨어졌고 을담의 목멘 외침이 가마를 쩌렁쩌렁 울리었다.

"초선아! 안 된다, 초선아!"

죽음이라. 제 살아온 삶이 원통하였고, 핏덩이 아이가 눈에 밟혀 쉬이 떠날 수 없었으나, 한낱 계집으로 태어나 사기장을 꿈꾸었던 초선은 그리 죽음을 맞이했다. 더없이 쓸쓸하고 외로운 죽음이었다. 오직 을담만이 그녀의 마지막 가는 길을 지키고, 통곡하고, 보내 주었다.

"걱정 마라……. 아이는 걱정 마……. 이 아이는 내가 키울 것이니……. 걱정 말고……. 다음 생에는 사내로 태어나 맘껏 날개를 펼치고 네 꿈을 이루거라……. 사기장이 되거라……. 다음 생애는……."

재앙이 내린 그날, 하늘은 여전히 어두웠고 비는 더없이 무거웠다.

3장
인연因緣 그리고 악연惡緣

🌱

사시사철 맑은 샘물 곁에 선 느릅나무, 하여 유정楡井이라.

공빈은 여느 여인들과는 달랐다. 부와 권력, 질시와 질투, 애초에 그 딴것에는 관심이 없는 여인이었다. 그래서 공빈을 곁에 두면 혼란스러웠던 어심도 평안을 얻었다. 하지만 광해를 해산한 후 줄곧 병상에 시름하던 공빈은 채 이 년을 넘기지 못하고 숨을 거두고 말았다. 애통한 슬픔이 궐 담을 넘어 팔도에 전해졌고 구슬픈 국상에 민심이 술렁거렸다. 선조 또한 짝 잃은 원앙마냥 기운이 없었다. 전각 지붕 위 어처구니[36]들마저 밤마다 장송곡을 읊어대니 자괴감에 편히 잠을 이룰 수도 없었다. 그리 몇날 며칠 비탄에 빠져 있으니 공빈을 죽게 만든 차남 광해가 곱게 보이지

---

36) 어처구니 : 처마 위에 올린 기묘한 동물모양의 인형

않았고, 위로는 장자 임해가 있었지만 지식이 얕은데다 성격도 포악해 역시 어심에 차지 않았다. 해서 선조의 마음이 인빈에게, 그리고 그녀의 자식 신성군을 향했다.

예기치 못한 국상에 비단 당의를 벗고 삼베적삼 소복을 입고 서도 인빈은 미소를 머금었다. 장차 권세를 잡아 천하를 좌지우 지할 제 아들 신성군에게 유일한 걸림돌이 공빈의 자식 임해와 광해였으나, 어미 없는 어린 왕자들이 험난한 조정에서 살아남는 것이 어디 쉬운 일인가. 생각지도 못한 행운에 교태전의 옥좌도 손에 잡힐 듯했다. 이제 선조의 마음을 붙들기만 하면 되었다. 사 랑도, 권세도, 모두 인빈의 몫이었다. 그녀가 소리쳤다. "엄동설 한에 짝을 잃어 오갈 데 없는 어심이 곧 나를 찾으리라!" 그녀의 예측은 틀리지 않았고 이후 선조는 버선발이 닿도록 양화당을 찾 았다.

바람 소리조차 잦아진 밤의 중턱 삼경, 나비 날개마냥 화사한 당의 아래로 자색 치마를 늘어트린 자태가 사뭇 양귀비라도 울고 갈 미색이라 부처가 현신現身하여도 그 맘이 동할 지경이었다. 섬 섬옥수로 저고리 매무새를 고친 인빈이 술잔을 들어 채송화 꽃잎 같은 입술을 적시자 이내 주안상을 옆으로 밀어낸 선조가 인빈을 와락 끌어안았다. 인빈이 수줍게 눈빛을 떨어트리자 자색 당의를 찢기듯 벗겨낸 선조의 우악스런 입술이 인빈의 발갛고 여린 꽃망울을 덮었다. 공빈의 주검 앞에 사흘 밤낮 눈물과 시름하던 선조의 모습은 온데간데없으니 인빈의 손길이 닿는 끝끝 마다 피 끓는 욕정이 되살아나 횃불처럼 활활 타올랐다. 촉촉이 젖은 인빈의 몸부림은 메마른 사내의 육체에 숨을 불어 넣었고 꽁꽁 얼어붙은 심장을 다시 뛰게 만들었다. 교태 가득한 인빈의 신음은 밤새 이어졌다. 그 신음소리 위에는 붉게 충혈된 짐승의 눈빛이 있었다. 오직 그뿐이었다.

세월은 유수처럼 흘러 정이가 열다섯 되는 해, 오월이 되고도 스무 날이 지났다. 먹구름은 보이지 않았으나 오전에 잠깐 비구름이 지난 이후 하늘은 줄곧 회색빛이었고 하늘 저편에서 보이지도 않던 해가 점점 땅과 가까워지듯 만물이 신열에 들뜰 시간이었다. 더 넓게 펼쳐진 초원 가운데 곧게 뻗은 이름 모를 나무 한 그루가 서 있었고 그 아래 너울져 핀 홍화는 겨울 언저리 마른 볏짚처럼 빛이 바래 있었다. 채 마르지 않은 물방울이 꽃잎에서 미끄러져 잎사귀 끝에 간신히 매달리자 어디선가 부스럭거리는 소리가 들렸다. 발버둥 치던 빗방울이 풀잎 사이로 툭 떨어지기 무섭게 불쑥 나타난 새하얀 손이 홍화를 뿌리 채 뽑아냈다. 뿌리의 흙을 털어내곤 세심한 눈길로 홍화꽃을 살폈다. 맑고 깨끗한 눈동자였다. 미소를 한가득 머금은 여인이 홍화를 광주리에 담자 나무 뒤에서 풀을 뜯고 있던 사슴이 귀를 쫑긋 세우며 주춤거렸다. 어찌된 일인지 잔뜩 겁에 질려 있던 사슴의 눈빛이 여인을 보자 되레 차분히 내려앉았다. 사슴을 놀래키지 않으려 뒤꿈치를 들고 살금살금 다가서는 여인의 말간 눈동자가 장난끼를 가득 머금고 있었다. 언제든 웃음을 터트릴 준비가 된 오물거리는 입 모양새 또한 영락없는 개구쟁이였지만 초선이 물려준 여인의 색만큼은 숨기려야 숨길 수 없었다. 윤기 있게 빛나는 피부 아래 봉긋한 가슴이 솟아 있었고 그 아래로 잘록한 허리선이 영락없는 여인이었다. 풀을 뜯고 있는 사슴 곁으로 다가선 정이가 사내마냥 털썩 주저앉았다. 사슴 발목에 제 치맛자락 조각이 돌돌 매여 있었다. 이레 전 올무에 걸린 사슴을 치료해 준 적이 있었는데, 몇 시진을 절룩거리는 사슴과 싸움하며 올무를 풀고 치맛단을 찢어 상처를 동여 준, 바로 그 사슴이었다. 사슴의 눈빛이 촉촉이 젖어 있었다.

"고맙다고? 알면 빨리 낫기나 해."

정이의 말을 알아듣기라도 한 듯 슬그머니 고개를 까딱인 사슴이 이내 숲 속으로 사라지자 정이도 사슴을 따라 숲으로 들어섰다.

뿌앙! 언덕을 넘어오는 몰이꾼들의 나발 소리가 사나운 기세로 휘몰아쳤다. 북쪽에서부터 맞바람을 맞으며 남쪽으로 이동하고 있었다. 사위를 가리지 않고 사슴이며 멧돼지며 이리저리 흩어졌고 그 뒤로 대왕 선조가 기십 군관의 호위 속에 느지막이 모습을 보였다. 십 년이면 강산도 변한다 하였건만 턱수염이 하얗게 변한 것 말고는 그저 변한 것이 없었다. 선조 뒤로 이미 장성한 임해군과 신성군이 따랐으나 사냥엔 관심이 없는 듯 한껏 하품을 내뱉고 있었다. 기운 뺄 필요 있나, 어차피 몰이꾼들이 사냥감을 몰고 올 것이며 지척에 들어오면 그때 사냥에 임하면 된다는 것이 두 사람의 공통된 생각이었다. 체면치레가 우선인 왕실 사냥에 갑갑해 하던 차남 광해는 작정한 듯 일찌감치 대열을 이탈해 보이지 않았다. 구름처럼 몰려 든 사냥 대열이라 눈치 챈 이도 없었다. 다만 연신 사위를 살피던 임해에게선 자신의 시선에 광해가 보이지 않자 순간 묘한 냉기가 흘렀다.

'혼이 이놈이 또⋯⋯!'

저 혼자 정신없이 날뛰다 일행을 놓쳐 버렸을 것이라 짐작했다. 하루 이틀 일도 아니었지만 두 살 아래 광해의 앞뒤 분간 못하는 행동은 매번 임해의 심기를 뒤틀어 놓았다. 대놓고 대열을 벗어났으니 살진 멧돼지 한 마리라도 안장에 진 채 의기양양 나타날 게 분명했다.

'얼빠진 놈 같으니!'

그리 말하는 임해의 눈빛엔 늘 원인 모를 고독과 독기가 서려 있었다. 아직 왕세자가 되지 못한 장자, 그 압박에 대한 반항이 고스란히 눈빛에 고여 있었다. 그가 반항아로 성장하게 된 건 어쩌면 스스로가 만들어 낸 벽이었을지도 모른다. 거대한 벽, 세상의 풍파에 몸을 숨기고 싶었던 게다. 임해의 마음을 들춰 보기라도 한 듯 신성군이 놀란 얼굴로 얼른 고개를 돌렸다. 그러곤 이내 하품을 쏟아냈다. 다소곳하면서도 강직한 인상이었다. 살결도 희고 피부도 매끈한데 다만 특이한 것이 두 눈동자에 옅은 푸른빛을 담고 있었다. 그 푸른빛 눈동자로 조금씩 들판을 삼키며 다가오는 먹구름을 살핀 신성군이 나직이 읊조렸다.

"지루하기 그지없구나. 이럴 거라면 차라리 종학에 있을 것을!"

무예엔 관심이 없었으나 학문을 닦는 데는 취미가 있었다. 비록 광해의 학식을 넘어서진 못하였으나 세 살 아래임을 감안하면 누구보다 앞서 있었다.

잔뜩 비를 머금은 먹구름이 다가서자 짙은 어둠이 순식간에 숲을 집어 삼켰고, 오직 한 사내의 눈빛만이 그 속에서 홀연히 빛났다. 단발에 명중하려는 듯 팽팽한 활시위에 미세한 떨림조차 없었다. 표적이었던 사슴이 후다닥 달려 나가자 급히 활시위를 놓았으나 화살은 그저 사슴이 지나간 풀숲 어딘가로 사라져 버렸다. 짧게 한숨을 내쉰 사내가 활을 내려놓았다. 수려한 용모의 사내라. 광해군이었다. 짙은 눈썹은 일자로 곧게 자랐고 날이 선 콧날과 굳게 닫힌 입술 또한 붉게 피어 있었다. 키는 육 척에 조금 못 미치나 큰 편이었고 길게 쭉 뻗은 팔과 다리, 군살이 없는 몸은 마르지도 비대하지도 않은 것이 수련을 게을리하지 않은 전형적인 무인의 체구였다. 등에 지고 있던 전통을 안장 옆에 달린 쇠고랑에 채우고 들고 있던 활을 몸에 걸쳤다. 사내답지 않은 고운 손으로 말갈퀴를 쓸어내린 광해가 훌쩍 뛰어 올라 등자에 자리를 잡는 찰나 멀찍이서 꺄악 하는 여인의 비명소리가 들렸다. 백 보 안 지근거리였다. 잠시 머뭇거렸지만 이내 말에서 뛰어내린 광해가 숲 속으로 사라졌다.

정이는 바들바들 떨고 있었다. 염화染花[37]를 구하기 위해 숲을 제 마당인 양 헤집고 다니는 정이에겐 성난 멧돼지보다 무서운 것이 뱀이었다. 게다가 독사와 독대할 줄은 진정 생각지도 못한 일이었다. 나뭇가지에 둘둘 몸을 꼰 까치살모사 한 마리가 정이의 눈앞에서 혀를 날름거리고 있었다. 두려움에 눈을 감은 정이

---

37) 염화 : 염색물을 들이는 데 쓰이는 꽃.

가 중얼중얼 심중에 읊조렸다.

'입으로 물린 부위를 빨아 독을 뽑아낸다⋯⋯. 손수건으로 상처 윗부분을 동여매어 독이 번지는 것을 막고⋯⋯ 근데⋯⋯ 목에 물리면 어떡하지?'

아무리 생각해도 방법이 없었다. 슬그머니 눈을 뜨자 살모사는 여전히 자신의 두 눈동자를 노려보고 있었다. 옴짝달싹할 수 없었고 섬뜩한 살모사 독기가 코끝에 전해져 왔다.

사내가 정이를 발견한 건 그 순간이었다. 활을 쥐고 잽싸게 등을 향해 손을 뻗었으나 전통이 없었다. 다급한 순간이었다. 독사의 몸통이 천천히 여인의 목을 감싸고 있었고 꼼짝없이 얼어붙은 여인은 그저 부들부들 떨고 있었다. 더 생각할 겨를도 없이 품에서 단검을 빼들어 뱀을 향해 내던졌다. 여인의 어깨를 스친 단검은 단번에 살모사 몸통을 관통해 앞에 선 오동나무에 박혔다. 안도감에 깊은 숨을 내몰아 쉰 광해가 다가섰다. 여인은 여전히 눈을 감고 있었고 바들바들 떨리는 여인의 윗저고리에 옅은 핏물이 번지고 있었다.

"눈을 뜨거라."

그 소리에 번쩍 정이가 눈을 떴다. 낯선 사내의 얼굴이 들어왔고 단검에 박혀 배배 몸을 꼬는 뱀이 보였다. 감사하다 인사할 겨를도 없이 겉옷을 찢어 낸 광해가 옷자락으로 정이의 어깨를 감싸자 화들짝 놀란 정이가 물러섰다.

"잠시만요…… 왜…… 왜 이러세요……!"

정이가 광해를 밀어 냈지만 광해는 그저 단검에 스친 정이의 상처를 동여매는 데만 집중했다. 그때였다. 멀찍이서 우렁찬 꽹과리 소리가 울려 퍼졌다. 눈을 번득인 광해가 손가락을 입에 대며 정이에게 조용히 하라 눈치를 줬지만, 당황한 정이는 되레 뒷걸음질치며 벗어나려 했다. 그때 광해가 잽싸게 정이의 손을 잡아끌었다. 의도치 않게 광해의 품에 안기게 된 정이가 화들짝 놀라 고함을 치려 하자 광해가 본능적으로 정이의 입을 틀어막아 이십여 보 떨어진 큼지막한 떡갈나무 뒤로 몸을 은신했다. 정이가 광해의 손아귀에서 벗어나려 발버둥칠수록 정이를 잡고 있는 광해의 힘도 그만큼 강해졌다. 곧 몰이꾼들을 앞세운 선조가 모습을 드러냈고 앞서 달려온 무관 하나가 적색 깃대 하나를 발견하곤 선조 앞에 내밀었다. 깃대에 호虎자가 큼지막하게 박혀 있었다.

"전하, 호랑이를 잡기 위해 착호갑사[38]들이 파 놓은 덫입니다. 이곳은 위험하오니 서북으로 둘러 가셔야 할 듯하옵니다."

깃대를 확인한 선조가 고개를 끄덕이고 고삐를 틀 때였다. 일

---

38) 착호갑사 : 호랑이를 잡는 특수 부대.

각의 오동나무가 선조의 시선을 사로잡았다.

"혼이의 단검이 아니냐."

나무에 박혀 있던 단검을 확인한 선조의 눈빛이 한순간 날카로워졌다. 멀찍이 숨어 지켜보던 광해의 눈빛에도 긴장이 어렸다. 왕실의 체통과 명예를 목숨같이 여기는 아버지 선조였으니 왕자가 사냥 도중 무리에서 이탈한 것도 모자라 사사로이 행동했다는 것을 알게 되는 날엔 엄한 처벌을 각오해야 했다. 자신은 물론, 제 손에 잡혀 있는 여인까지도. 한층 얼굴을 붉힌 선조의 말이 이어졌다.

"주변을 샅샅이 뒤져 혼이를 찾아 오거라."

어명이 떨어지기 무섭게 임해의 만면에 미소가 흘렀다.

'이런 일이 닥칠지 모르고 그리 날뛰었던 것이냐. 해가 질 때까지, 아니 밤이 늦도록 나타나지 말거라.'

마치 듣기라도 한 듯 신성군이 묘한 눈빛으로 임해를 보고 있었다.

"어찌 그런 눈으로 보는 게야?"

"아, 아닙니다. 그저 풍광을 즐겼을 뿐입니다."

임해군과 말을 섞어 덕 될 것이 없다 생각한 신성군은 그저 짧게 대꾸하곤 시선을 회피했다.

무관들은 일사분란하게 흩어졌고 선조의 사냥 행렬이 서북으로 방향을 선회한 후에야 정이의 입을 막고 있던 광해의 손도 떨어져 나갔다. 가자미눈으로 씩씩거리는 정이를 무시한 채 광해는 무심히 구겨진 옷자락을 털어 내었다. 그러곤 무심히 정이의 속을 뒤집어 놓았다.

"고맙다는 말이라면 됐으니 하지 않아도 된다."

그 말에 저도 모르게 헛웃음이 터져 나왔다. 이런 어이없는 경우는 처음이었다. 하여도 눈앞의 사내가 제 목숨을 구한 것 또한 엄연한 사실이라 뭐라 따지고 들 입장도 못 되었다. 괜스레 복창이 터지는 듯 퉁퉁 부은 얼굴의 정이가 홱 돌아서자 문득 광해의 얼굴에 장난기가 서렸다.

"어? 뱀이 아니냐!"

이내 정이의 기겁한 외침이 터져 나왔다. 꺄악! 기껏 주워 든 광주리를 내팽개친 정이가 발을 동동 구르다가 뱀이 없음을 확인하고서야 원망 어린 눈빛으로 광해를 쏘아봤다.

"촌부가 어찌 뱀을 무서워하느냐?"

피식 비웃음을 날린 광해가 유유히 정이를 지나쳤다. 저 사내는 필시 꽃만 달지 않은 미친놈이 분명하다. 정이는 그리 생각했다. 번지르르한 얼굴 빼곤 정말이지 무엇 하나 맘에 들지 않는 사내인데, 하필 돌아가는 길도 같았다. 십여 보 앞서 걷는 사내에게 뒤처지기 싫어 빠른 걸음으로 뒤따랐지만 나무 사이로 보이던 사내의 인영이 한순간 사라지고 없었다. 살짝 걱정스런 맘에 사위를 살피자 저쪽에서 말을 찾는 듯 두리번거리는 광해가 보였다. 신경 쓰지 말아야지 하면서도 어느새 광해 곁에 서 있었다. 말이 사라졌단다. 하여 잠시 사위를 살피는데 쾅! 벼락이 내리치며 굵은 빗방울이 떨어지기 시작했다. 하늘을 보니 그저 잠시 지나갈 먹구름은 아니었다. 이 주변엔 숨겨진 덫이 많았다. 비가 오면 표시목과 깃대가 빗물에 쓸려나가 덫을 분간할 수 없어 상당히 위험한 곳이었다. 서둘러 숲을 빠져나가야 한다 말하려는데 저만치 떨어진 광해가 이미 덫을 밟고 서 있었다. 깜짝 놀란 정이가 마른 침을 간신히 삼키며 말했다.

"조심하세요! 거기, 거기 발밑에 함정이 있어요."

순간 광해의 움직임이 멈췄다. 함정이라? 그저 농인가 싶었지만 걱정 가득한 정이의 눈빛에 진심이 담겨 있어 그리 들리진 않았다. 경직된 눈으로 발밑을 살피니 흙색도 다르고 낙엽도 유독 많았다. 무엇보다 발밑이 텅 비어 있음을 본능적으로 알 수 있었다. 움직일 수도 잠자코 있을 수도 없는 난감한 상황에 정이가 조심스레 다가왔다.

"천천히, 한쪽 발부터 움직여 보세요."

침을 꼴깍 삼킨 광해가 조심스레 한 발을 떼자 무게가 쏠리며 덫이 출렁였고 광해의 심장도 그만큼 내려앉았다. 다행히 무너지진 않았다. 정이의 우려 섞인 시선 끝에 광해가 다시 발을 떼려는데 그 순간에 발밑이 훅 꺼지며 덫에 빠지고 말았다. 찰나에 달려든 정이의 손을 잡지 않았다면 덫 안에 심어 둔 죽창에 숨통이 끊어졌거나 적어도 다리 한 짝은 내줬을 것이다. 꽤 깊이가 있는 덫이었고 바닥엔 날카로운 죽창이 수없이 박혀 있었다. 죽창 위에서 간신히 몸이 정지한 광해의 손을 정이가 바들바들 떨며 잡고 있었다. 버티기 힘들었다. 정이의 몸도 조금씩 안으로 빠지고 있었다. 그럼에도 정이는 광해의 손을 놓지 않으려 안간힘이었다.

"힘내세요, 제가 어떻게든 올려 줄게요……."

하지만 그럴 만한 힘이 없다는 것은 본인보다 광해가 더 잘 알고 있었다. 일촉즉발의 상황에서 잼싸게 허리춤에 찬 환도를 뽑아 든 광해가 삐죽삐죽 솟아오른 죽창을 베었다. 그러곤 정이의 손을 뿌리치며 함정 안으로 훅 떨어졌다. 안전하게 착지한 광해를 확인하고서야 안도의 한숨을 내쉰 정이가 입을 열었다.

"기다려요. 내 사람을 불러 올 테니……."

그리 말하고 일어서려는데 발밑이 흔들리며 정이를 지지하고 있던 흙더미가 우수수 무너져 내리고 말았다. 깜짝 놀란 정이가 질끈 눈을 감았다가 다시 눈을 떴을 땐 광해의 품 안이었다. 화들짝 놀란 두 사람의 시선이 허공에서 부딪쳐 흩어졌다. 발갛게 달아오른 정이의 얼굴은 둘째치고 정이의 전신 가득한 꽃내음이 광해의 코끝으로 빨려 들어오자 마치 시간이 멈춘 듯 아찔함이 느껴졌다. 급히 정이를 내려놓은 광해가 헛기침을 하곤 고개를 쳐들었다. 위에서 볼 때는 그다지 깊어 보이지 않던 덫이 안에서 보니 일장一丈[39]은 훌쩍 넘는 듯 보였다. 손에 집히는 흙 또한 매가리 없이 부서졌다. 애초에 착호갑사들이 애호하는 덫은 호랑이가 다니는 길목에, 한번 빠지면 쉬이 기어오를 수 없는 무른 흙이 있는 지역에만 선택적으로 설치되었다. 탈출이 쉽지 않음에 막 짜증이 섞인 때에 정이의 목소리가 들렸다.

"여기 흙은 묽어서 잘 부서집니다. 괜히 그러다 무너진 토사에 위험해질 수도 있습니다."

광해는 무심히, 그러나 여인에겐 매섭게 느껴질 눈빛으로 정이를 보았다. 차갑게 가라앉은 눈빛의 광해를 보자 가슴 저편에서 두려움이 기지개를 펴며 슬글 올라왔다. 한정된 공간, 낯선 남자, 여러 가지 오해, 이 모든 것들이 뭉쳐져 정이의 걱정과 불안감을 증폭시켰다. 그때 냉랭한 광해의 목소리가 들렸다.

"고맙구나, 그리 말해 줘서."

괜한 짓거릴 할 목소리는 아니어 다행이었다. 비아냥거림을 내

---

39) 1丈 : 10尺 = 3m.

뻗은 광해가 쪼그려 앉은 정이 옆으로 기대어 섰다. 간간이 내리던 빗방울이 조금씩 굵어지길 이내 귓전을 울리는 우레와 함께 소낙비가 쏟아졌다. 얇디얇은 저고리 한 장이 전부인 정이가 바들바들 떨기 시작했다. 바닥엔 점점 물이 차올랐고 비는 좀처럼 그칠 기미를 보이지 않았다. 손으로 사정없이 몸을 비벼댔지만 떨림은 좀처럼 멈추지 않았다. 관상감觀象監 교수들이 오늘 소나기가 있을 것이라 미리 전언했기에 광해는 방수에 좋은 비단옷을 두 겹이나 걸치고 있었다. 바들바들 떨고 있는 정이가 안타까운 듯 광해가 겉옷을 벗어 던져 주었다. 자신의 무릎 위에 떨어진 옷을 본 정이가 옷을 돌려주며 말했다.

"저는 괜찮습니다. 제가 이래봬도 태도 오라버니를 따라 사냥을 얼마나 다녔는지 아세요, 정말 산 넘고 물 건너……. 아 참, 태도 오라버니는 어릴 적부터 저와 함께 자란……."

주저리주저리 떠들다가 순간 말문이 막혔다. 광해에게 건네준 옷이 어느새 자신의 어깨 위로 내려 앉아 있었다.

"정말 괜찮은데……."

입으로는 여전히 괜찮다 하면서도 굳이 거절을 하진 않았다. 따듯했고 고마운 마음이 느껴졌다. 시종일관 무뚝뚝하고 냉정해 보이던 광해의 친절이 어느샌가 낯설게 느껴지지 않았다.

"비가 언제 그치려나…… 복색을 보니 전문 사냥꾼은 아닌 거

같고, 어른들이랑 사냥이라도 나오신 모양입니다."

아무런 대꾸가 없었다. 그저 무릎까지 차오르는 물과 그 위로 삐죽삐죽 솟아오른 죽창, 그리고 하염없이 쏟아지는 빗줄기를 번갈아 볼 뿐이었다. 문득 심통이 났다.

"사람이 말을 걸면 뭐라도 대꾸를 해야죠, 누구는 좋아서……."

최대한 표독스럽게 뜬 눈으로 심경을 대변하려 했지만 말을 끝내진 못했다. 빗물에 흐려지긴 했지만 광해의 옆구리에 핏자국이 맺혀 있었다. 덫에 빠지는 순간 죽창에 쓸린 것이리라. 정이의 손이 저도 모르게 광해의 옆구리를 향했다.

"괜찮아요? 어디 봐요, 상처는 바로 바로……!"

그 순간 광해가 챙 소리를 흘리며 허리에서 칼을 뽑아냈다. 깜짝 놀란 정이의 눈을 무심히 내려다 본 광해가 이어 바닥에 박힌 죽창을 뽑아선 검 손잡이를 망치 삼아 흙벽에 박아 넣기 시작했다. 무른 흙에는 생각보다 죽창이 잘 박혀 들어갔다. 세 개, 네 개…… 모두 다섯 개였다. 사다리를 세워 놓은 듯 알맞은 높이였지만 무른 흙에 박힌 대나무가 광해의 몸무게를 견뎌 낼지는 의문이었다. 의구심 가득한 정이의 시선에 심호흡을 하는 광해가 보였지만 만면 가득 기우 따윈 보이지 않았다. 광해는 단숨에 죽창을 밟고 몸을 솟구쳤고 이내 정이의 시선에서 사라졌다.

'와…… 호랭이가 따로 없네?'

그저 입을 벌리고 놀랄 뿐이었다. 마을에서 몸이 가장 날랜 태도에게서도 저런 몸놀림은 본 적이 없었다. 한동안 놀란 표정이었다가 이내 걱정 가득한 낯빛으로 변했다.

"여기요! 갔어요? 여기요!"

조용했다. 빗소리에 묻혀 소리가 들리지 않는 건가 하여 더 목청껏 소리쳤지만 역시나 돌아오는 반응이 없었다. 놀람에서 황당함으로, 다시 절망으로 바뀌던 찰나 툭 하고 밧줄 하나가 정이의 발치로 떨어져 내렸다. 안도의 한숨을 내쉰 정이가 밧줄에 매달려 밖으로 나와서는 엎어지듯 쓰러졌다. 선머슴 같은 정이의 꼴에 광해는 묘한 동질감이 느껴졌다. 요 며칠간 기분이 썩 좋지 않았고 오늘도 그다지 사냥을 나오고 싶은 맘이 아니었으나 낑낑거리며 밧줄을 타고 올라오는 정이를 보자 무겁게 짓눌렸던 마음이 청량한 바람에 씻기는 느낌이었다. 문득 궁금하여 물었다.

"이름이 무엇이냐?"

거친 숨을 토해 낸 정이가 고개를 쭈뼛 세워 말했다.

"정이입니다. 유가 정이."

나무들이 우거진 수풀 사이에 소가죽에 기름을 발라 만든 차양막이 쳐져 있었다. 도합 여섯 개였고 그중 황룡이 수놓인 차양막에 선조가 좌정하고 있었다. 날씨가 흐려서인 것인지 다만 일진이 나쁜 것인지 모르겠으나 멧돼지는커녕 토끼 한 마리도 잡지 못한 터에 난데없이 소나기가 쏟아졌고 엎친 데 덮친 격으로 대열에서 떨어진 광해는 흔적조차 찾지 못했다. 탁! 있는 힘껏 움켜쥔 선조의 주먹이 서탁을 내리쳤고 격노한 목소리는 차양막이 뚫어져라 울려 퍼졌다.

"아직도 찾지 못한 것이냐!"

선조가 손을 거두자 겸사복장이 조심스레 입을 열었다.

"송구하옵니다 전하. 이 일대는 모두 확인하였으니 비가 그치는 대로 남쪽을 수색토록 하겠사옵니다."

"대열에서 이탈하지 말라 내 그리도 일렀건만! 혼이 그놈은 어찌 사냥을 나올 때마다 이리 경거망동한 행동을 일삼는단 말이냐!"

노기 서린 목소리였지만 말끝에 아비의 근심이 묻어 있었다. 임해는 선조 뒤에 서서 연신 미소를 머금고 있었다. 어린 시절 광해는 성균관에서도 명망이 높았던 하락과 이기설로부터 가르침을 받았다. 아홉 살 때 이미 소학과 사서삼경을 뗐으니 어릴 때부터 임해나 배다른 형제들에 비해 총명함이 도드라졌다. 약관이 되기도 전에 고려사, 십팔사략, 용비어천가 같은 역사서를 통찰했고 신체 또한 강건하여 사냥에 나섰다하면 호랑이는 못하여도 늘 사슴이나 멧돼지를 잡아왔다. 검을 제 몸처럼 다루어 웬만한 무관들도 일대일 대련에서는 광해의 상대가 되지 못했다. 반면 임해는 모든 면에서 광해보다 모자랐다. 지식은 가뭄에 마른 전답처럼 메말랐고 품과 그릇은 실개천보다도 얕았다. 강건하지도 못해 늘 약사발을 끼고 살았으나 그 덕에 약관이 넘어서는 웬만해서는 술에 잘 취하지 않았다. 그런 임해에게 동생 광해는 늘 눈엣가시 같은 존재였다. 궐에 난무한 이복형제도 아니고 친동생임에도. 하여 광해에게 불행한 일이 생겼으면 하고 은근 바라고 있었다. 아니, 간절히.

광해와 정이는 큼직한 팔을 벌리고 있는 떡갈나무 아래서 비를 피하고 있었다. 옆에 매어 둔 말이 빗속에서 연신 토악질을 해 대는 사이 정이는 먼발치에 앉아 뭔가를 두들겨 대고 있었다. 일각이 지날 때쯤 옆으로 다가 선 정이의 목소리가 들렸다.

"지치는 염증을 없애는 약으로도 쓰입니다."

반반한 돌 위에 잘게 빻아진 녹색 지치 뿌리가 보였다.

"지치?"

해맑은 표정의 정이가 고개를 끄덕이자 광해의 손이 옆구리를 향했다. 잠시 잊고 있었지만 쓰렸다. 굳지 않은 듯 선홍색 피도 묻어났다. 맘 같아선 정체가 불분명한 소녀의 약초가 아니라 조선 제일의 의원에게서 치료를 받고 싶었다.

"벗으세요."

황당한 눈빛의 광해가 대꾸했다.

"그걸로 날 치료하겠다? 네가?"

광해의 물음에 고개를 끄덕인 정이는 그저 상의를 벗으라는 말만을 되풀이했다. 평소라면 무시했을 일이지만 웬일인지 오늘은 그러고 싶지가 않았다. 훌러덩 상의를 벗어 버리자 아무것도 걸치지 않은 광해의 매끈한 상체가 드러났다. 깜짝 놀란 정이가 당황하며 시선을 피하자 광해가 짓궂은 농으로 채근했다.

"뭣 하느냐? 벗으라 하지 않았느냐?"

콩닥거리는 심장을 진정시키며 고개를 돌리자 등을 돌린 채 팔을 벌리고 있는 광해의 등짝이 시야에 들어왔다. 작게 심호흡을 한 후 조심스럽게 빻은 약초로 광해의 상처를 닦아 내었다. 쓰라림에도 광해는 움찔하지 않았다. 그저 미동 없이 서 있었다. 빗줄기는 급속이 잦아들었고 광해가 재차 의복을 갖추었을 땐 그저 이슬보다 못한 보슬비가 되어 있었다. 하늘을 살핀 정이가 바구니를 챙기자 곁눈질로 그 안을 살핀 광해가 물었다.

"그것들은 다 무엇이냐?"

"염을 할 때 쓰는 홍화꽃잎입니다. 이 꽃잎으로 염을 하면 붉은색을 낼 수가 있는데…… 임금마마께서 입으시는 곤룡포처럼 붉고 위엄 있는 빛깔이지요."

순간 목 끝까지 올라온 실소를 되삼킨 광해가 물었다.

"곤룡포? 먼발치에서라도 전하를 뵌 적은 있느냐?"

고개를 저은 정이가 대꾸했다.

"직접 뵌 적은 없지만 느낌만으로도 알 수 있습니다. 홍화꽃잎을 잿물에 담갔다 빼기를 수천 번 반복하고 그 비단 천으로 침선방 궁녀들이 정성스럽게 바느질한 곤룡포를 걸치셨으니…… 아마도 기품이 넘치시고 저 같은 아랫것들까지 온정을 베푸시는 아주 훌륭하신 분이 분명해요."

순간 품! 하고 실소를 터트린 광해의 눈에 정이가 들어왔다. 비를 몰아낸 말간 햇살이 정이의 얼굴에 비치자 선머슴이라 여긴 정이가 어엿한 여인으로 보였다. 어찌 모르고 있었던가. 맑고 투명한 피부에 눈동자는 별빛처럼 빛나고 입술은 앵두마냥 붉디붉었다. 묘한 두근거림이 있었다. 심장 깊숙이. 한순간 사념을 털어낸 광해가 벌떡 일어섰다. 안장의 물방울을 손으로 걷어 내곤 훌쩍 뛰어 앉았다. 슬금 곁눈질하듯 정이를 내려 보자 여전히 초롱초롱한 눈망울이 제 눈을 보고 있었다. 짧게 말했다.

"나는 토끼라도 잡아야겠으니, 더는 너와 엮일 일도, 귀찮은 일도 없겠구나."

정이가 대꾸 없이 꾸벅 고개를 숙이자 광해는 이내 말고삐를 틀었다. 정이의 시야에서 벗어날 때까지 채 몇 호흡도 걸리지 않았다. 그리 보내는 정이의 가슴에도 무언가가 남았다. 알 수 없었다. 그 묘한 두근거림이 무엇인지.

태도의 활은 통아가 달린 맥궁貊弓40)이었고 화살은 편전片箭이었다. 화살대 길이가 1척 2촌이라 작았으나 쇠촉을 앞세우고 꼬리엔 작은 날개를 달아 사정거리가 무려 삼백 보가 넘었다. 편전을 시위에 재운 후 팽팽히 당기자 가야금 현이 끊어지는 듯한 긴장 어린 소리가 귓속으로 빨려 들어왔다. 한 호흡을 내쉰 후 손가락을 튕겼다. 쏜살같이 날아간 편전이 풀을 뜯고 있던 고라니 목을 정확히 꿰뚫었다. 거의 동시 광해의 관자놀이가 거칠게 꿈틀거렸다. 역시 맥궁을 들고 있었으나 화살은 철전鐵箭이었다. 이를 악물고 활을 높이 쳐들었다. 허리처럼 휘어진 활대가 일순간 출렁이자 공기를 찢고 날아간 화살이 일거에 고라니 몸통을 관통했다. 시위를 떠난 시간은 달랐으나 당도한 시간은 분간할 수 없을 만큼 찰나였다. 잽싸게 달려간 광해의 시선에 흥건히 피를 쏟고 늘어진 고라니가 보였다. 주둥이 밖으로 삐죽 튀어나온 송곳니가 아래턱까지 덮고 있는 대물 수컷이었다. 기대 이상의 수확이라

---

40) 맥궁 : 쇠붙이나 동물뼈로 만든 각궁.

만면에 흡족함이 드리웠을 때 태도의 목소리가 들렸다.

"뉘신지 모르겠으나, 그놈은 내가 잡은 사냥감이오."

멈칫한 광해가 고개를 돌리자 약관 전후의 사내가 서 있었다. 급히 달려온 듯 호흡이 거칠었으나 애써 차분한 표정으로 서 있었다. 무엇보다 훤칠한 키와 딱 벌어진 어깨, 그 위로 시원하게 자리 잡은 이목구비가 광해의 시선을 끌었다. 상투는 틀지 않았고 동여맨 머리에 흑건을 두르고 있었으나 이마는 반듯해 보였다. 곧게 뻗은 짙은 눈썹 아래 맑고도 깊은 흑진주가 박혀 있었고 콧날도 오뚝했으며 일자 입술은 두텁고 무거워 보였다.

'괜찮은 사내로구나!'

첫 느낌은 그러하였으나 이내 의아한 표정으로 물었다.

"무슨 말이냐?"

무심한 표정으로 다가선 태도가 고라니 목에 박힌 편전을 살살 어루만지다가 한순간 휙 뽑아냈다. 얼굴에 튄 선혈을 소매로 닦아내곤 광해를 향해 피 묻은 편전을 내밀었다.

"보다시피 이놈 목에 박힌 화살은 내 것, 그리고……."

고라니 다리를 한데 모아 잡은 태도가 고라니를 뒤집자 가슴팍에 화살 하나가 더 박혀 있었다.

"이게 당신 것."

적황색 깃털의 철전이 광해가 주인임을 가리키고 있었다. 우연

치곤 너무 기막힌 우연에 잠시 말을 잃은 광해가 사위를 둘러보며 말했다.

"기척조차 없었거늘…… 어디서 쏜 것이냐?"

불룩한 고라니 복부에서 광해의 철전을 뽑아낸 태도가 핏방울을 털어내곤 눈짓했다. 하나 태도의 시선 끝엔 몸을 숨길만한 나무도 바위도 보이지 않았다. 그저 저만치 멀리 서 있는 작은 언덕밖에 보이지 않았다.

'설마 저 언덕을 말함인가?'

광해가 불신 가득한 눈빛을 품고 말했다.

"거짓말 마라. 저긴 이백 보도 넘는 거리다."

편전에 묻은 피를 수건으로 스윽 닦아 낸 태도가 무심히 중얼거렸다.

"보아하니 양반댁 귀하신 자제분 같은데…… 그저 무예가 달리면 인정할 줄도 아셔야지."

"뭐라?"

순간 광해의 눈빛에 노기가 서렸고 손에 쥔 철전이 뚝 부러졌다. 그 소리에 움찔한 태도가 시선을 돌리자 두 사람의 눈빛이 허공에서 부딪쳤다. 어찌나 매서운 눈빛인지 벼락이 일어도 이상하다 말할 수 없는 터에 광해가 대뜸 칼을 뽑아 들었다. 서슬 퍼런 칼날이 태도의 목을 향했다.

"오냐, 증명해 보거라! 검이라면 나도 일가견이 있지."

'고수로구나!'

눈앞에 들이민 칼날을 본 순간 주둥아리만 살아 있는 여느 양반댁 자제가 아님을 직감했다. 칼은 전형적인 배형의 환도였지만 칼등에 찍힌 수없는 상흔에 비해 칼날은 작은 티끌 하나 없이 깨끗했다. 게다가 조금의 흔들림도 없었다. 순간 두 사람을 감싸던 기운이 무겁게 가라앉았다.

"그러시든가."

피식 비웃음을 날린 태도가 출검하자 이내 두 사람의 검이 한데 뒤엉켰다. 실력을 모르는 상대와 진검 대련을 하게 되면 으레 간격을 두고 견제하기 마련이나 두 사람은 그렇지 않았다. 시작부터 대뜸 살기를 펼쳤기에 단 한 번의 실수에 목숨을 잃을 수도 있는 상황이었다. 광해는 내심 태도의 검세에 경탄을 마지않았다. 실로 처음 겪어 보는 검세였다. 상하좌우 자유자재로 찌르고 베었고 교본에 얽매이지 않았다. 배운 것이 아니다. 그저 독학이 만든 검세였다. 놀라긴 태도 또한 마찬가지였다. 대장간에서 태어난 태도는 밥숟가락보다 칼을 먼저 손에 쥐었다. 게다가 타고난 무골이라 인근의 고을들을 죄다 털어도 당할 자가 없었다. 소싯적 무관이 되겠다 결심하곤 이곳저곳 스승을 찾아다니며 기예를 배워보기도 했지만 삽시간에 그 스승이란 자들의 무예를 뛰어

넘어 더는 배움을 얻지 못했다. 이후 뜨내기 낭인이나 도성의 이름난 무인을 찾아가 대련을 청한 적도 있었으나, 그 누구도 지금 눈앞에 선 사내보다 못하였다. 순간 광해의 검이 태도의 목젖을 스치며 옷깃을 잘라 냈고 태도의 검 또한 광해의 가슴팍을 훑고 지나며 저고리를 잘라 냈다. 한 치만 더 들어갔다면 피가 낭자했을 것이었다. 멈칫한 태도가 물었다.

"진정 피를 보실 생각이오?"

"물론이다. 하지만…… 내 피는 아닐 터!"

두 사람이 동시에 뛰어 들었고 흙먼지가 일고 나뭇잎들이 분분히 날렸다. 나뭇가지며 대나무며 수도 없이 잘려 나갔다. 실로 막상막하였고 한 치의 실수도 용납지 않은 그때 정이의 목소리가 울려 퍼졌다.

"멈춰요!"

허공에서 부딪친 검이 멈춰 섰고 두 사람의 시선이 동시에 정이를 향했다. 광해의 눈빛이 '또 너냐?'라는 황당한 질문을 품고 있었다. 불청객의 방문에 잠시 정적이 감돌았지만 그것도 잠시 두 사람의 검은 쉬지 않았다. 이내 검광이 낭자하고 연신 불꽃이 튀었다. 막상막하의 대결이었으나 일다경이 지나자 미약하게나마 광해의 검이 우세를 점하고 있었다. 격노한 광해의 목소리가 연신 태도의 귓속으로 빨려 들어왔다.

"겨우 이것이냐! 이 정도로 그리 기고만장했단 말이냐!"

낯선 사내의 목소리가 태도의 머릿속에서 폭풍처럼 휘몰아쳤다. '조금만 더, 조금만 더 침착해라.' 하여도 광해의 검을 막는데 급급했고 단 한순간도 우위를 점할 수 없었다.

"멈춰요! 지금 뭣들 하시는 거예요!"

막으면 막을수록 거세지는 바람 같고 파도 같은 검세였다. 그런 중 칼날을 뒤튼 광해의 검에 태도가 검을 놓치고 말았다.

"멈춰요! 멈추라니까요!"

난생 처음 공포란 것이 전신을 휘감았다. 태도의 낯빛이 경악에 물들었고 이내 태도의 손을 떠난 검은 땅에 박혔다. 광해의 눈빛엔 거침이 없었다. 당장 이 무례한 자의 목을 참하려는 듯 광해의 검이 허공을 갈라 찢으며 태도의 목에 날아들었다. 베었는가, 베었다. 아니, 그 순간에, 그 찰나에 가녀렸던 정이의 목소리가 천둥을 품은 벼락처럼 내리쳤다.

"멈춰요!"

귀청을 찢고도 남을 외침이었다. 정확히 태도의 목젖 앞에서 멈춰선 광해의 검이 파들파들 떨리고 있었고 그런 광해를 향해 활을 조준하고 있는 정이의 손끝도 그만큼 떨리고 있었다. 광해의 맥궁은 생각보다 크고 무거웠다.

"어찌하여 내 활을 들고 섰느냐…… 쏘기라도 할 참이냐?"

침을 꿀꺽 삼킨 정이가 단호히 대꾸했다.

"예, 우선 그 성난 칼부터 내려 놓으십시오……. 그렇지 않음…… 정말 쏠지도 모릅니다."

대체 자존심을 건 사내들의 결투에 저 아이가 왜 끼어드는 것인가. 의아한 마음이 칼끝에 서 있는 태도를 향했다. 침묵 어린 태도는 그저 정이를 보고 있었다.

'아는 사이란 말인가?'

광해의 시선도 정이로 이어졌다. 궁금한 건 참지 못하는 성격이라 물었다.

"……네가 어찌 끼어드는 것이냐…… 설마하니 두 사람이 인연이 있는 것이냐?"

"제 오라빕니다. 그러니 어서 그 칼 내려 놓으십시오."

'오라비? 아! 오라비가 있다 했던가, 이 사내…… 저 아이의 오라비라?'

그때 마음 저 켠에 숨겨 둔 장난끼가 발동하고 말았다.

"……싫다!"

"……!"

"사내들 일이다. 머리도 올리지 못한 네가 낄 자리가 아니니 모른 척 지나거라."

"분명 제 오라비라 말씀드렸습니다. 위험에 처한 오라비를 두고 어찌 그냥 지나친단 말입니까?"

득의만만한 미소의 광해가 잔뜩 장난기를 머금고 말했다. 그의 칼끝은 여전히 태도를 향해 있었다.

"그 참, 오라비나 오누이나 다를 바가 없구나. 정이 그러하면 어디 쏴 보거라! 그 여린 어깨로 시위나 당길 수 있겠느냐?"

발끈한 정이가 시위를 당기는데 사내들이 쓰는 맥궁이라 시위를 당기는 것만으로도 여간 힘이 드는 게 아니었다. 손끝의 떨림이 볼 끝까지 전해졌다. 그럼에도 광해의 장난은 멈추지 않았다.

"옳거니! 시위를 당길 줄은 아는구나. 명심하여라. 시위는 미간과 인중 사이에 붙이고 활대를 목젖에 평행하게 두어 내 심장을 정확히 노려야 명중률이 높다. 아, 쏘기 전에 호흡을 멈추는 것 또한 잊지 말거라. 자, 준비가 됐음 어디 맘껏 쏴 보아라!"

광해의 담대함은 거침이 없었고 차마 쏠 수 없는 정이는 그저 덜덜 떨고만 있었다. 하지만 오래 버틸 수 없었다. 어깨는 이미 힘이 빠졌고 손가락은 감각이 무뎌지고 있었다. 그때 지근거리에서 겸사복장의 노한 음성이 터져 나왔다.

"네 이놈!"

그 순간 화들짝 놀란 정이가 엉겁결에 시위를 놓고 말았다. 저도 모르게 질끈 눈을 감은 정이의 귓속으로 고속의 화살 소리가 빨려 들어왔고 잠시 후 슬며시 실눈을 떴을 땐 광해의 목에 화살이 박혀 있었다. 충격을 넘어선 경악이 정이의 만면에 물들었고, 휘둥그레진 정이의 눈동자가 터질 듯 부풀어 올랐다. 파르르 떨리는 정이의 시선 끝에 핏방울이 툭툭 바닥에 떨어졌으나 광해의 것은 아니었다. 태도의 주먹이 광해의 목젖 앞에서 화살을 막고 있었다.

"⋯⋯오, 오라버니⋯⋯!"

이내 무관들이 들이닥쳐 정이와 태도를 에워쌌고 두려움 가득한 광해의 시선 끝에 노한 선조가 서 있었다.

힘을 잃은 붉은 빛 태양이 뉘엿뉘엿 능선 아래로 떨어지자 나직이 깔려있던 진득한 풀내음이 옅은 어둠과 함께 스멀스멀 피어올랐다. 기십의 장병들이 진을 친 가운데 잔뜩 노기를 품은 선조가 옥좌에 앉아 있었고 그 앞에 광해와 태도, 그리고 정이가 나란히 무릎을 꿇고 있었다. 숨을 죽인 채 줄곧 고개를 숙이고 있었지만 연신 태도와 자신을 옹호해 주고 있는 광해의 목소리가 더없이 고맙게 느껴졌다.

"해서⋯⋯ 다만 오해였다? 왕자인 네 신분을 몰랐을 뿐더러 덫에 빠진 너를 이 아이가 구해 주었다, 이 말이냐?"

"예, 전하. 맥궁의 시위조차 당길 힘이 없는 여아이옵니다. 혹여 이자가 막지 않았더라도 큰 해를 입진 않았을 것이옵니다."

"그래?"

그때 슬금 고개를 들었다가 선조의 매서운 눈빛과 마주쳤다. 화들짝 놀란 정이가 이내 고개를 숙이는데 의구심을 거두진 않은 대왕 선조의 음성이 들렸다.

"너는…… 어디서 나를 본 적이 있더냐?"

심장이 덜컹 내려앉는 듯했다. 떨리는 음성으로 조심스레 화답하였다.

"아, 아니옵니다, 임금마마. 처, 처음 뵙사옵니다."

덜덜 떠는 정이를 보다가 시선을 옮긴 선조가 세 사람을 두루 살피며 말했다.

"오해에서 비롯된 실수라고는 하나 일국의 왕자에게 위해를 가한 것은 부정할 수 없는 사실. 그 위해를 막아 왕자의 목숨을 구한 것 또한 사실. 한데 너희들은 무엇을 하였느냐?"

선조의 시선이 사위를 지키던 무관들을 향했고 바싹 긴장한 낯빛의 무관들이 일제히 시선을 떨어트렸다.

"일국의 왕자를 홀로 내버려 둬 위기를 방관했다. 혼이를 보좌한 무관들은 모든 지위직무를 삭탈하고 입궐 즉시 그 죄를 물을 것이다."

광해가 급히 목청을 높였다.

"아바마마! 소자가 저지른 죄, 소자가 달게 받겠나이다."

"어리석은 놈. 네놈이 지은 죄를 네가 다 받는다면 네 목숨으로도 모자라다."

"……."

"번복은 없다! 입궐 채비를 하라!"

일사 분란한 움직임에 석양이 채 가시기도 전에 대열이 정비되었다. 선조가 어마에 오르자 이내 긴 뿔 나발 소리가 터져 나왔고 백 장에 이르는 긴 대열이 시선에서 차츰 멀어졌다. 말미의 광해가 말에 오르다 말고 시선을 돌리자 그 끝에 태도가 서 있었다. 무표정한 태도의 얼굴을 살핀 광해의 시선이 피딱지가 굳은 태도의 손에서 멈춰 섰다.

"일국의 왕자를 구한 손이 그래서야…… 쯧쯧……."

광해가 손짓을 하자 말미에 대기하고 있던 내의원 참봉이 급히 달려 왔다.

"이자의 손을 치료해 주거라."

"예?"

"내 목숨을 구한 손이다."

의아한 표정의 참봉이 태도를 보자 무겁게 닫혀 있던 태도의 입술이 열렸다.

"송구하오나 마마, 마마를 위해서가 아니었습니다. 행여나 귀하신 몸에 생채기라도 냈다…… 이 아이가 화를 입을까 행한 일이옵니다."

정이를 말함이리라, 힐긋 정이를 본 광해가 화답했다.

"이유야 어찌되었건 네가 내 목숨을 구한 사실은 변하지 않는 다."

광해는 이내 몸을 돌려 말에 올랐다. 곁눈질로 슬쩍 정이를 내려다보곤 말했다.

"정이라 했던가, 너는 선머슴처럼 그리 날 뛰다가 언젠가 한번 큰 곤욕을 치를 게다."

"……"

"내 말이 맞는지 틀리는지, 두고 보거라."

발끈한 정이가 뭐라 대꾸하려는데 시선을 돌린 광해는 이내 고삐를 틀었다. 심중에 작은 목소리가 메아리쳤다. 인연인가, 악연인가. 잠시 후 치료를 끝낸 참봉도 뒤쳐질세라 광해의 뒤를 쫓아갔다. 주먹을 쥐었지만 통증이 있는 듯 이내 포기한 태도가 일어서자 줄곧 안쓰럽게 바라보던 정이가 나직이 입을 열었다.

"미안…… 나 때문에……."

"이깟 상처 따위 별 거 아냐. 게다가 애초에 저분과 칼을 부딪친 건 나지 네가 아니잖아. 신경쓰지 마."

"그래도……."

"그만 돌아가자, 아저씨 기다리시겠다."

"응."

몇 걸음 가지 않아 멈춰선 태도의 고개가 뒤를 향했다. 오늘 먹은 거라곤 나물밖에는 없었거늘 마치 목에 가시가 걸린 느낌이었다. 착각이고 느낌이라고 몇 번이나 되뇌었지만 이내 있지도 않은 가시를 뱉으려 토악질까지 했다. 왕자며 왕이라 했다. 어디 그뿐인가, 왕자의 목에 칼을 들이밀기까지 하지 않았던가. 태도의 시선을 따라 정이의 눈동자도 잠깐 멈춰 섰지만 이내 시선을 돌리고 말았다. 다만 심중에 작은 목소리가 메아리쳤다.

'치! 연 중에서 악연, 악연 중에서도 최악이야.'

마지막 힘을 쥐어 짜낸 석양빛이 제 앞에 긴 그림자를 만들었다. 평소 생각지 못했지만 마치 자신을 향해 걸어가는 듯한 착각이 들었다. 줄곧 그림자를 밟아 마을 초입에 다다르자 작은 도랑이 나왔다. 물이 들이차 넘실대고 있었다.

"업히거라."

몸을 낮춰 앉은 태도의 목소리에 몸을 맡겼다. 한 걸음, 한 걸음…… 아늑하고 따뜻한 것이 꼭 어미의 품 같았다. 떨어지기 직전의 석양이 남루해 보이는 초가지붕 위로 쏟아져 내렸다. 마당에 널려 있는 염한 천들이 햇살을 머금고 있었고 한쪽에는 널찍한 평상 위에 초벌된 그릇들이 바람에 몸을 맡기고 있었다. 다른 초가들과 별반 다른 것은 없었으나 한 가지, 마당 옆으로 들어선 커다란 옹기 가마와 삐죽 솟아오른 굴뚝이 이 집이 옹기장이 집임을 말해 주고 있었다. 그때 정이가 들어섰다.

"아부지!"

건화된 항아리를 살피던 을담이 고개를 돌렸다.

"어찌 이리 늦었어."

정이가 활짝 웃었다. 티 없이 말간 미소였다.

4장

천년의 파자破瓷

❦

이 나라 조선의 안녕을 담은 그릇, 그 이름 태조발원문자기라.

석양은 온데간데없고 이내 구슬픈 밤이 되었다. 고즈넉한 분위기에 아랑곳없이 술독에 빠진 양반내들이 기녀들 속치마를 파고들 시각에 광해는 빼곡히 들어선 구중궁궐 미로 길을 바쁜 걸음으로 가고 있었다. 강녕전 향오문을 지나자 기다린 듯 상선의 재촉이 있었고 이내 선조의 침소로 들어섰다. 지그시 옆으로 몸을 기댄 선조 뒤로 십장 병풍이 둘러싸고 있었다. 만 가지 색과 멋을 지닌 명산 금강산이라, 하늘까지 치솟은 기암절벽도 기괴하고 아래 깊은 계곡까지 이어진 푸르스름한 내천은 기실 산을 그대로 옮겨다 놓은 듯 정교하였다. 깍듯이 예를 갖춘 광해가 신성군 옆으로 좌정하자 이내 선조의 나직한 음성이 들렸다.

"이레 후 시조제가 있음은 너희 모두 알고 있을 터, 진이 네가 답해 보라. 당금當今의 시조제에 무슨 의미가 있느냐?"

나직이 깔린 선조의 시선이 임해를 향하자 이내 부복하며 답하였다.

"아래로는 백성을 위하고 위로는 선대를 공경하는 것이 경세가의 근본이라, 조선 왕조의 전장문물典章文物이 단군왕검과 천하 삼국에 그 기반을 두고 있으니 제사를 통해 선조의 공에 보답하는 것이옵니다."

무심히 고개를 끄덕인 선조가 신성군을 보며 물었다.

"하면 후가 답해 보라. 고려 왕조를 건립한 왕씨에 대한 대우는 어찌해야 하느냐?"

가벼이 고개를 숙인 신성군이 화답하였다.

"삼국이 정립鼎立 대치하면서 함께 역사를 일으켰으나 삼국의 시조 이전에는 12한과 9한이 있었고, 후에는 고려 왕조가 있었으니, 공의 대소는 있사오나 조선 왕조의 뿌리가 되었음에 그 공로가 실로 적지 않다 사려되오니, 마땅히 의사義祠를 세워 그 공을 갚아야 한다 생각하옵니다."

고개를 끄덕인 선조의 시선이 광해를 향했다.

"혼이 너는 형과 아우의 생각이 어떠하냐?"

잠시 생각한 광해가 답하였다.

"전조前朝의 왕王씨가 삼한을 통일하고 인덕을 쌓아 오백 년을 내려왔으니 백성들이 그 혜택을 고루 받았습니다. 기자箕子와 왕태조王太祖가 모두 동방 백성들에게 공이 있으니 제향을 드리는 것은 마땅하다 사려되옵니다. 다만……."

광해가 잠시 호흡을 가다듬자 임해와 신성군의 시선이 광해를 향했다.

"예서禮書에 따르면, 제왕은 하늘을 제사지내고 제후는 산천을 제사지내며 사대부는 조상을 제사지낸다 하였는데 조선왕조의 뿌리가 되신 태조 대왕의 공이 현 시조제에 누락되었음은 실로 안타깝다 사려 되옵니다."

"하면, 선조제 때 모시는 것으로 모자란단 뜻이더냐, 아님 시조제 때 태조대왕의 위패도 함께 모셔야 한단 뜻이냐?"

"무릇 효도란 자기를 존재하게 한 근본에 보답하는 것으로 부모와 조상을 극진한 정성과 공경으로 섬기는 일이 아니오니까? 태조 대왕께서는 선조이시며 또한 조선 왕조의 시조이시니 마땅히 시조제 때 위패를 모셔야 한다 사려되옵니다."

순간 선조가 무릎을 탁 쳤다.

"옳거니! 네가 오랜만에 바른 말을 하는구나. 시조제란 것이 비단 효에 근본을 두고 있으나 기실 왕조의 정통성을 밝히는데도 그 목적이 있다. 오례五禮에는 단군과 고려 시조의 제향의祭享儀만 있었으나 세종 때는 단군의 사단祠壇을 비롯하여 기자묘가 세워지고, 중종 때는 가락의 시조 수로왕까지 모시어 그 공에 감사하였느니라. 이는 단군이 조선의 시조임을 확인하고 후대로 이어진 이 모든 역사를 건묘치사하자는 것이다."

세 왕자가 나란히 부복하자 선조의 말이 이어졌다.

"듣거라. 근자에 세자 책봉에 대한 주청이 끊이지 않는다만…… 나는 아직 마음도 없고 필요성도 느끼지 못한다. 다만, 봉상시奉常寺41) 제조와 부제조 자리가 한 해가 넘도록 비어 있으니……."

선조의 차가운 시선이 임해군과 신성군을 지나 광해에게서 멈춰 섰다.

"혼이 네가 제조를 맡아 다가올 시조제42)를 준비하여라."

내심 사냥터에서 있었던 일탈에 불호령이 떨어질 것이라 단단히 마음먹고 있던 터에 실로 제 귀를 의심하게 만드는 말이었다. 얼핏 잘못 들은 것인가 착각마저 들었다. 광해가 다급히 화답했다.

"예, 아바마마."

삽시간에 일그러진 임해의 얼굴 위로 선조의 음성이 이어졌다.

"진이 너는 부제조를 맡거라."

동생에겐 제조, 형에겐 부제조의 자리라. 충격적인 인사였지만

----

41) 봉상시 : 제사와 시호를 담당하던 관청.

42) 시조제 : 역대왕조의 시조에게 올리는 제사 의례.

반항할 엄두는커녕 작은 부정도 할 수 없었다. 선조의 성정은 누구보다 임해가 잘 알고 있었다. 한 입으로 두말하지 않았고, 옳건 그르건 간에 한 자리에서는 결코 말을 번복하지도 않았다. 임해는 원망 가득한 시선을 감추려 더욱 고개를 파묻었다.

"형이라 하여 늘 상석에 앉으란 법 없고, 아우라 하여 형을 뛰어넘지 말란 법 또한 없다. 알아들었느냐?"

속내를 읽기 힘든 선조의 시선은 줄곧 임해를 향해 있었지만 고개를 파묻은 임해는 침묵했다.

'이 나라 조선의 법도가 어찌 그러합니까? 적자는 아니어도 소자는 장자가 아니옵니까!'

다만 심중에서 그리 메아리칠 뿐 굳게 닫힌 입은 열리지 않았다. 선조가 재차 물었다.

"어찌 답이 없느냐?"

약간은 격양된 목소리에 원망을 되삼킨 임해가 고이 답하였다.

"예, 아바마마."

그때 상선의 목소리가 들렸다.

"전하, 봉상시에서 시조제에 올릴 태조발원문자기를 종묘 제향소로 옮기길 청하옵니다."

선조의 시선이 좌측으로 늘어선 장문갑 금탁을 향했다. 세 개의 문갑이 나란히 침소의 우측 벽면을 가득 메우고 있는데, 차례

대로 물푸레나무와 소나무, 느티나무로 제작되었고 모두 이 층 문갑이라 아래는 여닫이와 미닫이의 혼용으로 위쪽은 서랍의 형태였다. 세 개의 문갑 높이를 통일하여 위에서 보면 하나의 일체형이었고 전면엔 금조개 껍질을 썰어 낸 자개가 용호龍虎를 수놓고 여닫이 풍혈은 모두 황금으로 만든 박쥐의 형상이었다. 선조의 유일한 취미가 자기 감상이라, 장문갑 상단 좌측에서부터 고려청자와 청화백자가 두루 섞여 있었고 그 하나하나가 가히 황금에 견주어도 부족함이 없는 명품이었다. 다만 그 가운데 홀로 격이 떨어지는, 그저 초라하기 그지없는 사발 하나가 자리 잡고 있었다. 저질 백토로 빚은 데다가 이백 년 세월을 견디다 못해 본래의 빛깔은 온데간데없는 백자기였다. 하지만 이 그릇이야말로 대왕 선조가 목숨처럼 아끼는 그릇, 태조대왕의 건국 염원이 깃든 태조발원문자기였다.

"들라 하라."

윤허가 떨어지기 무섭게 봉상시 판사와 주부가 들어서 예를 갖추었다. 준비한 궤를 바닥에 놓고 황색 비단을 펼쳐 왕자시를 안 듯 조심스레 태조발원문자기를 감쌌다. 다시 청색과 홍색 비단으로 겹겹이 에워싼 후 백색 비단이 주름지어 깔린 궤 속에 조심스레 담아 뚜껑을 덮었다. 조금의 실수도 용납지 않는 세심한 손끝이었다. 선조며 상선이며 광해며 신성군이며, 모두 그 모습을 지켜보느라 잔뜩 뒤틀린 임해의 얼굴을 본 자는 없었다. 일그러져 있었고 흙빛이었으나 실로 음흉한 흉계를 눈빛 속에 품고 있었고, 여울진 입술 선 끝엔 실낱 같은 미소가 걸려 있었다. 기억은 나지 않으나 피가 섞인 동생 광해군과 배다른 동생 신성군이 동시에 물에 빠지면 누굴 먼저 구해야 할지를 고민한 적이 있었다. 별 시답지 않은 생각이라 넘기려 했던 것이 몇날 며칠을 고민하게 만들었고 결국 둘 다 구하지 말자로 결론 내렸었다. 오늘, 지금 이 순간에, 그 결정이 후회되었다. 신성군을 구하고 광해군은 발로 짓밟아 나오지 못하게 해야 했다. 형에 대한 존경심과 우애라곤 한 톨도 찾아볼 수 없는 이 간악한 아우는 죽어 마땅했다. 태조발원문자기를 지켜보던 임해의 시선이 슬쩍 광해를 향했다. 분노와 원망, 시기와 질투가 뒤섞인 눈빛이었다.

봉상시 첨정이 말하였다.

"5일간 재계齋戒가 있었으며 어제 오늘 제수를 진설陳設하였으니 익일 희생 검사와 향축香祝 전달을 이행하시면 되옵니다."

이어 사옹원 낭청실을 찾으니 깍듯이 예를 갖춘 강천이 상석을 비켜 주었다. 임해와 광해가 나란히 좌정하자 비스듬히 비켜서 있던 강천이 양손을 고이 포개었다.

"이 낭청, 희생은 검수하였는가?"

"예 마마, 모두 확인하였으며 익일 향축을 전하시면 되옵니다."

묘한 미소를 머금은 임해의 눈빛이 강천을 향했다. 꽉 다문 입술 위로 무표정한 눈빛이 보는 이로 하여금 절로 주눅 들게 만들었다. 곧게 뻗은 두 눈썹 사이로 잘 지은 오뚝한 콧날이 내려섰고 반색의 머리를 제한다면 마치 젊은이라 착각할 정도의 기운이 양어깨에 맴돌았다. 희로애락이 묻어나지 않는 얼굴에서 다만 감정이 표현되는 곳이 입꼬리였으나, 그마저도 아래로 향했는지, 위로 향했는지, 지그시 말렸는지 도통 읽히지 않았다. 미소를 머금은 임해가 물었다.

"저자는 누구인가?"

강천의 뒤로 젊은 사내가 서 있었다. 강천이 곁눈질로 슬며시 옆을 살피자 백옥 같은 피부의 사내가 답하였다.

"분원의 변수 이육도이옵니다."

"이육도? 이 낭청의 자제로구먼?"

백자를 빚어 놓은 듯 새하얀 얼굴빛에 사내로선 특이한 붉은 입술이라 여인들의 가슴에 방망이질을 하고도 남았다. 더불어 나지막한 저음의 목소리는 사내들도 고개를 내젓게 만들었다. 실로 매서운 강천만큼은 아니지만 두 눈에서 뻗어 나오는 안광 또한 누구도 만만히 보지 못하게 만들었다. 관상을 보듯 두 부자를 살핀 임해가 자리를 털고 일어났다. 육도를 지나치며 말했다.

"이 변수가 안내하지. 제향소."

"예, 마마."

마치 화가 난 여인의 입술처럼 앙다문 것이 쉬이 열리지 않는 문이었다. 수백 년은 된 듯한 나이테가 파문처럼 번져 있고 그 중앙 문고리엔 화려한 장식이 겹겹이었다. 중춘仲春과 중추仲秋, 한 해에 단 두 번 있는 시조제 때만 제 속을 열어 주는 곳, 제향소 였다.

"이 변수 자넨 여기서 기다리게."

육도를 밖에 둔 광해와 임해가 목화를 벗고 안으로 들어섰다. 갓 떠오른 하현달 월광이 좌우로 늘어선 외짝 빗살 창유窓牖로 은은하니 스며들었고 그 아래로 십여 개의 촛대가 한일자를 세 워 놓은 듯 반듯하게 서 있었다. 남북으로 뻗은 팔각형 내실의 서 쪽 벽은 갖가지 제기들이 한가득 자리를 차지하고 있는데, 밥을 담는 보簠와 궤簋, 국을 담는 등과 형鉶, 날고기를 담는 희생犧牲 에서 과실과 어포 등을 담는 변籩까지, 그 모양과 행태가 실로 다 양했다. 광해는 그저 차분한 시선으로 제단 앞에 선 임해를 지켜 보고 있었다. 놋 제기를 손가락으로 튕기며 제단 앞에 선 임해의 눈빛은 무언가에 홀린 듯 혼란스러웠다. 심중은 끊임없이 광해를 질타하고 있었다.

'내 반드시 혼이 네 녀석을……'

제단의 상단을 향해 임해의 손이 조심스럽게 뻗어 나가 잠시 암중모색하더니 이내 무언가가 손끝에 걸렸다. 태조발원문자기라. 꿀꺽, 마른침을 삼킨 임해의 잔뜩 긴장한 만면에 땀방울이 맺혔다가 콧등을 타고 흘러내렸다. 슬쩍 땀을 훔치곤 다시금 흉계를 되뇌었다.

'결코 빠져나갈 수 없을 터!'

그리 두 번 세 번을 되뇐 다음에야 굳게 닫혀 있던 입술이 열렸다.

"난 말이다, 이 보잘 것 없는 그릇이 강녕전에 있는 것부터 당초에 이해가 되지 않는다. 어찌해 아바마마께선 이 같은 것을 목숨처럼 아끼신단 말이냐?"

임해의 손에 들린 초라한 그릇이 보였다. 잠시 그릇을 살핀 광해가 화답했다.

"태조께서 조선 건국의 기원을 담은 자기가 아닙니까. 그릇의 생김보다는 그릇에 담긴 의미가 더 중요하다 생각합니다."

코웃음을 친 임해의 시선이 자기를 향했다.

"하나 아무리 봐도 대단한 그릇으로는 보이지 않는다. 귀하게 만들어졌음에도 처량하고 보잘것없는 생김새가…… 장남임에도 아바마마의 신의를 잃어버린 나와 같지 않으냐?"

임해의 눈빛이 천천히 광해를 향했다. 무엇이라 답변할까 잠시 고민하던 광해가 화답했다.

"제가 봉상시 제조를 겸한다하여 형님께서 장자인 것이 변하진 않습니다. 마음에 담아 두지 마십시오."

"마음에 담지 말라? 무엇을 말이냐? 아바마마께서 방계 출신이시니 이런 조잡한 그릇 따위에 집착하시는 게다. 왜…… 너는 아니라 생각는 게냐? 아바마마께서 직계 적자였다면 이런 질그릇 따위에 연연하셨겠느냐? 아니면 아니다 말해 보거라!"

"아무렴 말씀을 삼가십시오. 낮말은 새가 듣고……."

"밤말은 쥐가 듣지. 흥! 너는 대체 뭐가 두려운 게냐? 아바마마나, 너나, 나나, 모두 똑같은 서자가 아니냐? 그러니 장남인 나보다 차남인 너를 더 아끼시는 게지."

다분히 격앙된 목소리였고 광해 또한 곤란한 입장이었다. 하여 조심스레 대꾸했다.

"그저 못난 자식에게 떡 하나 더 준다 하지 않았습니까? 어심이 동한 것에는 반드시 그만한 이유가 있기 마련입니다."

"흥! 이 못난 장남 눈에는 도무지 그 어심이란 게 보이지 않는구나!"

임해의 두 눈동자가 번득였고 입꼬리도 가늘게 늘어졌다.

"그리도 잘 보이면…… 어디…… 잘난 네가 한번 보거라!"

순간 임해의 손끝을 떠난 태조발원문자기가 하늘로 치솟았다. 거의 동시 화들짝 놀란 광해가 손을 뻗었고 태조발원문자기는 광해의 손바닥에 떨어졌다. 아니, 그런 듯하였지만 광해의 중지 끝을 스치곤 허공에서 잠시 흔들렸다가 이내 바닥으로 떨어졌다. 찰나의 순간이었고 와장창 그릇이 깨지는 소리에 광해는 거의 정신을 놓고 말았다. 충격 어린 눈동자가 터질 듯 부풀어 올랐으나 이렇고 저렇고 할 것도 못 되었다. 그저 경악 어린 낯빛으로 산산이 부서진 사금파리만 보고 있었다.

'아느냐? 이 모두가 네 녀석 때문이다!'

임해의 심중이 그리 소리쳤다. 싸늘히 미소를 거둔 임해가 짐짓 놀란 표정으로 입을 열었다.

"대체……! 네 어찌하여 받지 않은 것이냐?"

동생을 향해 안타까운 탄식을 내뱉는 자애로운 형의 역할이라, 충격 어린 표정에 약간은 격앙된 목소리가 빚어낸 실로 완벽한 연기였다.

"형님…… 어찌……!"

그저 당혹스런 표정을 짓는 게 그 순간 표현할 수 있는 전부인 광해에게 쐐기를 박을 요량인 듯 임해의 냉랭한 목소리가 이어졌다.

"어찌 그런 눈으로 날 보는 것이냐? 네가 놓치지 않았더냐? 어찌 그걸 제대로 잡지 못해!"

"마마, 무슨 일이옵니까?"

파자음을 들은 듯 다급한 육도의 목소리가 들렸고, 실로 아득한 절망감이 심장을 짓누르는 때에 임해의 목소리가 이어졌다.

"어찌 그런 표정인 게야? 설마…… 네 잘못이 아니라는 게냐?"

입으로는 큰소리를 치고 있었으나 혹여나 광해가 잘잘못을 따질까 그 속은 새까맣게 타들어 가는 중이었다. 다행히도 충격 어린 광해의 시선은 그저 산산이 조각 난 사금파리를 향해 있었다. 기운 없는 나지막한 목소리가 흘러 나왔다.

"……알겠습니다. 제 잘못이라면…… 제가 책임져야지요……."

'옳거니!'

임해의 흉계가 빛을 발한 순간이었다. 광해는 급히 손수건을 꺼내 사금파리를 주워 담은 후 선반에서 비슷하게 생긴 제기를 찾아 제단 위에 올려 두었다. 잔뜩 붉게 상기된 표정엔 형에 대한 실망감이 이루 말할 수 없을 만큼 배어 있었다. 그 순간 제향소 밖에서 대기하고 있던 육도가 들어섰다.

"마마! 무슨 일이옵니까? 그릇 깨지는 소리가……!"

화들짝 놀란 임해가 급히 호통 쳤다.

"네 이놈! 내 분명 밖에서 기다리라 했거늘 어찌 함부로 들어서는 게냐!"

무언가 묘한 기운이 흘렀지만 알 수 없었다. 육도가 급히 예를 갖추어 고개를 숙이자 임해의 호통이 이어졌다.

"앞으론 처신에 신중함이 있어야 할 것이다! 알겠느냐?"

"예, 마마……."

그때 지켜보던 광해가 육도를 지나쳐 밖으로 사라졌고 등 뒤로 "먼저 가 보겠습니다, 형님." 하고 매가리 없는 목소리가 들렸다. 이어 임해가 걸음을 떼자 육도도 그 뒤를 따랐다. 하나 열 보도 되지 않는 그 짧은 거리에 누군가의 손이 멱살을 잡아 끌 듯 몇 번이고 뒤를 돌아보게 만들었다.

'분명 그릇 깨지는 소리가 들렸거늘!'

제향소 안은 그저 변화 없는 정적만이 감돌았다.

하루가 완벽하게 저물고 마지막 해거름이 그림자 뒤로 물러나 남아 있던 온기마저 앗아갔다. 침묵의 어둠이 호롱불 허리를 부여잡고 이리저리 흔들었다. 위태롭게 흔들리는 불빛 아래서 광해의 눈빛 또한 요동쳤다. 서안 위에 사금파리가 늘려 있었다. '어찌 그런 눈으로 날 보는 것이냐? 네가 놓치지 않았더냐? 어찌 그걸 제대로 잡지 못해!' 임해의 목소리가 귓전을 울려 숨을 쉬기도 힘들었다. 사금파리 하날 집어 든 광해의 눈빛이 파르르 떨렸다.

'아바마마께서 목숨처럼 귀히 여기는 그릇이 아닌가! 이제 어

찌 한단 말인가, 순간의 호기로 삼도천[43]을 건너고야 말았구나!'
실로 악몽 같은 밤이었다. 잠을 청하기는커녕 누워 있을 수도 없
었다. 춘삼월 천지는 온통 초록빛이었고 달콤한 봄바람이 코끝에
닿았지만 전신을 휘감은 불안감은 가시질 않았다. 사방천지가 검
은 바다였고 백색 사막이며 또한 가시방석이었다. 뜬 눈으로 밤
을 지새고서야 작은 결론이 내려졌다.

'어찌하건 태조발원문자기를 복원해야 한다!'

단지 그뿐이었다. 깊은 한숨을 내쉰 광해가 자리를 털고 일어
섰다.

한 사내가 제향소 가운데 서 있었다. 전날 밤 일이 마음 한구석
에 남아 찜찜함을 거둘 수 없었다. 제향소의 문이 빠끔히 열리자
육도가 조심스레 들어섰다. 겸사겸사 제기들이 잘 준비되었는지
확인하였으나 역시 무언가 이상했다. 묘한 느낌이었고 좀처럼 그
정체를 알 수 없는 터에 제단 상단에 놓인 태조발원문자기가 눈
에 들어왔다. 그러곤 이내 두 눈동자가 터질 듯 부풀어 올랐다.

'태조발원문자기가……!'

태조발원문자기는 온데간데없고 버젓이 가짜가 놓여 있었다.

---

43) 삼도천三途川 : 저승 길목에 있는 내천.

육도의 심장이 덜컹 내려앉았다. 임해군, 아니면 광해군, 둘 중 한 명이 범인이리라. 화들짝 놀란 가슴을 진정시키며 뒷걸음을 치던 육도의 발밑에 무언가가 밟혔다. 제 손톱보다도 작은 태조발원문자기의 파편이었다. 급히 파편을 집어든 육도가 걸음을 재촉했다. 사옹원 낭청실은 경복궁 서남쪽에 위치해 있었다. 정갈한 정방형 내실에서 격앙된 강천의 목소리가 울려 퍼졌다.

"뭐라? 두 분 마마께서 태조발원문자기를 깨트렸단 말이냐! 확실한 것이냐? 결코 허언에 거론될 태조발원문자기가 아니니라."

좀처럼 표정변화가 없는 강천의 눈빛이 요동치고 있었다.

"예, 제가 분명 사발 깨지는 소리를 들었고, 태조발원문자기가 있어야 할 자리엔 버젓이 가짜가 놓여 있었습니다. 두 분 마마 중 뉘 소행인지는 확실치 않사오나 분명 파자된 것이 확실하옵니다."

생각지도 못한 일에 강천의 머릿속이 복잡해졌다. 이미 차갑게 식은 차를 목구멍으로 넘긴 강천이 나지막이 내뱉었다.

"누가 깨트렸건 간에…… 그것이 중한 것이 아니다. 중요한 것은 두 분 마마의 성정性情이다."

빼곡하게 들어선 북촌의 미로 길 사이로 화려한 복색의 사내가 들어섰다. 통이 넓은 바지에 옥으로 만든 허리띠를 둘러매고 가랑이도 주름이 잡히도록 접어 발목에 대님을 매었다. 자색 창의를 입었는데 그 모습이 북촌과는 어울리지 않는 화려함 일색이었다. 잦은 왕래가 있었던 듯 익숙하게 미로를 훑고 지나가 어느 가옥 앞 멈춰 서자 급히 달려 나온 문지기가 예를 갖추었다. 느닷없는 임해의 방문에 광해가 사랑방을 찾았다.

"어인 일입니까, 형님."

슬쩍 방 안을 둘러본 임해가 본론을 꺼내 놓았다.

"너도 잘 알지 않느냐? 위로는 상서열인 내가 있고, 아래로는 성은을 독차지하고 있는 신성군이 있으니, 이렇든 저렇든 혼이 너는 왕이 될 수는 없는 신분이다. 해서 말인데……."

조심스럽게, 하지만 너무도 당당한 표정에 가만히 듣고 있던 광해가 답하였다. 이미 임해의 속내가 무엇인지 충분히 알고도 남았다.

"전날 밤 일이 걱정되어 이리 찾으신 겁니까? 예, 모든 책망은 제가 받을 것입니다. 형님께선 세자가 되시고 또 왕이 되셔야지요."

조금은 퉁명함이 섞여 있었지만 충분히 만족스런 답변이었다. 미소를 삼킨 임해가 넌지시 되물었다.

"네 진정 그리 생각한단 말이지? 그러하다면…… 내 너를 믿고 이만…… 음흠……!"

두 번씩이나 광해의 의중을 확인하였으니 이제 두려울 것이 없었다. 착잡한 표정의 광해를 두곤 자리를 털고 일어섰다. 그때 광해의 목소리가 들렸다.

"염려 마십시오, 형님. 오르지 못할 나무…… 쳐다볼 생각조차 없습니다."

멈칫한 임해가 고개를 돌려 한껏 시선을 내려 깔았다. 그러곤 무심히 물었다.

"무슨 뜻이냐? 설마 왕위엔 관심이 없단 말이냐?"

광해의 침묵에 임해의 눈빛 위로 서기가 감돌았다.

"혼이 너는 언제까지 가면을 쓰고 있을 셈이냐?"

줄곧 바닥을 향해 있던 광해의 시선이 빠끔 임해를 향했다. 임해의 말이 이어졌다.

"아니냐? 혼이 네가 어떤 가면을 쓰고 있건 간에, 내가 세자책봉이 되는 그날까지, 아니, 금상에 앉는 그날 이후로도! 너는 영원히 그 가면을 벗지 못할 것이다!"

광해의 눈빛이 파르르 떨렸다. 격앙된 임해의 목소리가 이어졌다.

"네가 쓴 가면이 진정 너인지, 아닌지, 아니라면 또 누구인지, 실은 너조차도 모르지 않느냐?"

한순간 획 돌아선 임해가 시야에서 사라졌다. 광해는 그저 착잡한 표정이었다.

육도가 물었다.

"하오면 광해군마마의 책임이 될 것이란 말씀이옵니까."

강천이 천천히 고개를 끄덕이고 화답했다.

"그럴 게야. 분명 종국엔 광해군마마의 잘못으로 결론 날 것이다. 하나 중요한 건 그 이후에 벌어질 일이다. 주상전하의 서릿발 같은 노기를 어찌 피한단 말이냐!"

좀처럼 흔들리지 않는 육도의 눈빛도 요동쳤다. 목숨 몇 개가 소리 소문 없이 사라질 수도 있었다. 육도가 물었다.

"제기를 담당한 제게도 책임이 잊지 않겠사옵니까?"

강천은 단호했다.

"그럴 일 없다. 아느냐? 위기 뒤엔 늘 기회가 있기 마련이다. 내가 수토감관이 된 지 벌써 열다섯 해가 지났느니라. 이제 이 자리를 물려줄 때가 되지 않았느냐?"

기대치도 않은 발언에 육도의 눈동자가 부풀어 올랐다. 수토감관! 수토감관이라니! 열 길 물 속을 내려다보는 듯한 강천의 음성이 너울거렸다.

"너는 다만 기다리면 될 것이다."

육도는 그저 미소를 머금었다.

크고 작은 웃음소리가 섞여 담장 안을 맴돌았다. 똑같은 소리인데도 마치 햇빛에 소리가 부서지듯 결코 무겁지 않은 유희와 향락이 담긴 소리였다. 바람이 소리를 사방으로 날랐지만 담장을 넘지가진 못했다. 아니 담장 밖으로 지나는 이들이 애써 그 소리를 무시하고 있었다.

햇살이 창창한 벌건 대낮이거늘 빛과 소리를 머금은 영화관은 그렇게 자신을 뽐내고 있었고 마치 담장 밖과는 다른 세상인 듯 경계가 그어진 착각마저 들게 만들었다. 따가운 봄 햇살이 빗살을 뚫고 들어와 서안을 가로질렀다. 장방형 서안의 좌우로 얼굴 가득 불만을 달고 있는 사내 일곱이 두루 앉아 있었다. 모두 한양 도성 운종가의 상인들로 필전을 취급하는 선전, 면포와 은자를 취급하는 면포전, 면주를 취급하는 면주전, 종이를 취급하는 지전, 모시와 삼베를 취급하는 저포전, 어물을 취급하는 어물전, 그리고 그릇을 파는 유기전의 전주였다. 위세 어린 양반네들도 함부로 대할 수 없는 금력을 지닌 이들이 어쩐 일인지 잔뜩 일그러진 얼굴을 서로 맞대고 있었다. 잠시 간의 침묵 끝에 큼지막한 얼굴에 눈코입이 가운데로 몰린 사내가 입을 열었다. 어물전 전주였다.

"운종가에 들어선 지 두 해도 안 돼 우리 시전상인들 목숨 줄을 위협하고 있소이다."

지전 전주가 받아쳤다.

"내 말이 그 말 아니오? 이 무슨 되먹지 못한 형국이란 말이오?"

저포전 전주가 덧붙였다.

"내 들어보니 경시서[44]에서 뒤를 봐주고 있단 소문도 있더이다. 어찌 그만한 규모에 무푼각전[45]이란 말인가!"

침묵으로 일관했지만 실로 가장 일그러진 얼굴은 서안 좌측 끝에 앉은 유기전 전주였다. 사촌이 땅을 산 듯 잔뜩 얼굴을 구기고 있는데 금방이라도 무언가를 토해 낼 듯했다. 입을 닫고 줄곧 듬성듬성 돋은 염소수염을 쓸어 만지더니 이내 일갈이 터져 나왔다.

"에잇! 망할 그 사기전 때문에 당장 내 유기전이 망하게 생겼다는 거 아니오! 이보시오들, 정말 이대로 두고만 보실 거요?"

읍소에 가까운 유기전주의 말에 저포전 전주가 혀를 차며 발끈했다.

"뒷일 생각지 않고 코앞의 이득에만 눈이 머니 이런 일이 생기는 것이외다. 애초에 그년이 유기전 옆으로 자릴 잡지 못하게 했다면 아무 일 없었을 것을, 쯧쯧…… 그야말로 소탐대실, 몇 푼에 자리를 내주니 이리 탈이 되어 돌아오는 거 아니겠소?"

---

44) 경시서 : 물가 조절, 조업세 징수, 도량형 단속 등을 담당하던 기관.
45) 무푼각전 : 국역이 면제되는 점포.

"어허, 내 땅도 아니고 내 점포도 아닌데, 대체 나더러 어찌하란 말이오!"

그때 굵직한 목소리가 좌중을 사로잡았다.

"그만들 하시게, 흙탕물의 미꾸라지야 다시 잡아들이면 그만 아닌가?

호통에 가까운 목소리였고 좌중은 일제히 입을 닫고 서안 중앙에 앉은 남자를 응시했다. 그는 운종가 선전의 전주이자 장통방과 초선동구, 서부 혜정교에도 점포를 두고 있는 운종가의 대상大商 박 주사였다. 기실 영화관 별채에 모여 있는 이 전주들은 상당한 금력을 행사하고 있었고 당상관 이상의 사대부들과도 줄이 닿아 있었다. 그럼에도 한 여인을 어찌하지 못해 전전긍긍하고 있었다. 최근에 운종가에 들어선 여인, 이름이 화령이라는 것 외엔 어디서 나고 어디서 자랐는지도 모를 묘한 여인이었다. 박 주사의 목소리가 이어졌다.

"제아무리 날고 긴다 한들 한낱 계집년일 뿐이네. 그리고 이승을 떠나는데 어디 순서가 있겠는가? 어느 날 갑자기 사기전 전주 심화령이 눈먼 칼에 맞아 객사할 수도 있는 게지, 안 그런가?"

운종가의 초입에 검은 망건을 두른 여인이 걸어가고 있었다. 묘한 매력의 여인이었다. 눈은 망건에 가려 보이지 않았으나 새하얀 피부결 아래로 도톰하니 붉은 입술이 돋보였다. 복색도 여염집 아낙네들이 입는 옷과는 그 꽤를 달리했다. 색상은 도드라져 보이지 않았지만 보일 듯 말듯 새겨진 금실의 무늬가 옷의 값어치를 대신 말해 주고 있었다. 거침없이 거닐면서도 기품이 서린 발걸음이 한순간 멈춰 섰다. 구레나룻의 사내가 여인의 옆구리에 슬며시 단도를 문질러 넣고 있었다.

"제게 용무가 있으십니까?"

강단 있는 화령의 목소리에 구레나룻의 사내가 마른침을 꿀꺽 삼켰다. 실로 고금에 드문 용모라. 반듯한 이마와 우미한 눈썹, 가을 호수처럼 맑고 깊어 서늘하기까지 한 눈빛, 오똑한 콧날과 봉긋한 입 언저리까지, 요염한 화용은 경국지색이며 몸매 또한 천하의 절색이었다. 단도를 들이민 사내가 순간 당황했지만 한쪽 길목 끝을 턱으로 가리키며 화령을 이끌었다. 다만 끌려갈 화령은 아니었다. 낮은 코웃음을 친 화령이 냉기가 뚝뚝 떨어지는 음성으로 대꾸했다.

"비켜!"

산전수전 다 겪은 왈패였지만 저도 모르게 움찔하고 말았다. 헛기침을 내뱉곤 힘주어 말했다.

"네 이년! 설마하니 예서 죽고 싶은 게냐?"

화령의 눈가에 서기가 내려앉았다. 실로 매서운 눈빛이었다.

"예서 죽으나 저서 죽으나 죽는 건 매한가지가 아니냐?"

"이년이 진정……! 오냐, 네년이 자초한 게다."

단도에 전해진 힘이 활옷 옆구리 겉섶을 뚫고 들어갔다. 움찔, 화령은 옴짝달싹하지 않았으나 사내의 손이 움찔하였고 그 손목에 화살 하나가 박혀 있었다. 그마저도 부러진 화살이라 누군가 화살을 부러트려 표창처럼 내던진 것이었다. 손에 쥔 단검이 힘없이 툭 흙바닥에 떨어졌고 덜덜 떨리는 손을 거둔 사내의 시선 끝에 무심한 표정의 사내가 서 있었다.

각궁을 만드는 것은 결코 쉬운 것이 아니다. 곧은 대나무 위에 수우각水牛角을 덧붙여 활채弓身를 만든 후 참나무 대림목으로 강도를 보강해야 한다. 활고자弓弭는 뽕나무를 반듯하게 붙였는데 이것으로 끝이 아니라 다시 길게 뽑아 낸 소의 힘줄을 활대와 활고자 전체에 얇게 덧씌워야 했다. 제대로 된 각궁 하나를 만들기 위해서는 천 번이 넘는 손길이 필요했고, 조선에서는 쉬이 구할 수 없는 수우각이 필수 재료라 군기시軍器寺의 궁시장弓矢匠이 아니고서는 결코 만들기가 쉽지 않았다. 이 값비싼 각궁 십여 개가 초라한 방구석에 나란히 늘어서 있고 그 옆으로 잘 손질된 화살 기십 개가 붙어 있었다. 섬섬옥수처럼 곧게 뻗은 사내의 손길이 각궁과 화살을 챙겨 보자기에 쌌다. 태도였다. 각궁은 아무나 사용하는 것이 아니라 갑사甲士나 무관들이 사용했는데 달포 앞으로 다가온 무과 시험에 대비해 예비 무관들이 각궁을 구하려고 동분서주하는 때였다. 삼 년에 한 번 각궁을 비싸게 팔 수 있는 기회였다. 스무 근은 거뜬히 넘는 보자기를 등에 진 태도가 운종가 무기전 앞에 서 있었다. 등에 짊어진 보자기를 풀어 각궁과 화살 뭉치를 내려놓은 태도가 나직이 말했다.

"방금 부러트린 화살 하나 빼고 도합 아흔 아홉 개입니다."

태도의 오른손에 부러진 반쪽 화살이 쥐여져 있었다. 구레나룻 사내가 눈썹을 매섭게 치켜세웠다. 손목에서 시작된 찌릿한 고통이 머리끝까지 전해져 왔지만 옅은 신음조차 흘리지 않았다. 대신 손목에 박힌 화살을 뽑아 내고 허리에 찬 장검을 뽑아 들었다. 순간 운종가는 혼란에 휩싸였고 사위의 군중은 소리를 지르며 흩어졌다. 아랑곳없이 느긋한 표정의 태도가 말했다.

"각궁 하나 빌리겠습니다. 달포 후에 갑절로 갚아 드리지요."

말이 끝나기 무섭게 각궁을 잡아 챈 태도의 손끝에서 화살 하나가 떨어져 나갔다. 활을 들어 화살을 재고 시위를 당겨 놓기까지 단 한 호흡도 걸리지 않았다. 허공을 가른 화살은 이내 구레나룻 사내의 허벅지에 박혔다. 순식간에 사내는 그대로 엎어졌다. 그제야 사위를 지키던 세 명의 동료 왈패가 화령을 둘러싸며 끼어들었다. 우두머리가 소리쳤다.

"저놈부터 쳐라!"

어느 틈엔가 그중 가장 덩치가 큰 왈패와 바싹 마른 몸에 키가 작은 왈패가 좌우에서 태도를 향해 뛰어 들었다. 태도는 검을 뽑지 않았다. 그저 각궁을 들고 이리저리 휘두를 뿐이었다. 그럼에도 왈패들은 칼 한번 제대로 휘두르지 못한 채 속절없이 쓰러졌고 각궁에 부딪친 팔다리가 부러져 흐느적거렸다. 화들짝 놀란 우두머리는 이미 사라지고 없었고 그제야 쓰러진 두 왈패도 욕지거리를 내뱉곤 쏜살처럼 사라졌다. 그 모습에 슬금 눈치를 살피며 몸을 빼던 구레나룻 사내의 허벅지를 화령이 힘껏 짓밟았다.

"윽!"

짤막한 신음과 함께 화살 박힌 허벅지에서 핏물이 새어 나왔다. 발아래로 사내를 짓밟은 화령은 그저 재미난 장난인 양 미소를 머금고 태도를 응시했다. 태도는 이미 고개를 돌려 걸어가고 있었다.

"실로 괜찮은 사내로구나!"

급히 망건을 벗은 화령이 태도를 불러 세웠다.

"멈추십시오!"

무표정한 태도가 고개를 돌리자 망건에 가려져 있던 화령의 얼굴이 보였다. 경국지색의 미모에도 부동심으로 일관한 태도가 살짝 고개를 숙이곤 재차 돌아섰다. 그러곤 연기처럼 군중 속으로 사라졌다.

"어디서 뭐하는 사내인지 알아보거라."

누구에게 향하는 줄 모를 화령의 말에 정체 모를 목소리가 들렸다.

"예, 행수."

그리도 한참을 태도의 뒷모습만 지켜보던 화령이 시선을 거두곤 발밑 구레나룻 사내를 보며 말했다.

"그럼 이제, 우리 이야기를 해 볼까요?"

그와 동시에 허벅지에 박힌 화살을 콱 뽑아 냈다. 말 못할 통증이 엄습했지만 그보다 자신을 향해 웃고 있는 야차 같은 화령이 더 두려웠다.

적막감이 흐르던 영화관 별채 문이 쾅 부서질 듯 열렸고 이내 구레나룻의 사내가 엎어지듯 문 앞에 쓰러졌다. 그 뒤로 한껏 미소를 머금은 화령이 서 있었다.

"아, 다들 여기에 계셨군요? 이렇듯 매번 저만 빼놓으시니 참으로 서운합니다."

일곱 전주들의 표정이 일순간 흙빛이 되었다. 차분히 들어선 화령이 서안 말미 한 자릴 꿰차 앉곤 말을 이었다.

"같은 상인들끼리 상부상조 공생공사 하는 것이 마땅하거늘, 여기 계신 전주들께서는 어찌 그리 제 밥그릇 챙기는 데만 혈안

이십니까?"

저포전 전주가 헛기침을 내뱉고 대꾸했다.

"어허! 이 무슨 무례한 짓인가! 저자는 또 누구인가?"

씨익 미소를 머금은 화령이 화답했다.

"불만이 쌓이면 불신이 되는 법인데, 그 불신이 커지면 어찌 되는지 아십니까?"

순간 화살촉을 꺼내든 화령이 서안 위에 힘껏 내리꽂자 콱 소리를 내며 화살이 박혔다. 움찔한 전주들의 표정이 가관이었다.

"한 번은 눈감아 주겠습니다만…… 또다시 이런 불상사가 일어날 시 여기 계신 전주님들 목숨도 보장하지 못할 것입니다. 제 말, 아시겠습니까?"

저마다 화령 눈치를 살피며 헛기침을 내뱉을 때였다.

"내 제대로 찾아왔는지 모르겠소이다."

팽팽한 방 안의 기운을 단번에 날려 버릴 호쾌한 목소리였다. 그렇잖아도 화령 때문에 별채 공기가 싸늘한 터에 선전 전주가 물었다.

"뉘시오?"

광해가 말했다.

"여기 계신 분들이 운종가 제일의 전주들이라 들었는데…… 혹 깨진 자기를 붙이는 법을 아는가 하여 찾아왔소이다."

슬금 안으로 들어선 광해가 전주들 사이를 비집고 앉았다. 아직 약관도 지나지 않은 청년이었으나 복색이 사대부 양반의 것이라 불평하는 이는 없었다. 제멋대로 서안 위에 놓인 작설차를 훌쩍 들이킨 광해가 품에서 큼지막한 전낭을 내려놓았다. 펼쳐진 보자기 속에 황금이 들어 있었다. 어림잡아 오백 냥은 되어 보이는 양이라 전주들의 입이 쩍 벌어졌다.

"이 깨진 사발을 붙이는 자에게, 이것을 모두 주겠네."

잔뜩 기대에 부풀었던 전주들의 얼굴이 파자된 자기를 보자마자 이내 시큰둥하게 굳었다. 광해가 의아하게 물었다.

"어찌 답이 없는 겐가?"

"그저 제아무리 값비싼 자기라도 한번 깨지면 끝입니다."

전주들이 약속이라도 한듯 일제히 혀를 차며 고개를 저었다.

"진정 방도가 없단 말인가?"

박 주사가 슬금 입을 열었다.

"거 그리 중한 자기면 분원의 낭청 어른을 찾아뵙는 게 어떻겠소? 내 그쪽이라면 연줄이 좀 있소이다."

하루 온종일 시전 바닥이며 저자를 쏘다니며 귀가 닳도록 들은 답이라 생각하고 자실 것도 없었다. 홱 전낭을 낚아챈 광해가 일어섰고 전주들은 아쉬운 맘에 입맛을 다셨다. 잔뜩 실망한 얼굴의 광해가 마루를 내려와 마당을 벗어날 때 화령의 목소리가 들렸다.

"잠깐 저 좀 보시겠습니까?"

멈칫한 광해가 고개를 돌리자 미처 알아보지 못한 고운 자태
의 여인이 다가섰다.

"파자된 그릇을 복원할 수 있는 사람은, 분원의 낭청 어른을
제외하고도 이 나라 조선 팔도에 두 명 정도가 더 있지요."

깜짝 놀라 되물었다.

"정말인가? 그 사람이 누군가?"

"그중 한 분의 성함은 문사승. 한때는 조선 제일의 사기장이라
불리었지만…… 지금은 늙은 술주정뱅이에 불과해 나리께는 도
움이 되지 않을 것입니다."

"하면 두 번째 인물은?"

"유을담 어른입니다."

"유을담?"

"예, 분원의 변수를 지낸 실력 있는 사기장이기도 하고, 부와
권력, 위정자들의 흥망성쇠에는 관심이 없는 분이십니다. 분명
마마께서 원하시는 바를 얻을 수 있을 것입니다."

저도 모르게 고개를 끄덕인 광해가 멈칫 놀란 눈으로 화령을
쏘아 봤다.

"마마……? 나를 어찌 알아보았느냐?"

152

미소를 머금은 화령이 화답했다.

"비취 옥관자[46]와 녹피혜鹿皮鞋[47]······ 심상찮은 의관이라 처음엔 명문 사대부가의 자제라 생각했지요. 한데 마마께서 입고 계신 도포의 색이 홍색 중의 으뜸 대홍색, 아무나 흉내 낼 수 있는 색이 아닙니다. 조선 제일의 염직 대가만이 그런 빛을 낼 수 있는데, 그런 대가들이 아무 곳에나 있겠습니까? 궐에 있지요. 상의원[48], 그리고 제용감[49]입니다."

광해의 얼굴에 놀람과 감탄이 어렸다.

"미색에 걸맞는 눈썰미로구나. 이름이 무엇이냐?"

"심화령이라 하옵니다.

"화령이라······ 내 기억해 두겠다."

화령은 미소를 삼켰다. 짧은 인연이 언젠가 태산 같은 힘이 되는 법이이라. 게다가 왕자, 보위에 오를지도 모를 위인이 아닌가.

가마가 있는 집이란 화령의 설명만큼 확실한 것은 없었다. 싸리문을 열고 안으로 들어선 광해의 눈에 마당 가득 오색빛깔로

----

46) 옥관자 : 당상관 이상의 벼슬아치가 사용하는 옥으로 만든 망건(網巾)의 관자.

47) 녹피혜 : 사슴 가죽으로 만든 신발.

48) 상의원 : 왕의 의복 관장.

49) 제용감 : 왕실에 필요한 의복을 관장한 관서.

염을 한 천들이 들어왔다. 제용감 못지않은 솜씨에 정신이 팔려 저도 모르게 그쪽으로 발걸음을 옮기는데 청색과 홍색의 천들 사이로 여인의 인영이 스쳐 보였다. 그때 한줄기 청아한 바람이 불어와 두 사람 사이에 있던 오색천을 하늘로 말아 올렸다. 다섯 보 앞에 사내의 인영이 보였다. 갸웃한 정이가 천을 치우며 앞으로 걸어 나아갔다. 붉게 내려앉는 하늘 아래 형형색색의 천들이 바람에 펄럭였고 황색 천 하나가 날려 광해를 향해 떨어졌다. 광해가 날아든 천을 잡았다. 햇살에, 바람에, 오색천에 너울진 인영을 본 정이가 말했다.

"만지시면 아니됩니다!"

고개를 돌리자 정이가 서 있었다. 깜짝 놀란 정이가 "마마?" 하곤 급히 예를 갖추었다. 광해는 그저 침묵했지만 맘속에 품었던 목소리가 떠올랐다. '인연인가, 악연인가.' 단 한 보를 사이에 두고 얼굴을 대면한 광해와 정이의 가슴이 동시에 두근거렸다. 누군지 모를 심장 소리가 두 사람 귀에 동시에 들렸다. 잔뜩 수줍은 정이의 목소리가 들렸다.

"아직 마르기 전이라 손에 묻으실 수 있습니다."

그제야 광해의 시선이 정이의 손을 향했다. 온통 파랗게 물들어 있었다. 정이는 급히 손을 허리 뒤로 감추었다.

"이것들을 모두 네가 염한 것이냐?"

"예, 모두 제가 한 것입니다."

"직접 말이냐? 제용감 염장들의 솜씨에 부족하지 않구나."

"대단치 않사옵니다."

고개를 끄덕인 광해의 시선이 마당 넘어 초가를 향했다가 다시 정이를 응시했다.

"사기장 유을담을 찾아왔는데…… 네 이름이 유가 정이니 그의 여식이로구나. 사기장의 여식이 염장이라……."

그리 말하는 광해의 눈빛이 잔득 수줍은 끼를 머금은 정이의 눈동자를 향했다. 정이의 서글서글한 눈 또한 빛을 흘리며 광해의 용안으로 들어갔다. 그 순간에 두 사람 모두 묘한 황홀감을 느꼈다. 정이가 황망히 눈을 떨어트렸지만 광해는 얼어붙은 듯 시선을 떼지 못했다. 싫지 않았다. 그때 을담의 목소리가 들렸다.

"무슨 일이냐?"

광해의 시선이 을담을 향했다. 그저 말없이 서 있어도 소탈한 웃음소리가 들리는 듯했다. 젊은 시절 드세었을 눈매는 세월의 무상함에 점점 아래로 내려앉았고 백색이 드문드문 깔린 수염은 인세 밖 도사의 풍모라 기저를 알 수 없는 신뢰가 어려 있었다.

정이가 조심스레 말했다.

"아부지. 광해군마마셔."

"뭐라! 마마?"

화들짝 놀란 을담이 급히 고개를 조아리자 광해가 지나치며 말했다.

"긴히 할 말이 있으니 방으로 좀 들게."

을담의 안내에 방으로 들어선 광해가 대뜸 품에서 사금파리를 싼 보자기를 펼쳐 놓았다. 잠시 사금파리를 살피던 을담의 표정이 일순간 충격에 물들었다.

"마마! 태조발원문자기가 아니옵니까? 대체 어쩌다가 이리……."

충격 어린 을담을 보는 광해의 만면에 희망의 빛이 스며들었다. 태조발원문자기라 말을 하지도 않았고, 원형도 아닌 그저 산산이 부서진 조각뿐임에도 이자는 정확히 알고 있었다. 조심스레 물었다.

"되돌릴 방도가 있겠는가?"

"전하께옵서 아시는 날엔 마마뿐 아니라 저 또한 화를 면치 못할 것입니다."

"……알고 있네. 해서 이리 어렵게 부탁하는 것이 아닌가?"

품에 손을 넣어 전낭을 꺼내려는데 화령의 목소리가 떠올랐다. '부와 권력, 위정자들의 흥망성쇠에는 관심이 없는 분이십니다.' 찬찬히 을담을 훑은 광해가 손을 놓고 다시 청하였다.

"실패하더라도 내 자네에게 책임을 묻진 않겠네."

침묵 어린 을담의 시선이 재차 사금파리를 향하자 잔잔했던 눈동자가 일순간 빛을 발했다. 조각들이 두둥실 허공으로 떠올랐다. 엷은 회오리바람을 타는 듯 회전하던 조각들이 하나둘 부서진 제 짝을 찾아가다가 이내 완전히 복원되었다. 다만 그릇 귀퉁이에 생긴 작은 틈새는 채워지지 않았다.

　'조각 하나가 빠졌구나!'

　시선을 거둔 을담이 조용히 대꾸했다.

　"저로서는 방법이 없사옵니다. 간혹 구멍이 난 항아리는 역청을 이용해 구멍을 메우기도 하지만…… 이렇게 산산이 부서진 사발은 다시 붙이기가 불가능합니다. 도움이 되지 못해 송구합니다."

　실망 그윽한 표정의 광해가 말했다.

　"아닐세, 내 괜한 걸 가져와 자넬 귀찮게 했네."

　광해에게 거짓말 하는 것이 마음에 걸렸으나 정이를 생각해서라도 제 목숨을 내놓을 순 없었다. 애써 실망감을 감춘 광해가 사금파리를 보자기에 담아 밖으로 나섰다.

　방 안의 이야기에 귀를 기울이고 있던 정이는 안의 대화가 끊긴 듯하자 서둘러 몸을 물렸다. 밖으로 나온 광해의 시선이 마당 한편에서 붉게 지는 노을빛 오색천 아래 선 정이를 향했다. 태연히 몇 걸음 다가온 정이가 예를 취하자 걸음을 뗀 광해가 혼잣말처럼 읊조렸다.

"오늘 일은 누설치 않을 것이라 믿겠네."

기운 빠진 목소리는 듣는 이도 없이 흙바닥에 내려앉았고 호흡을 맞춰 걷는 애마도 병마처럼 대가리를 늘어뜨렸다. 포기를 모르는 성정에 넘치는 미련을 털어 내는 것이 여간 힘든 게 아니었다. 심장을 옥죄는 선조의 호통이 또한 광해의 무거운 심중을 무섭게 짓눌렀다.

'엄벌을 내리실 테지.'

자조의 위안은 사치였고 호사였다. 팽팽하게 흘러 간 축국 경기 절정의 순간에 헛발질을 하고 엉덩방아까지 찧은 형국이 아닌가. 자책과 체념을 뒤로하고 말에 오르려던 때였다. 혹여 놓치지 않을까 조마조마한 마음을 다잡고 달려온 정이의 시선에 마을 초입을 벗어나는 광해의 뒷모습이 들어왔다.

"마마! 마마! 잠시만요, 마마!"

고개를 돌리자 숨이 턱밑까지 차오른 정이가 보였다. 상념 가득한 마음을 들키지 않으려 최대한 차갑게 대하였다.

"무슨 일이냐? 내게 볼일이 있었더냐?"

잠시 숨을 고를 뿐 말이 없었다. 무례한 행동이었지만 탓하지 않고 기다리길 정이의 입이 열렸다.

"제가…… 제가 한번 해 보겠습니다. 그 깨진 사발…… 제가 붙여 볼게요."

깜짝 놀란 광해가 체통을 잊은 채 소리쳤다.

"뭐라?"

부지불식간에 차오른 목청에 황당함이 실려 있었지만 눈빛 속에 묘한 기대감이 어려 있었다.

"네가 지금…… 깨진 사발을 복원할 수 있다…… 그리 말한 것이 맞느냐?"

"예, 마마……. 될지 안 될지는 저 역시 모르오나…… 그래도 기회를 주신다면…… 꼭 해 보고 싶습니다."

오추마烏騅馬50)를 두고 홀로 적군에 뛰어든 항우의 심정이 이러했을까. 아득한 당혹감을 넘어선 불쾌감이 광해를 뒤덮으려던 찰나 의구심 가득한 광해의 시선이 정이의 눈동자를 파고들었다. 변함없는 말간 눈동자가 더할 나위 없는 기대에 부풀어 초롱초롱 빛나고 있었다.

"네 말인즉 단지 깨진 사발의 복원을 해 보고 싶다. 이것이냐?"

"그렇습니다."

"하면 네가, 네 아비보다 뛰어난 실력을 가지기라도 한 것이냐?"

"예? 아니…… 그것은 아니옵니다……."

"하면 무엇이냐?"

---

50) 오추마 : 항우 장군의 애마.

스윽 정이의 코앞까지 다가온 광해의 얼굴에 질끈 놀라 뒤로 주춤하려던 걸음을 겨우 멈춰 냈다. 이대로 물러섰다가는 깨진 사발은 고사하고 죽사발도 얻지 못한 채 내동댕이쳐질 듯싶었다. 힘겹게 버티는 정이의 코앞에 광해의 차가운 목소리가 떨어졌다.

"네 아비조차 불가능하다 말한 것을…… 네가 그냥…… 해 보고 싶다?"

정이가 떨리는 입술을 열어 힘겹게 답하였다.

"예, 아니 되겠습니까?"

'고작 치기 어린 도전이란 말인가!'

잠시 부풀었던 광해의 기대감이 급격하게 무너지며 냉랭한 목소리가 흘러 나왔다.

"어림도 없는 소리 그만두고 돌아가거라. 너 따위가 객기로 끼어들 일이 아니다!"

그리 고개를 돌리는데 다급해진 정이의 목소리가 귓전에 울렸다.

"원래 그리 포기를 잘하시는 분이옵니까?"

발끈한 광해가 쏘아 보았다. 여전히 말간 눈동자가 소리쳤다.

"그렇지 않습니까? 시도도 해 보지 않고 왜 포기하십니까?"

그 순간 마치 임해의 목소리가 들리는 듯했다. '이렇든 저렇든 혼이 너는 왕이 될 수는 없는 신분이다.' '예, 오르지 못할 나무,

쳐다볼 생각조차 없습니다.' 그리 말하지 않았던가. 마치 제 맘을 읽은 듯 정이의 당찬 음성이 이어졌다.

"오르지 못할 나무가 어딨습니까? 혹시 또 모르지 않습니까? 나무 밑에서 계속 쳐다보고 있음 툭 하고 대홍시 하나가 떨어질지."

제 맘이라도 들킨 듯 광해의 눈빛이 떨렸다.

'복원치 못할 것이 분명하다. 한데 어찌 그리 확신에 찬 눈빛으로 나를 보는 것이냐.'

어찌 이리도 당찬지, 어찌 이리도 제 맘을 물고 늘어지는지, 도무지 짐작 할 수 없었다.

'아니다······. 돌아가라, 광해야. 무엇하느냐, 그저 세상물정 모르는 아이의 호기며 객기일 뿐이다.'

무섭게 정이를 노려보던 광해가 이내 피식 미소를 머금었다.

"날 위해 붙여 보겠다 해 준 것은 고맙다만······ 내 허투루 쓸 시간이 없다."

날선 정이의 눈빛이 무겁게 내리 앉았다가 조심스레 광해를 향했다.

"실은······ 마마를 위해서가 아닙니다······. 깨진 사발을 붙여 드리고 청을 하나 드리려 했습니다."

정이가 종이 하나를 내밀었다. 갸웃한 광해가 펼치니 '심초선' 세 글자가 박혀 있었다.

"뉘 이름이냐?"

"제 어머니 이름입니다."

"어머니?"

"예, 이천에서 제 아비와 함께 옹기를 구웠다 합니다. 하온데…… 마을에 역병이 들고…… 그 난리통에 헤어졌다 들었습니다."

어머니라는 말이 광해의 가슴속에 울렸다. 기억 속에도 없는 어머니였다.

"……어머니를 기억하느냐?"

"……기억하지 못하옵니다."

"……네 나이 몇 살 때 헤어졌느냐?"

"……마을에 역병이 돈 것이 제가 태어난 해라……."

분명 머리로는 안 될 거라는 걸 알면서도 가슴은 눈앞의 정이를 향해 있었다. 정이의 말이 이어졌다.

"마마님께선 높은 곳에 계시니…… 제 어머닐 찾아 주시는 것도 그리 어려운 일이 아닐 듯싶었습니다. 해서 제가 마마님의 그릇을 붙이면……."

"옛다!"

눈앞에 보자기가 있었다. 말을 끝내지 못한 정이의 눈동자가 부풀어 올랐고 그저 벌린 입을 다물지 못한 채 광해를 바라봤다.

"네가 복원한다 하지 않았느냐? 어서 받거라."

"제게…… 맡겨 주시는 것이옵니까?"

"네가 이를 복원한다면 내 반드시 너의 어미를 찾아 줄 것이다."

'분명 약조하신 겁니다.' 몇 번이나 확인하는 정이를 두고 돌아섰다. 어차피 차안도 없었다. 적어도 파자된 그릇이 어미 잃은 아이의 어미는 찾아줄 수 있겠구나. 하여 조금의 위로를 더할 뿐이었다. 광해의 뒷모습이 보이지 않을 때까지 서 있다가 손에든 보자기를 품고 돌아서자 태도가 서 있었다.

"오라버니?"

홍등의 거리에서도 영화관은 유독 드높은 곳에 위치해 있었다. 해서 영화관이 밝히는 불빛은 주변을 붉게 물들이며 묘한 여운을 뿜내었다. 대문 앞에 삼삼오오 모여 제 주인을 기다리는 교꾼들의 행렬이 길게 이어졌고 그사이에 선 젊은 교꾼이 초봄의 추위를 물리려는 듯 연신 양손을 비벼 대며 중얼거렸다.

"이제 나오실 때가 됐는데……."

겸록부장兼祿部將이 임해에게 귓속말을 흘리고 있었다. 겸사복에 소속된 금군이기도 하고 동시에 포청에 소속되기도 하여 도성 근교에서 발호하는 강도를 색출하는 일이 본업이나 파루가 울린 후에도 궐을 드나들 수 있어 수족으로 부리기에 안성맞춤인 자였

다. 광해가 을담을 찾았다는 소식에 달달한 술맛이 괜스레 쓰게
느껴졌다. 불편한 듯 술잔을 밀어내고 입술을 뒤집어 깨물자 바
싹 붙어 있던 겸록부장이 황급히 자리를 떴다. 슬금 강천의 표정
을 살핀 임해가 입을 열었다.

"자네 혹…… 유을담이라는 자를 아는가? 한때 유명한 사기장
이었다던데……?"

유을담! 일순간 회한과 격노가 뒤섞인 감정이 전신을 휘몰아
쳤으나 의중을 알 수 없었다. 무슨 연유인가, 무엇 때문에 십오
년 전에 좌천된 사기장의 이름을 거론하는 것인가. 강천의 침묵
에 임해가 슬쩍 눈썹을 치켜세웠다.

"표정을 보니 잘 아는 모양일세?"

도무지 의중을 짐작할 수 없어 되물었다.

"……마마께옵선 그자를 어찌 아시는 것입니까?"

"흠…… 이걸 어디부터 설명해야 하나……."

일부러 뜸을 들이는 임해의 눈빛 속에 묘한 초조함이 스며 있
었다. 제아무리 숨기려야 강천의 눈을 속일 순 없었다.

"혹…… 파자된 태조발원문자기 때문이옵니까?"

화들짝 놀랐으나 들키지 않으려 슬금 시선을 피했다가 이내
차분한 음성으로 응대하였다.

"알고 있었나? 역시 자네답구먼…… 하면 이야기가 아주 쉽겠

어."

"본론을 말씀하시지요, 마마."

"……혼이 그놈이 깨진 태조발원문자기를 들고…… 유을담 그
자를 찾아갔네."

"하오면……."

저도 모르게 움켜 쥔 두 주먹에 주마간산처럼 흘러간 세월이
스산한 바람을 일으켰다. 눈을 감은 강천이 을담의 이름을 되내
였다. '을담…… 유을담이라…….' 을담이 처음 분원에 발을 들였
을 땐 그저 미천한 실력으로 보잘것없는 존재였다. 거칠고 투박
했으며 서툴렀다. 하지만 가마에서 나오는 을담의 그릇들은 하
루가 다르게 변화했고 강천을 긴장하게 만들었다. 강천에게 있
어 경쟁 상대란 오직 자신과의 싸움 단 하나였을 뿐이거늘 세월
을 비웃기라도 하듯 을담의 실력은 날로 뛰어올랐다. 그러던 어
느 날 을담이 만든 자기를 부숴 버리고 싶단 충동을 느끼곤 처음
으로 자존감에 상처를 입지 않았던가. 강천이 번쩍 눈을 떴다. 심
기 불편한 표정의 임해가 눈에 보였다. 잠시 고심한 강천이 닫혀
있던 입을 뗐다.

"마마의 뜻은 알겠사오나…… 이미 오래전에 분원을 떠난 자
가 지금의 제게 무슨 위협이 되겠습니까?"

사옹원의 낭청 자리를 꿰찬 위인이니 역시 만만히 볼 상대는

아니었다. 더 세게 몰아치느니 회유와 설득이 필요한 때이리라.

"내 말을 잘 들어 보게. 만에 하나 유을담 그자가 태조발원문 자기를 복원하여 혼이 그놈을 절체절명의 위기에서 구해 내고, 그 공을 높이 산 혼이가 유을담을 분원에 복귀시킨다면…… 하면 어찌 되겠는가? 위협까지는 아니더라도 자네 목구멍에 걸린 가시 정도는 되지 않겠느냐 이 말일세!"

"하오나…… 제겐 득보다 실이 많아 보입니다. 제가 마마를 도우면 마마께서는 제게 무엇을 주시겠습니까?

순간 임해가 웃음을 터트렸다. 절반은 성공한 셈이 아닌가. 눈빛을 번득인 임해가 나직이 대꾸했다.

"만약 혼이 그놈이 문외출송이라도 된다면야…… 내 자넬 종육품 주부主簿에 제수해 달라 아바마마께 청할 것이네. 믿어도 될 게야. 사간원과 사헌원을 뒤집어서라도 내 반드시 그리 해 줌세!"

순간 강천의 매서운 눈빛이 임해를 쏘아붙였다.

'과연 믿을 만한 자인가?'

의구심을 떨치지 못한 강천의 시선이 임해를 훑을수록 임해는 더 능글맞은 웃음으로 대처했다. 분명 어제도 본 자였으나 오늘은 달라 보였고 웃고 있으나 그 속내를 먼저 생각하게 되는 사내였다. 스멀스멀 피어오른 치욕스런 맘과 달리 몸은 되레 무겁게 내려앉았다. 금력을 손에 쥐고 있으니 품계 따위 어찌되던 상관이 없었으나 자기명가 육대손으로서의 명분은 여전히 제 앞에 남아 있었다.

'종육품 주부라……'

증조부를 제외하곤 육 대에 걸쳐 수토감관을 역임하고서도 단한 명도 종육품에 제수된 선대가 없었다. 쉬이 놓칠 수 없는 미끼에 고심하는 찰나 임해의 목소리가 이어졌다.

"종육품 주부로 끝이 아닐세. 만에 하나 내가 아바마마의 뒤를이어 보위에 오른다면 자넨 당하관 종사품 첨정이 될 수 있을 게야. 내 결코 허투루 이리 말하는 것이 아닐세. 나는 혼이 놈을, 자넨유을담 그자를……. 알지 않은가? 서로 상부상조하자 이 말일세!"

이내 결심이 선 듯 강천이 화답했다.

"이 몸이 나서는 건, 유을담 그 자가 태조발원문자기를 완벽히복원한 이후의 일이 될 것입니다."

만면에 흡족한 미소를 띤 임해가 맞장구 쳤다.

"물론! 나 또한 전심으로 그 쪽을 바라고 있음일세!"

마치 사부작거리는 어둠이 소리를 내며 내리는 듯했다. 방금세상을 붉게 물든 노을이 거짓말처럼 사라지고 사방이 어둠으로물들었다. 은은한 달빛을 받은 푸른 천들이 더욱 신기한 빛을 발하며 바람을 타고 노랫가락을 풀어냈다. 적당히 듣기 좋은 소리였다. 달빛도 그 빛을 잃은 그믐에 적막한 마당 한편에 널어놓은 오색 천들이 간간이 부는 바람에 날리며 특유의 소리를 흘렸고 그 가운데 잔뜩 격앙된 태도의 목소리가 섞여 들었다.

"정아……! 대체 어쩌다 이리 무모한 일을 벌인 거야? 만에 하나 들키는 날엔 목숨을 내놔야 할 수도 있어!"

어미를 찾을 수 있단 기대에 잔뜩 설렌 눈빛으로 화답했다.

"할 수 없잖아, 이미 약조했는걸……. 게다가 높으신 분이잖아……. 아는 것도 많으시고 힘도 있으시고……. 그러니까…… 울 엄마도 찾아 주실 수 있을 것 같아서……."

생각지 못한 대답에 말문이 막혔다. 제 어미를 찾겠다는데 무엇을 어찌 막을 수 있단 말인가. 말문이 막혀 버린 태도가 침묵하자 서탁 위에 보자기를 펼친 정이가 조심스레 조각을 맞추었다. 붙이면 툭 떨어지고 붙이면 툭 떨어지길 한 시진이 넘도록 씨름하여 겨우 제 모양을 갖추었다. 무늬도 없고 색도 없는 그저 조악한 질그릇이었다. 정이의 눈동자가 갸웃거리며 위아래 좌우를 훑었다. 태도가 의아하니 물었다.

"왜? 무얼 찾는데?"

"없어…… 조각 하나가 없어……."

"뭐……?"

방은 작으나 선비에게 있어야 할 것은 모두 있었다. 책장 빼곡히 늘어선 서책과 문방사우文房四友, 작은 소반과 그 위에 놓인 호롱불, 그리고 눈을 붙일 수 있는 이불과 베게. 다만 한 가지 다른 것이 있다면 벽면을 가득 메운 자기였다. 세월에 주름진 사내의 손이 즐비한 자기들 가운데 초라한 질그릇을 집어 들었다. 그러곤 이내 움켜쥐었다. 그 옛날 을담이 경합에서 만들었던 차완이었다. 차완을 보며 잠시 생각에 잠긴 중에 육도의 음성이 들렸다.

"어찌 생각하시옵니까 아버님. 파자된 자기를 완벽히 복원하는 것이 과연 가능한 일이옵니까?"

넌지시 곁눈질로 육도를 살핀 강천이 되물었다.

"너라면 어떻겠느냐?"

잠시 생각한 육도가 대꾸했다.

"완벽한 복원은 불가능하오나…… 눈속임 정도는 가능할 것입니다."

이내 강천의 단호한 목소리가 들렸다.

"틀렸다! ……분원의 변수직을 놓고 을담과 경합을 벌일 즈음에 부서진 자기 주자를 놓고 내기를 하였었지. 그날, 을담의 복원은 완벽했다. 티끌하나 보이지 않는 완벽 그 자체였어."

불신 가득한 육도의 눈빛이 강천을 향했다.

"대체 어찌한 것이옵니까?"

"역청[51]과 백반[52] 그리고 계자백[53]을 한데 섞어 붙였느니라."

잠시 생각한 육도가 말했다.

"하오나 아버님, 태조발원문자기는 이백 년도 더 지난 질그릇이 아니옵니까? 닳고 낡아 제 색도 바래어 없을 터인데 어찌 복원이 가능하단 말입니까?"

그런 듯 강천이 고개를 끄덕였다.

"결코 쉽지 않을 테지."

미소를 머금은 육도가 확신에 찬 눈빛으로 대꾸했다.

"그뿐이 아닙니다. 그마저도 파자된 조각이 완벽히 갖춰졌을 때나 가능한 것이 아니겠습니까?"

갸웃한 강천의 시선 끝에 육도가 작은 조각을 내밀었다.

"태조발원문자기에서 나온 조각입니다."

조각을 받아든 강천의 시선이 날카롭게 변했다.

서탁 위에 계자백과 역청, 백반 가루가 놓여 있었다. 작은 사발에 물을 부어 한데 섞은 후 잘 저어 주자 묽었던 물이 차츰 진득거리다가 어느새 완전한 접착제로 변하였다. 잔뜩 기대 부푼 눈

---

51) 역청 : 소나무 진.

52) 백반 : 명반을 구워 만든 가루.

53) 계자백 : 계란 흰자위.

빛의 정이가 조심스레 사금파리 하나를 집어 드는데 덜컥 공방의 문이 열렸다. 을담이었다.

"이 밤에 뭔 일을……."

화들짝 놀란 정이와 태도의 시선이 부딪쳤고 이내 을담의 눈이 휘둥그레졌다.

"이것이…… 이것이 어찌 여기에 있어!"

"그…… 그게…… 아부지……."

듣지 않아도 훤히 전후좌우가 그려졌다.

"마마를 뵌 것이냐? 이 깨진 사발을 도로 붙이겠다……, 설마 그리 약조한 건 아니겠지?"

정이가 얼굴을 파묻듯 고개를 숙였고 을담의 낯빛이 이내 충격에 물들었다.

"……약조한 게야? 약조했단 말이냐? 이놈아! 네가 지금 무슨 일을 벌였는지 알기나 하는 게야!"

머리끝까지 치오른 분노가 태도를 향했다.

"천지분간 못하는 선머슴이 아니냐! 너라도 말렸어야지. 대체 이 무슨 무모한 짓이냐?"

"죄송합니다."

태도는 그저 짤막히 대꾸했다.

"이놈아! 네가 지금 무슨 일을 벌였는지 아느냐! 대역죄니라,

사발을 깨트린 것도, 다시 붙이는 것도 모두 대역죄란 말이다! 어찌 그리 아무것도 몰라!"

정이가 발끈하며 따졌다.

"깨진 사발 하나 붙여 보겠다는데 뭐가 대역죄야?"

"뭐라? 네가 기어이 이 아비를 죽이려는 게야? 대체 네가 뭘 할 줄 안다고 나선 게야 나서기를!"

정이의 눈에서 왈칵 눈물이 쏟아졌다.

"아부지 말대로 나 아무것도 몰라…… 그냥 마마님이라면 내 소원 들어주실 것 같아서…… 그래서 하겠다고 한 거야…… 그냥 그뿐이라고……."

"소원이라니? 무슨 소원을 말하는 게냐……."

눈물을 훔친 정이가 어렵게 입을 열었다.

"……엄마…… 엄말 찾아주신댔어……."

"뭐?"

"아부지가 그리 말했잖아. 마을에 역병이 들어 난리 통에 헤어졌다고! 근데 왜 안 찾는 건데…… 아부진 엄마가 보고 싶지 않아? 나만 보고 싶은 거야? 엄마 얘기만 나와도 슬금슬금 피하잖아! 난 그냥 내가 약조만 지키면…… 마마님께서 엄말 찾아주실 것 같아서……. 높으신 분이잖아…… 분명 찾아주실 거야……."

이미 지워진 줄 알았거늘 여전히 정이의 가슴 한편엔 있지도 않은 어미의 그림자가 살아 숨 쉬고 있었다. 가슴이 먹먹해 무슨 말을 꺼내야 할지 몰랐다.

"……이 아비가 바라는 건 하나밖에 없다. 하나밖에 없는 딸년…… 정이 네가 남부럽지 않게 잘 커 주는 거…… 그뿐이다. 그리고 네 어미 역시 그것을 바랄 게고……. 이제라도 그만두거라. 이리했다간 대역 죄인이 되고 말아!"

을담이 정이의 눈물을 닦아 주려는데 정이의 여린 손길이 을담의 손을 밀어 냈다. 이내 냉랭한 말투가 흘러 나왔다.

"싫어. 아부지가 그랬잖아. 약조는 꼭 지켜야 한다고, 그게 약조라고…… 이미 약조했으니 지켜야지. 아부지가 반대하건 말건…… 난 지킬 거야."

"……!"

순간 초선의 목소리가 귓전에 울렸다. '…… 약조해 주십시오, 나리…… 이 아이를…… 잘 키워 주시겠다…… 약조해 주십시오…….' 가슴 아픈 을담의 시선 끝으로 밖으로 뛰쳐나간 정이의 뒷모습이 보였다. 태도도 이내 정이를 뒤쫓았다. 을담이 힘없이 읊조렸다.

"초선아…… 어찌하는 게 잘 키우는 것인지……. 나는 정말 모르겠구나……."

을담의 시선이 공방을 지탱하고 있는 큰 기둥을 향했다. 세월의 흔적을 한가득 머금고 있는 기둥에 수십 개의 선이 그어져 있었다. 아래서부터 촘촘하고 균등하게 그어진 표식들이 4척을 넘어서면서부터 띄엄띄엄 보이다가 5척이 넘은 후로는 보이지 않았다. 정이의 키였다. 먹먹한 가슴에 어둠이 내린 공방은 그 적막함이 더하였다. 달빛만이 공방 안을 메우고 있었고 아직 완성치 못한 반쪽 옹기가 그 아래 오롯이 서 있었다. 서탁 위엔 태조발원문자기 조각이 덩그러니 널려 있고 그 옆으로 백반, 역청, 계자백이 보였다. 한숨을 내쉰 을담의 시선이 밖을 향했다.

"아부진 몰라…… 내가 엄말 얼마나 보고 싶어 하는지…… 본 적도 없고…… 얼굴도 모르는데…… 꿈만 꾸면 엄마가 보이는데…… 어떻게 잊고 살아…… 어떻게…….."

그리 말하는 정이의 눈 아래로 긴 그림자가 들어섰다. 그리고 나직한 음성이, 사랑이 그득 담긴 아비의 음성이 들렸다.

"백반과 역청, 계자백만으로는 태조발원문자기가 살아온 긴긴 세월을 감당할 수 없다. 제 아무리 섬세히 붙여도 세월이 만들어 낸 균열이 눈에 띨 게야."

눈물 어린 정이의 시선이 을담을 향하자 을담의 말이 이어졌다.

"백토룡[54]을 구해 오너라."

---

54) 백토룡 : 목부위가 흰색인 큰 지렁이.

장르 소설 팬이라면 반드시 봐야 할,
황금가지의 클래식 소설들

셜록 홈즈 전집

애거서 크리스티 전집

아르센 뤼팽 전집

대실 해밋 전집

러브크래프트 전집

어스시 전집

듄 시리즈

주석 달린 드라큘라

오브리—머투린 시리즈

그 외

황금가지 Tel 02) 3446-8773 Fax 02) 3443-5185 www.goldenbough.co.kr

셜록 홈즈 전집 1~9권

아서 코난 도일 지음 | 백영미 옮김

200만 부를 돌파한 명실공히 최고의 셜록 홈즈 전집.
역사적으로 가장 유명한 허구의 캐릭터이자 최고의 명탐정 캐릭터로
전 세계에 걸쳐 사랑받고 있는 시리즈.

200만 부를 돌파한 최고의 추리 전집. 전 세계에
서 가장 유명한 최고의 명탐정 캐릭터로 100년
넘게 사랑받고 있는 셜록 홈즈는 1887년 출간된
「주홍색 연구」를 통해서 데뷔하였다.
1891년 잡지 《스트랜드》에 발표된「보헤미아 왕국
스캔들」로 시작된 단편은 무려 56편에 이르고 이것
들은「셜록 홈즈의 모험」,「셜록 홈즈의 회상록」,「셜
록 홈즈의 귀환」,「홈즈의 마지막 인사」라는 제목으로
묶여 나왔다.

> 황금가지의 셜록 홈즈는 국내 최초의 완역본으로 그간 200만 독자에 사랑받아 온 명실상부 최고의 전집이
> 다. 최근 경악스러운 번역 누락과 오역으로 지탄받는 저가 셜록 홈즈 전집이 난립하는 와중에, 황금가지의 셜록
> 홈즈는 10여 년 동안 사랑받아 온 믿을 수 있는 번역과 부담 적은 가격 등이 커다란 매력으로 다가올 것이다.

주홍색 연구 | 네 사람의 서명 | 바스커빌 가문의 개 | 공포의 계곡 | 셜록 홈즈의 모험 | 셜록 홈즈의 회상록 | 셜록 홈즈
의 귀환 | 셜록 홈즈의 마지막 인사 | 셜록 홈즈의 사건집 | 특별판 셜록 홈즈의 세계

함께 읽으면 좋은 책

셜록 홈즈, 실크하우스의 비밀 앤서니 호로비츠 지음 | 이은선 옮김

아서 코난 도일 재단에서 공식 인정한 셜록 홈즈 신작!
100년만에 돌아온 셜록 홈즈의 활약을 만나 보자.

★2012년 전국 서점 베스트셀러★

▶ 좋은 '셜록 홈즈 소설'이란 걸 인정하지 않을 수 없다 —《씨네 21》

대실 해밋 전집 1~5권

대실 해밋 지음 | 김우열 외 옮김

미국 탐정 소설의 아버지 대실 해밋, 그의 생애에 쓴 모든 장편 소설을 만난다!

간결한 묘사와 극사실주의를 표방한 탐정 소설 『몰타의 매』로 대표되는 대실 해밋의 장편 소설 전집. 악으로 가득 찬 세상에 거칠 것 없이 몸을 던지고 폭력을 행하는 탐정과 팜므 파탈의 매력을 지닌 여성 캐릭터 등, 현대 범죄 스릴러 소설의 기초가 된 하드보일드를 완성한 작가 대실 해밋의 매력을 맛본다.

붉은 수확 | 데인 가의 저주 | 몰타의 매 | 유리 열쇠 | 그림자 없는 남자

▶ 현대적 미스터리를 탄생시킨 주역이며 완전한 미국 탐정이 어떤지를 보여 준 작가. — 앨러리 퀸

러브크래프트 전집 1~4권

H. P. 러브크래프트 지음 | 정진영 옮김

공포 문학은 그가 있기에 완성되었다, 현대 공포 문학의 아버지 러브크래프트 전집.

악마적 내용을 담은 천년의 금서 『네크로노미콘』, 해저에서 부활을 기다리는 사악한 신적 존재 '크툴루' 등 공포 장르에서 자주 원용되는 신화적 개념의 창조자이자 스티븐 킹, 닐 게이먼, 딘 쿤츠 등 현대 작가들에게 지대한 영향을 끼친 러브크래프트의 모든 작품을 만난다.

▶ 20세기 고전 공포의 가장 위대한 실천가 H. P. 러브크래프트를 능가한 사람은 없다. — 스티븐 킹

어스시 전집 1~6권

어슐러 K. 르 귄 지음 | 이지연 · 최준영 옮김

세계 3대 판타지 문학으로 손꼽히는 작품!
월드 판타지 상, 네뷸러 상, 전미 도서상, 뉴베리 상, 루이스 캐롤 상, 로커스 상 수상작.

어슐러 K. 르 귄은 20세기 SF 판타지 작가 가운데 장르
의 경계를 넘어 가장 높은 문학성을 인정받는 인물이다.
『반지의 제왕』, 『나니아 연대기』와 더불어 세계 3대 판타
지 문학으로 손꼽히는 대표작 『어스시(Earthsea)』 연작
들은 장편 5편과 단편집 1권을 모두 갖춘 전집 형태로 출
간되었다.

어스시의 마법사 | 아투안의 무덤 | 머나먼 바닷가 | 테하누
| 어스시의 이야기들 | 다른 바람

> 개인적으로 인생 최고의 한 작품을 꼽으라면 바로 『어스시의 마법사』를 선택할 것이다. 이 작품은 판타지의 외
> 형을 두르고 있는 성장 소설이면서도, 강력한 주제 의식과 아직까지 뇌리를 떠나지 않는 명문장들이 무수히 쏟
> 아져 나오는 작품이다. 마치 판타지판 『어린 왕자』를 보는 느낌이랄까? 세월이 흐를수록 작품 속 문장과 이야기
> 의 무게감이 새롭게 다가온다.

듄 1~18권

프랭크 허버트 지음 | 김승욱 옮김

**'20세기 SF의 그랜드마스터' 프랭크 허버트의 필생의 역작. 인간의 상상력을 뛰어넘는 3만 년
간의 역사를 다룬 SF사의 기념비. 네뷸러 상, 휴고 상 수상작이자 전 세계적으로 1000만 부가
넘게 팔린 베스트셀러.**

아이작 아시모프의 『파운데이션』과 함께 SF문학을 대
표하는 작품으로 꼽히는 작품으로서 데이비드 린치에
의해 영화화되기도 하였다. 종교적 색채를 기반으로 가
문의 암투, 비밀 단체, 행성 간의 전투 등을 다룬 작품이
다. 1965년부터 20년간 6부작으로 쓰였다.

▶ 독특한 주인공들과 탄탄한 플롯, 정교한 문
장과 함께 SF 소설의 묘미를 확실하게 느끼게
해 준다. ―〈중앙일보〉

눈물 어린 말간 눈동자에 탄성이 젖어 들었다. 을담은 그저 웃고 있었고 눈물범벅된 정이가 을담의 품에 안기었다. 결국엔 자신을 이해해 줄 것이라 믿어 의심치 않았다. 하여 더 미안하고 또 고마웠다.

산천이며 논두렁에서 백토룡을 잡아 텃밭에 심어 둔 파 잎 속에 넣고 아침이 되길 기다렸다. 햇살이 머리 위로 떠오를 정오에 조심스레 파 잎을 여니 지렁이는 온데간데없고 끈적끈적한 액체만이 잎 속 한가득 남아 있었다.

"지렁이가 없네⋯⋯. 밤사이 도망친 건가?"

"생파의 화기에 녹은 게다."

"녹아? 지렁이가?"

기묘한 변화에 정이는 입을 다물지 못하였다. 을담이 조심스레 파 잎을 기울여 준비한 그릇에 액체를 쏟아 냈다.

"이것이니라. 계자백과 백반, 역청을 섞을 때⋯⋯ 물 대신 이 액을 사용해야만 완벽한 복원이 가능하니라."

작은 화로에 불을 지피고 그 옆으로 파편들을 흩어 놓았다. 화로의 열기가 파편을 달구는 동안 그 옆으로 백반과 역청, 계자백, 그리고 토룡액이 준비되었다. 조심스레 재료들을 한데 섞어 접착제가 완성되자 을담이 작은 붓을 정이에게 내밀었다.

"손수 해 보겠느냐?"

"……."

그리 녹록한 작업은 아니었다. 양이 많으면 밖으로 흘러내려 얼룩을 남기고, 너무 적으면 접착력이 약해 쉬이 떨어질 수 있었다. 잔뜩 긴장한 탓에 붓을 든 손끝이 파들파들 떨렸지만 전심을 다해 접착제를 발라 파편을 붙여 나갔다. 을담의 눈엔 그런 정이가 초선의 환영마냥 겹쳐 보였다. 저도 모르게 눈시울이 붉어졌다.

'보고 있느냐? 네 딸이다. 저 아이가 네 딸 정이다.'

하나 둘 깨진 파편들이 제 짝을 찾아갔고 무야(戊夜55))를 지날 때쯤 태조발원문자기가 완연한 제 모습을 되찾았다. 하나 처음부터 존재치 않았던 작은 구멍은 메워지지 않았다. 정이도, 태도도, 을담도, 그 작은 구멍을 보고 있었다.

"아부지…… 이건 어찌해……?"

무언가 결심이 선 듯한 눈빛의 을담이 나직이 말했다.

"비켜서거라. 이건…… 이 아비 몫이다."

정이가 조심스레 자리를 비켜 주자 을담이 그 자리에 앉았다.

밤과 새벽의 경계에 갇힌 청계천의 풍광은 한 폭의 그림 같았다. 광통방 광교 위에서 안개 그윽한 청계천을 바라보던 광해 뒤

---

55) 무야 : 새벽 3~5시.

로 여인의 목소리가 들렸다.

"혹, 그 일로 다시 소인을 찾으신 것이옵니까?"

여인의 목소리에 그림 같은 풍경을 뒤로한 광해가 천천히 몸을 돌렸다. 앙큼한 미소를 머금은 아름다운 여인의 자태가 광해의 시야에 들어왔다. 화령이었다.

"아니다. 듣자하니…… 운종가가 자네의 발밑에 있는 것은 물론, 명국부터 왜국까지 자네의 손길이 안 닿는 곳이 없다 하더군. 과장된 소문인가?"

"……과찬이시옵니다. 하오나 마마의 부탁이시라면 없는 실력도 만들어 내야 하지 않겠습니까?"

당찬 화령의 대답에 광해가 청을 했다.

"……사람을 좀 찾아주게."

"누구를 찾으려 하십니까?

광해의 손끝을 떠난 종이가 화령에게 전해졌다.

"심초선……."

손바닥으로 매만져 거친 질감을 느껴 보기도 하고 세월에 빛바랜 색조와 유약의 침식 정도를 때로는 매섭게 때로는 그윽하게 살피길 일각이 지난 때에 무겁게 닫혀 있던 을담의 입이 열렸다.

"구멍 난 틈을 메꾸기 위해서는 똑같은 흙을 구하는 것이 우선이니라……. 이 태조발원문자기는 분명 금강산에서 나는 흙으로 만든 것이다. 하나, 같은 산에서 나는 흙이라도 볕과 바람, 수풀이 많고 적음에 따라 그 성질이 다른 법이니…… 잘 기억해 두어라. 동토는 찰지고 점성이 높은데 반해 서토는 마르고 단단하다. 북토는 거칠고 점성이 낮은데 반해 또한 남토는 무르고 잘 부서지는 법이니라. 하니…… 가서 동토라 명명된 항아리 속 흙을 한 움큼만 가져 오너라."

뒷마당에 한가득한 기십의 항아리를 살펴 동토東土라 이름 붙여진 항아리에서 손 한가득 흙을 가져다 놓자, 반 줌 소량을 덜어낸 을담이 반죽을 시작했다. 을담의 손끝에서 춤을 추듯 움직이던 흙이 반죽으로 완성되는 데는 꼬박 한 시진이 걸렸다. 정화수에 손을 깨끗이 씻곤 가장 고르게 퍼진 반죽을 소량 떠내어 조심스레 자기의 빈틈을 메웠다. 이후 반죽이 마르길 기다렸다가 완전히 건조되고 나면 조심스레 조각을 떼어내 준비한 소반 위에 놓았다. 그렇게 빈틈을 메울 조각 열 개를 만드는 데 꼬박 하루가 지났다.

을담의 공방은 네 개의 화로가 뿜어내는 열기로 가득했다. 티끌만 한 조각을 굽겠다고 가마를 동원할 순 없는 노릇이라 사방으로 화로가 자리했다. 껍질을 벗기고 겨우내 건조해 놓은 소나무 장작을 쪼개 태운 후 숯이 되면 화로에 넣어 준비한 조각을 초벌하였다. 하여 나온 조각에 다시 유약을 바르고 다시 건조하여 재벌이 끝난 때엔 꼬박 나흘이 지나 광해와 약속을 한 지 닷샛날 아침이었다. 완벽히 복원된 태조발원문자기는 전보다 더 진귀한 빛을 흘렸고 빗살 사이로 스미는 아침 햇살에 또한 눈이 부셨다. 졸린 눈을 비빈 정이가 자기를 보며 기대 그득한 음성으로 말했다.

"어머니…… 마마님께서 찾아주시겠지? 그리도 높으신 분이니까."

동의를 구하듯 내뱉었으나 을담은 아무런 대꾸가 없었다. 무언가 불안한 느낌에 정이도 그저 쳐다만 보는 때에 을담이 조심스레 말했다.

"아마도 마마님께서도 네 어민 찾을 수 없으실 게다…… .이미 죽은 사람을 어찌 찾는단 말이냐……."

잔뜩 부풀어 올랐던 기대가 일순간 거품처럼 부서졌다. 그저 형언할 수 없는 충격이 정이의 두 눈동자에 머물렀다. 이해할 수 없었고 믿고 싶지도 않았다.

"……어? 무슨 말이야? 누가 죽어?"

그저 애절한 눈빛으로 을담을 바라볼 뿐 맺힌 눈물을 떨구지 않으려 눈을 감지도 않았다.

"…… 미안하구나…… 진작 말을 했어야 했는데……."

바람에 묻힐 정도의 작은 목소리였지만 화살처럼 정이의 심장을 파고들었다. 게다가 화기 가득한 불화살이었다. 심장을 찢고 태운 후 남은 재마저 산산이 흩어 놓았다. 마치 북채로 두들기는 듯 요동치는 심장 박동이 눈물진 눈동자를 흔들어 놓자 잔뜩 고여 있던 눈물이 바닥에 툭 떨어졌다.

"왜…… 대체 왜 지금 말하는 건데…… 비밀로 했음 끝까지 비밀로 했어야지……. 왜…… 뭣하러 말하는 건데……, 왜……!"

울대 가득 슬픔이 들어찬 목소리에 을담도 눈시울이 붉어졌다.

"미안하구나…… 이 못난 아비를 탓하거라……."

그렁그렁 고였던 눈물이 폭포수처럼 터져 나왔다. 눈동자에 한가득, 오롯한 뺨에 한가득, 가슴에도 한가득이었다. 을담이 조용히 정이를 끌어안자 툭툭 떨어진 눈물이 을담의 옷섶에 젖어 들었다.

"이 못난 아비를 탓하거라……."

힘겹게 복원한 그릇이 행여나 깨질까 안팎으로 솜을 덮고 씌운 후 다시 면포로 몇 겹을 싼 후에야 궤에 담았다. 마을 초입에서 기다리길 말에서 내린 광해가 터벅터벅 다가왔다. 정이의 두 손위에 작은 궤가 들려 있었다. 조심스레 궤를 열어 본 광해의 눈빛이 요동쳤다.

"진정 복원한 것이냐?"

아직 충격에서 벗어나지 못한 정이가 말없이 고개를 끄덕였다. 궤를 받아 든 광해가 조심스레 입을 여는데 한가득 주저함이 있었다.

"하면 이제…… 내가 너의 청을 들어줄 차례인데……."

광해 귓전으로 화령의 목소리가 스쳤다. '심초선이라는 여인은 존재하지 않았습니다. 과거 유을담이 살았던 마을에 역병이 돈 것은 사실이나, 마을 관청 호적대장 어디에도 초선이라는 여인의 이름은 없었습니다. 다만 분원에 꼭 같은 이름이 있었는데…….'

잔뜩 고심 어린 표정인데 정이의 목소리가 들렸다.

"제 어머니께선…… 이미 돌아가셨다 합니다……."

힘겹게 내뱉은 말인 듯 얼굴 가득 그림자가 무성하였고 당장이라도 눈물을 쏟아낼 듯 말간 두 눈동자에 눈물이 고여 있었다.

'진실을 알게 된 것인가.'

그저 말없이 정이의 눈동자를 응시하자 슬픔을 삼킨 정이가 말을 이었다.

"괜한 청으로 마마님을 불편케 하였습니다. 하오면 소녀는 이만……."

한 걸음, 두 걸음, 세 걸음을 내딛었을 때 광해의 손이 정이를 돌려세웠다. 따듯했고 묘한 설렘이 있었다. 당황한 정이가 손을 빼려는데 광해가 입을 열었다.

"너는 어찌 네 맘대로 청하고 네 맘대로 거절하느냐? 내 이리
물러설 순 없으니 어서 다른 청을 말해 보거라. 네가 약조를 지켰
으니 나 또한 그것이 무엇이던 간에 너의 청을 들어줄 것이다."

얼굴 가득 홍조를 머금은 정이가 급히 손을 빼며 대꾸했다.

"그보다 제 손을 먼저……."

화들짝 놀란 광해가 손을 놓자 봄날의 복사꽃마냥 붉게 달아
오른 정이가 조심스레 입을 열었다.

"……청이 한 가지 있긴 하옵니다."

만월의 달빛이 제향소 위에서 그 위용을 뽐내었고 세월을 머
금은 고풍스런 제기에 월색이 드리워 고즈넉함을 더해 주었다.
삐거덕, 고요함과 아늑함이 깨지는 문소리가 들렸고 이내 손에
작은 궤를 든 광해가 조심스런 발걸음으로 들어섰다. 차분히 제
단 앞으로 나아가 태조발원문자기를 상단에 올려놓고 돌아서는
때 기대치 않은 목소리가 들렸다.

"마마, 이 늦은 시각에 어인 일이시옵니까."

덜컥 떨어진 심장을 부여잡고 고개를 돌리자 강천이 서 있었
다. 궐에서 태어나 표정과 속내를 숨기는 것에는 도가 튼 광해라
애써 태연한 척 물었다.

"자넨, 이 시각에 무슨 일인가?"

당혹감을 숨기고 차분히 내려앉은 광해의 목소리가 도리어 강천을 당혹해 했다.

"소인은 그저⋯⋯."

'파자된 태조발원문자기를 확인하러 왔습니다.'라는 말이 강천의 입속에 맴돌았으나 밖으로 새어나오진 않았다. 그 순간 강천의 눈에 완벽히 복원된 태조발원문자기가 보였다. 만면에 미소를 머금은 광해가 강천을 옆을 지나치며 조롱 섞인 투로 말했다.

"난 이미 볼일을 다 보았으니⋯⋯ 자넨 천천히 볼일을 보시게."

충격이 컸던 듯 광해가 지나치고 나서야 황급히 고개를 숙여 예를 취했다. 그만큼 복원된 태조발원문자기는 완벽하였고 또한 감탄을 자아내기에 부족함이 없었다.

'을담⋯⋯ 역시 자네인가⋯⋯!'

제향소를 벗어난 강천은 곧장 사가에 당도하여 제 아들 육도를 찾았다. 육도는 속세를 떠난 신선처럼 서탁 한가득 차도茶道를 준비하여 차를 마시고 있었다. 평소엔 육도와 함께 차도를 두고 만담을 즐겼으나 지금은 차를 마시고 있을 여유가 없었다. 짧은 침묵과 낮은 한숨, 그리고 몇 번 마른침을 삼키고 나서야 강천의 입이 열렸다.

"익일 시조제에서⋯⋯ 육도 네가 해 줘야 할 일이 있느니라."

"⋯⋯!"

5장
한줄기 벼락이 내리치다

🌱

아래위좌우로 혈연삼족, 하여 삼족멸문지화三族滅門之禍라.

　경회루에서 흘러나온 물줄기가 근정문과 홍례문 사이를 통과
하여 삼청동천과 합류하는 길목에 다리 하나가 놓여 있는데 영제
교永濟橋라 불리었다. 또한 이 영제교 옆에 잔뜩 긴장한 눈빛으로
혓바닥을 내밀고 있는 묘한 돌짐승 한 마리가 있는데 그 이름이
천록天祿이었다. 여름이면 천록의 혀끝까지 물이 차올랐을 것이
나 겨우내 계속된 가뭄에 바닥은 말라 있었고 천록의 시선 끝엔
유월 끝자락에나 볼 수 있는 금낭화 열매가 일찍이 고개를 내밀
고 있었다. 평소라면 궁녀나 내관들의 손에 뜯겨 나갈 잡초였으
나 다행히도 그 검고 광채 나는 종자가 기특한 듯 사위의 잡초와
달리 오롯이 남아 봄을 알리고 있었다. 갓 근정전을 벗어난 선조
의 시조제 행렬이 금낭화 내음이 가득한 영제교를 지나 광화문을

벗어났다. 끝없이 뻗은 행렬이 광화문에서 동쪽으로 방향을 틀어 종묘까지 이어졌다. 어전취타御前吹打[56) 나발 소리 아래 광화문을 빠져나온 행렬이 동쪽으로 방향을 틀어 종묘까지 이어졌다. 선두에 선 예조참판의 인도에 황금연이가 멈춰 서자 제례를 위해 면류관을 쓰고 구장복九章服을 갖춰 입은 선조가 차분히 내려섰다. 지극한 향내음이 코끝으로 빨려 들어왔다. 대소신료와 임해, 광해, 신성군이 차례로 고개를 숙였고 제단을 정리하던 이들도 급히 예를 갖추어 물러났다. 악공의 보태평保太平[57)이 잦아들어 막 진향進香[58)이 끝날 때에 누군가의 격앙된 음성이 울려 퍼졌다.

"전하!"

시종일관 적막감이 흐를 때라 사내의 괴음은 더욱 크게 들렸다. 변수 이육도였다. 한낱 품계도 없는 변수 따위가 대왕의 앞에서 시조제를 막자, 좌중은 술렁였고 선조의 심기 또한 한껏 뒤틀렸다. 그럼에도 그저 무표정하게 태연한 목소리로 물었다.

"무슨 일이냐."

울창주鬱鬯酒[59)를 담을 주자를 손에 든 육도가 제단 앞에서 급

---

56) 어전취타 : 임금이 탄 연의 앞에서 연주하는 취타.

57) 보태평 : 궁중의 제례악.

58) 진향 : 제례의 첫 단계.

59) 울창주 : 제사의 강신(降神)에 쓰는 튤립으로 빚은 술.

5장 한줄기 벼락이 내리치다 185

히 무릎을 꿇곤 바싹 긴장한 낯빛으로 화답하였다.

"전하, 황망하기 이를 데 없사오나…… 태조발원문자기가 파자되었사옵니다!"

"무어라?"

좌중이 술렁였고 광해의 낯빛이 잿빛으로 변한 순간이었다. 천천히 제단 최상단에 놓인 태조발원문자기를 응시한 선조의 입이 열렸다.

"가져오라."

대소신료의 눈빛이 얼어붙은 듯 경직되었다. 그릇을 손에 든 선조의 눈빛은 파자의 흔적을 찾아 날카롭게 궁구하였다. 잠시 후 안면 가득 의혹의 시선을 머금은 선조가 나직이 읊조렸다.

"이것이 파자되었다……?"

침을 꿀꺽 삼킨 육도가 힘주어 대꾸했다.

"전하, 어느 안전이라고 소신이 거짓을 고하겠사옵니까."

"이것이 어찌 깨진 사발이란 말이냐. 아님, 지금 내 눈이 잘못되었다 말하는 것이냐?"

"전하, 보기엔 감쪽같으나 분명 파자된 후 다시 복원되었사옵니다."

"……하면, 네가 증명할 수 있는 것이냐? 증명할 수 없다면 시조제를 막아선 너의 죄 값을 달게 치를 것이다."

벼락이 내려치는 듯했다. 서릿발 같은 차가운 음성이 제향소에 울려 퍼졌고 육도의 호기가 삽시간에 흩어졌다. 천천히 호흡을 더듬어 산산이 흩어진 호기를 차분히 추스른 육도가 화답했다.

"증명할 수 있사옵니다, 전하!"

꽉 깨문 입술에 피가 배어 나올 듯했다. 그릇을 들어 한 번 더 찬찬히 되살핀 선조의 눈빛이 날카롭게 번득였다. 어디에도 파자된 흔적은 보이지 않았다. 슬며시 눈썹을 치켜세운 선조가 말했다. 부드러웠으나 실로 두려운 음성이었다.

"그 전에 분명히 알아두어야 할 것이 있다. 네 앞에 있는 내가 조선의 왕이다. 대왕 앞에서 거짓을 고했다가는 너의 하찮은 목숨 따위론 용서받지 못할 것이다. 아느냐? 조금이라도 내 맘이 틀어지면 네놈의 아래위좌우 삼족을 멸할 터인데…… 그래도 그리 자신할 수 있겠느냐?"

삼족멸문지화! 힘겹게 추스른 심장이 다시 출렁 내려앉고 말았다. 아래위좌우 삼족이란 말이 매미 울음처럼 귓속을 맴돌았고 정신이 아득해졌으며 떨리는 다리 또한 좀처럼 진정되지 않았다. 심중이 메아리쳤다.

'아버님! 어찌하옵니까 아버님!'

지그시 내려깔린 육도의 시선이 강천을 향했다. 강천은 그저 무심한 표정으로 고개를 끄덕였다.

'할 수 있다! 너는 내 아들이다!'

그제야 묘한 확신이 들었다. 긴장한 빛이 역력한 육도의 시선이 선조를 향했다. 지옥의 야차보다도 두려운 얼굴이었으나 이내 꽉 깨물고 있던 입술을 열었다.

"반드시 하옵니다, 전하! 소신 이육도, 목숨을 걸고 태조발원문자기의 파자를 증명할 것이옵니다!"

이해할 수 없었다. 이 어리석은 놈이 어찌 이리 강단을 보인단 말인가. 선조가 물었다.

"그토록 자신이 있단 말이지? 하면 고해 보라. 이 태조발원문자기가 파자됐음을 어찌 증명할 것이냐?"

깊이 숨을 들이 쉰 육도가 공손히 두 손을 뻗었다.

"태조발원문자기를 내려 주시옵소서, 전하."

선조의 손을 떠난 그릇이 육도의 두 손에 안기듯 떨어졌다. 손은 주체할 수 없을 정도로 떨렸지만 눈빛만큼은 확신으로 가득차 있었다. 이 작은 그릇에 제 생명이, 수토감관의 권좌가, 가문의 영광이 담겨 있었다.

나란히 대청마루에 걸터앉은 을담과 정이가 따스한 아침 햇살을 즐기고 있었다. 연신 다리를 흔들어 대던 정이가 문득 궁금한 듯 물었다.

"아부지. 그 사발 말인데…… 사람들이 알아채진 못하겠지?"

을담은 제 일이 아닌 듯 쉬이 말했다.

"아니. 알아볼 수도 있느니라."

깜짝 놀란 정이의 시선이 을담을 향했다. 을담은 그저 따스한 햇살에 몸을 맡긴 채 눈을 감고 있었다.

"뭐? 알아본다고? 그리 감쪽같은데?"

그제야 을담이 눈을 떴다.

"하여도 알아볼 수 있다. 분명 알아보는 사람이 있고 또한 그것을 증명할 수도 있느니라."

눈을 동그랗게 뜬 정이가 물었다.

"진짜? 그게 뭔데……?"

"전하, 더운 물을 준비해 주시옵소서!"

제멋대로 떨리는 다리를 다그쳐 힘겹게 일어선 육도가 조심스레 그릇을 서안 위에 올려놓자 이내 더운 물이 담긴 주전자를 들고 온 상선이 다가섰다. 김이 모락모락 피어올랐다.

정이가 물었다.

"뜨거운 물을 부어?"

을담이 고개를 끄덕이자 정이가 재차 물었다.

"그럼 어찌 되는데?"

잠시 생각한 을담이 만면에 소탈한 미소를 머금고 답했다.

"접착제로 쓴 계자백이 녹는 게지. 그럼 그만큼 균열이 생긴다."

해맑던 정이의 얼굴에 근심이 번져 나갔다. 다만 이상했다. 을담은 그저 햇살 아래 웃고 있었다. 근심 걱정은 추호도 보이지 않았다.

주전자를 받은 육도가 조심스레 물을 부었다. 천천히, 넘치지 않게. 그러곤 자신 가득한 투로 말했다.

"부서진 자기를 복원하는 데는 필히 접착제가 필요하며, 이 접착제를 만드는 데 총 세 가지 재료가 쓰입니다. 백반 가루, 역청, 계자백이 바로 그것이지요. 하온데 이 세 재료 중 계자백이란 것은 더운물이 닿으면 물러지는 속성이 있사옵니다. 하오니 이 태조발원문자기가 깨졌다 다시 복원되었다면, 잠시 후 계자백이 흘러내리며 보이지 않던 미세한 균열이 두 눈에 명확히 보일 것이옵니다."

육도의 그럴싸한 설명에 선조의 노기가 누그러졌다. 차분한 음성으로 물었다.

"하면 얼마나 기다려야 하느냐."

잠시 태조발원문자기를 살핀 육도가 답하였다.

"일각, 단 일각이면 충분하옵니다."

육도의 확답에 선조는 그저 무심히 고개를 끄덕였다. 지켜보던 신료들의 목소리가 하나둘 터져 나왔으나 귀에 거슬리는 정도는 아니었다. 그 술렁임 속에 다만 임해의 얼굴은 묘하게 경직되었고, 광해의 낯빛은 줄곧 흙빛이었으며, 강천은 보이지 않는 미소를 머금고 있었다. 이제 육도의 이름이 만천하에 울릴 것이며 제 가문은 영광을, 자신은 증조부에 이어 종육품 주부직을 제수 받게 될 것이다. 작은 숨소리조차 허락지 않는 팽팽한 긴장 속에 일각의 시간이 지나갔다. 그리고 다시 이각이 되었다. 그럼에도 태조발원문자기에는 어떠한 변화도 보이지 않았다. 잔뜩 불편한 심기의 선조가 물었다.

"말해 보라. 어찌 아무런 변화가 없는 것이냐?"

감당하기 힘든 공포가 전신을 휘감았고 육도의 만면이 경직되다 못해 시퍼렇게 물들었다. 지켜보던 강천의 눈동자도 붉게 충혈되었다. 실로 예상을 빗나간 결과였다. 당황한 육도가 급히 물을 부어 내고 그릇을 살폈다. 잔뜩 부풀어 오른 눈동자가 연신 움직였지만 어떠한 균열도 보이지 않았다.

'어찌 된 일인가, 분명 균열이 생겨야 할 터인데…… 아버님! 대체 어찌 된 일이옵니까?'

간절한 육도의 시선에 강천의 얼굴 또한 삽시간에 굳어 버렸다. 심중이 메아리쳤다.

'을담……! 자네가 또다시 나를 기만하려는 겐가! 또다시!'

그때 선조의 음성이 들렸다. 용납하기 힘든 노기가 서려 있었지만 그저 차분히, 그리고 나직이 말하였다.

"내 눈엔 균열이라곤 보이지 않는데…… 고해 보라. 네 눈에는 보이는 게냐?"

정이가 잔뜩 근심을 품고 있는 터에 을담이 너털웃음을 지었다.

"근데…… 그것도 옛말이고 지금은 안 될 게야."

그제야 잔뜩 어두웠던 정이의 얼굴에 생기가 감돌았다. 이내 물었다.

"왜……?"

을담의 시선이 정이를 향했다. 말간 눈동자에 지어미 초선의 얼굴을 담고 있었다. 미소를 머금은 을담이 말했다.

"그야 유약이 좋아졌기 때문이지. 너도 애비가 유약 만드는 것을 몇 번 보았을 게야. 장석을 주재료로 소나무와 편백나무를 쓰면 좋은 유약이 나온단다. 그 위에 다시 볏짚을 태운 재, 마지막으로 지금처럼 채 서리가 가지 않은 봄날의 매화꽃을 볶아 쓰면 당도가 높아 착감이 좋은 일등 유약이 나오느니라. 하니 토룡진액과 한데 섞인 이 유약 덕에 더운물을 부어도 계자백이 녹을 일은 없을 게야."

무슨 말인지 알아들을 수 없어 그저 동그란 눈동자를 깜빡이는데 을담의 말이 이어졌다.

"이 유약은 정이 네 어미가 옛적에 만든 유약이다."

화들짝 놀란 정이가 되물었다.

"뭐? 어머니가? ……그랬구나. ……그럼 어머니 덕에 아무 문제없는 거네."

을담이 살살 고개를 저었다. 지금껏 보이지 않던 옅은 그림자도 얼굴에 스며 있었다.

"아니, 한 가지 방법이 더 있느니라."

화들짝 놀란 정이가 물었다.

"뭐? 방법이 또 있어?"

을담이 근심 가득한 낯빛으로 고개를 끄덕였다.

전신을 휘감는 떨림을 주체 못한 육도가 털썩 주저앉자 이내 선조의 격노한 음성이 울려 퍼졌다.

"네 이놈! 균열이 보이느냐 물었느니라!"

"저, 전하…… 그것이……."

강천은 여전히 사발을 응시하고 있었다. 귓속으로 빨려 들어온 육도의 심중 목소리가 뇌리를 때리는 듯했다.

'아버님! 어찌합니까! 아버님!'

코웃음을 친 선조의 음성이 이어졌다.

"청춘의 객기가 화를 자초한 게로구나. 과인이 말한 바를 잊진 않았을 터! 네놈은 오체분신의 엄벌을 받을 것이며 네놈의 아래 위좌우 삼족은 멸문지화를 면치 못할 것이다!"

육도의 낯빛이 잿빛으로 변하였고 심장의 떨림이 손끝 발끝 머리끝까지 치솟았다.

"왕을 능멸하고 선대들을 모욕한 죄, 네 목숨 하나로는……."

더는 선조의 목소리도 귀에 들지 않았다. 지옥에 떨어진 듯 그저 아찔한 충격이 뇌리 속에서 이어질 뿐이었다. 그 순간 강천이 천천히 한 발 내밀었고 좌중의 시선이 일제히 강천을 향했다.

"전하, 자식의 모자람을 아비가 채워 보겠나이다."

좌중이 술렁였고 노한 선조의 눈빛이 강천을 향했다.

"오호라, 이 어리석은 놈이 이 낭청의 자식이었던가?"

"예, 전하. 망극하오나 소신에게 한 번 더 기회를 주시옵소서."

슬며시 좌중을 훑은 선조가 고개를 끄덕였다. 넋 나간 개구리 한 마리로 인해 시조제는 이미 흙탕물이 되었고 이제와 없었던 일이라 되돌릴 수도 없었다. 또한 가끔은 임금의 인자함을 만인에게 보여 줄 필요가 있어. 인심 좋은 사람마냥 입을 열었다.

"자네가 증명할 수 있다면…… 그리하라."

"황공하옵니다, 전하."

깍듯이 예를 갖춘 강천이 다가서자 덜덜 떨리는 육도의 손이 그릇을 강천에게 건넸다. 그릇을 손에 쥔 강천의 눈빛이 순간 매섭게 화하였고 한줄기 벼락처럼 태조발원문자기를 내리쳤다. 목숨을 내건 승부라고 심중이 소리쳤다.

'유을담! 자네 뜻대로 되지 않을 걸세. 이번에야말로 나 이강천이 조선 제일의 사기장임을 증명해 보일 터이니…… 똑똑히 보시게. 자네의 기만이 어찌 파괴되는지!'

이내 자신에 찬 강천의 음성이 제향소 가득 울려 퍼졌다.

"전하. 소신의 결례를 용서하시옵소서!"

선조의 답이 채 떨어지기도 전 강천의 손아귀를 떠난 그릇이 바닥을 향해 떨어졌다. 충격 어린 좌중의 시선이 그릇을 따라가기도 전에 그릇은 이미 파편이 되어 사방으로 흩어졌다. 쩽! 외마디 비명답지 않은 청아함이 메마른 허공에 울려 퍼졌고 생을 마감한 사금파리의 단면은 핏물이라도 베어 나올 듯 날카롭게 빛났다. 하나 격노한 선조의 눈매만큼 날카롭지는 않았다. 경악을 넘어선 노기가 선조의 눈빛 끝에 서려 있었고 그 끝에 강천이 서 있었다. 강천은 그저 무심히 파자된 그릇을 보고 있었다. 어찌하던 삼족멸문의 화를 피할 수 없고, 이리하든 저리하든 윤허 받을 수 없는 일이라! 각오한 바 이미 엎질러진 물이었다. 뒤틀린 눈썹을 치켜세운 선조가 마지막 남은 한 올의 인내심을 쥐어짜내어 차분히, 그리고 냉소적인 목소리로 말했다.

"이리하여 증명할 수 있단 말이지⋯⋯ 아느냐? 증명치 못한다면, 내 반드시 너희 부자의 목숨을 거둘 것이다!"

실로 화들짝 놀란 정이가 물었다.

"뭐? 그릇을 깨트려?"

고개를 끄덕인 을담이 힘없이 대꾸했다.

"그래, 그리하면 알 수 있지."

믿기지도 않고 믿을 수도 없어 물었다.

"그래도 아부지, 임금마마께서 목숨처럼 아끼는 그릇이라며? 간이 배 밖에 나오지 않고서야 누가 그런 짓을 하려고?"

일말의 희망을 담은 말이었으나 모진 세상 풍파를 감내해 온 을담이 혼잣말하듯 읊조렸다.

"한 치 앞도 모르는 게 세상일이니라."

그럼에도 반신반의한 표정으로 물었다.

"그럼, 만약에 만약에⋯⋯ 사발이 복원된 게 들통나면? 그럼 어찌 되는데?"

한숨을 내쉰 을담이 답했다.

"그럼 그날로 사발을 깨트린 광해군마마께서는 씻지 못할 죄인이 되시고, 정이 너와 이 애비는 목숨을 부지하기 힘들게 될 게다. 삼족멸문지화, 대역 죄인이 되는 게지."

대역죄인이란 말에 정이의 눈동자가 부풀어 오른 그 순간에 강천의 입이 열렸다.

"전하!"

머리끝까지 차오른 분노를 힘겹게 되삼킨 선조가 답했다. 그리 힘겹게 눌렀음에도 목소리는 목청껏 터져 나왔다.

"고하라!"

선조의 눈빛이 마치 송곳처럼 강천의 눈동자를 파고들었다. 따갑다 못해 전율이 느껴지는 눈빛에 내면 깊숙이 꽁꽁 숨겨 놓았던 두려움이 슬며시 고개를 내밀었지만 온몸 가득 흩어져 너울대던 지략과 이기를 한데 끌어 모아 한껏 솟아오른 두려움을 등 뒤로 밀어냈다. 제 목숨을 구하는 것이 첫 번째요, 가문의 영광을 재현하는 것이 두 번째요, 또한 을담과의 질긴 악연을 끊어내는 것이 세 번째였다. 두말할 필요 없는 필사의 순간, 눈빛을 번득인 강천이 천천히 손을 뻗어 두 개의 파편을 골라 집었고 그런 차분한 손길은 지켜보는 좌중을 더욱 숨 막히게 만들었다. 잠시 파편을 살핀 강천이 선조 앞에 무릎 꿇고 파편을 내 보였다.

"친히 살피시옵소서, 전하. 접착제를 사용한 것과 그렇지 않은 것이옵니다."

창문을 비집고 들어와 면포의 금수를 빛내던 햇살이 파편을 비추자 단순히 파자되어 광이 없는 부위와 접착제를 사용해 윤이 나는 부분이 여실히 구분되었다. 슬며시 치켜든 강천의 눈빛이 미세하게 꿈틀거리는 선조의 입술을 놓치지 않았다. 신수이처身首異處가 벌어지기 전 선조는 어김없이 굳게 다문 입매를 미세하게 떨었다. 또한 그 안에 잇몸을 부실 듯한 화가 실리었다. 이내 용암이 분출하듯 머리끝까지 솟아오른 분노가 용트림을 하며 터져 나왔다.

"대체…… 대체 누구의 소행이냐!"

경천동지驚天動地라, 하늘이 놀라고 땅이 꺼질 분노가 제향소를 뒤덮었다. 하나 그도 잠시, 차갑게 굳은 선조의 시선이 임해와 광해를 향했다. 두 다리의 떨림을 주체 못한 채 양손으로 무릎을 짚은 임해의 등줄기에서 두려움에 질겁한 식은땀이 흘러나왔다. 살짝 고개를 튼 임해가 광해를 살피니 그저 태평하게 강산을 유람하는 듯한 눈빛이었다.

'미친 놈!'

실상 광해의 손아귀는 소매끝자락을 질끈 쥐어 말고 있었다. 꼼짝없이 갇히고 말았다. 목숨을 걸고 뛰어든 강천의 마수에.

"내 분명 너희 둘에게 시조제를 준비하라 일렀었지. 고하거라…… 이 황망스런 죄를 짓은 자가 누구냐!"

198

차분한 음성이었으나 무시무시한 진노가 베여 있었다.

"네놈들이 함구무언하면 있던 일이 없던 일이 되느냐?"

그때였다. 소매 끝을 탁 펼치며 허리를 곧게 핀 광해가 천근의 입을 열었다.

"소자, 혼이옵니다!"

'네 놈이라?' 내심 임해군이라 짐작하였던 선조의 눈빛에 얼핏 의구심이 번졌으나 이내 서릿발마냥 광해의 눈빛을 파고들었다. 살벌한 눈빛이 제 발톱아래 토끼를 짓누르고 있는 호랑이 같았으나, 광해 또한 착호갑사 마냥 당당히 맞섰다.

"태조발원문자기를 파한 대역죄인. 소자, 혼이옵니다!"

늘 대소사가 끊이지 않는 강녕전이었지만 지금처럼 숨이 막혔던 적은 없었다. 선조의 마땅찮은 눈빛이 광해와 임해를 훑어 올릴 때면 백년화조차 하루살이로 고개를 떨어뜨렸다. 두 무릎을 바짝 붙여 모은 임해가 서안 위에 놓인 자기 조각과 광해를 힐끗 번갈아 보곤 아랫입술을 잘근 베어 물었다. 체념한 듯 담담해 보이는 광해가 마치 자신을 비웃는 듯 숨겨 놓은 일말의 양심을 파들어 오고 있었다.

'동생이 아닌가, 보살피고 아껴 줘야 할 동생을 이리 사지로 내모는 게 과연 형이 할 짓인가!'

찰나의 생각이었지만 선조의 입술을 떠난 굵은 음성이 심장을 죄어오자 흠칫 놀라곤 이내 자리를 고쳐 앉았다.

"실수였다? 그래…… 혼이 네놈이 미치지 않고서야 실수로 깨트렸을 테지. 하나, 원죄를 감추기 위해 또다시 죄를 지었으니…… 그 죄, 단연코 용서받을 길이 없다!"

꿇어앉은 임해의 두 다리에 힘이 풀려 하마터면 바닥에 털썩 주저앉을 뻔했다. 간신히 버티고 있는 임해와 달리 광해의 표정엔 미동의 변화도 없었다.

"용서받지 않을 것입니다."

광해의 대답에 더 크게 놀란 것은 되레 임해였다.

'혼이 네놈이 기어이 미친 것이냐……!'

광해가 대체 무슨 꿍꿍이로 저리 나오는지 알 순 없었으나 다만 한 가지는 확실해졌다. 더는 임해가 걱정할 만한 사단이 벌어지지 않을 거라는 것. 쥐가 날 정도로 두 다리를 죄고 있는 힘이 어느새 긴장이 풀리며 사그라졌다. 한데 기이한 일이었다. 선조는 그저 허튼 미소를 비칠 뿐 화를 내지도 욕설을 입에 담지도 않았다. 입술을 빠져나온 실소 위로 그저 미간을 좁힌 주름이 있을 뿐이었다.

중전 박씨가 정비였으나 후사가 없었고 대신 아홉 후궁 사이에 열세 명의 왕자를 둔 선조였다. 장남 임해군과 차남 광해군 밑으로도 열 한 명의 아들이 더 있었으니 후사를 두고 한창 저울질을 하던 때였다. 왕자들을 불러 여러 가지 물건들을 그 앞에 늘어놓고 마음대로 고르게 하니, 왕자들이 앞 다투어 보물을 골랐는데 유독 광해만이 붓과 먹을 집기에 유심히 눈여겨보았다.[60] 이후에 다시 잔칫상을 풀어 놓고 '찬 중에 무엇이 으뜸이냐?' 물으니, 광해는 '소금입니다.' 이리 답하였다. 까닭을 물으니, '소금이 아니면 백가지 맛을 이루지 못하기 때문입니다.' 하여 선조가 다시 물었다. '네게 부족한 것이 무엇이냐', 하니 광해가 이리 답하였다. '모친이 일찍 돌아가신 것이 마음에 걸릴 뿐입니다.'[61]

하니 광해가 '용서받지 않을 것입니다.' 하였을 땐 그만한 이유가 있을 것이라 미루어 짐작했다. 무언가 생각난 듯 찬찬히 광해를 뜯어보던 선조의 눈빛이 순간 번득였다.

"더 많은 죄가 드러날까 두려운 게야. 지금 혼이 네 눈빛이 그리 말하고 있다. ……옳거니! 분명 제 목숨 아까운 줄 모르고 네 놈을 도운 자가 있을 터! 토하거라! 그 어리석은 자가 누구더냐?"

순간 목구멍에 솜뭉치를 틀어막은 듯 숨이 막혔다. 단숨에 전후사정을 파악한 선조의 눈빛은 다만 질문이 아닌 추궁이었고 잔

---

60) 정무록丁戊錄 : 황유첨이 저술한 대북과 소북의 당쟁을 다룬 책.

61) 공사견문록公私見聞錄 : 문신 정재륜이 견문을 적은 책.

잔했던 광해의 낯빛에 일순 파문이 일었다.

"아니옵니다, 아바마마! 이 모두 소자 혼자서 저지른 일입니다. 소자 외엔 어느 누구도 관여한 자가 없사옵니다! 믿어 주시옵소서, 아바마마!"

기다린 듯 선조가 되받아쳤다.

"그래? 그럼 다시 복원해 보거라."

말이 채 끝나기도 전에 선조의 손끝을 떠난 사금파리가 서안을 지나 광해 앞에 멈춰 섰다. 광해의 얼굴에서 더 이상 핏기는 찾아볼 수 없었다. 실소를 흘린 선조가 말했다.

"어찌 그리 굳은 얼굴인 게냐? 왜, 너 혼자 다했다 하지 않았느냐?"

당장 뛰쳐나가야 했다. 거짓에 온몸의 기운을 빼앗겨 탈진하지 않기 위해서라도 뛰쳐 나가야만 살 수 있었다. 대꾸는커녕 숨을 쉬는 것조차 버거웠다. 비질 땀을 쏟아 낸 광해가 침묵으로 일관하자 슬쩍 분위기를 살피던 임해가 목청을 가다듬었다. 슬며시 수면 위로 떠올랐던 일말의 양심 따위 목적을 동반한 욕심에 떠밀려 사라지고 없었다.

"아바마마. 소자가 알고 있사옵니다."

선조와 광해의 시선이 동시에 임해를 향했다. 슬금 미소를 삼킨 임해가 힘주어 말을 이었다.

"한때 분원의 사기장이었던…… 유을담이란 자이옵니다!"

선조와 광해의 두 눈이 일제히 번쩍 뜨였다.

붉은 발자국을 남기며 후다닥 달려 나온 정이가 을담을 끌고 가는 관군들을 막아섰다.

"안 돼요! 우리 아부진 절대 못 데려 갑니다!"

그저 양팔을 힘껏 벌려 관군들을 막아섰다. 산산이 부서진 옹기 파편이 버선발에 박혀 새하얗던 버선이 붉게 물들었지만 그 보다 더 붉게 충혈된 정이의 두 눈동자에서 쉼 없이 눈물이 차올랐다.

'나 때문이다. 모든 일이 나 때문에 벌어진 거다. 나 때문에 아부지가 대신 끌려가는 거다. 나 때문에…….'

그때 관군들의 험한 발길질이 가해졌다. 밟아 뭉갤 기세로 쏟아지는 발길질에 나가떨어지면서도 오뚝이마냥 다시 일어나 두 팔을 벌리길 수차례가 이어졌다. 결코 비켜설 수 없었다. 아버지를 내줄 수 없었다. 오랏줄에 묶인 을담이 목청껏 정이의 이름을 외치며 몸을 비틀었지만 제자리에서 단 한 발자국도 나아갈 수 없었다. 종사관의 힘찬 발길질이 이어졌고 정이는 힘없이 훌쩍 나가떨어졌다. 어딘가 부러지기라도 한 듯 그저 꿈틀거릴 뿐 일어설 수도 없는 터에 무작정 손을 뻗어 종사관의 발목을 잡고 늘어졌다. 피를 울컥 토해 낸 정이의 입이 열렸다.

"아니 됩니다…… 잡아가시려면 저를 잡아 가십시오…… 아부지가 아니라 제가 죄인입니다……."

"이년이 진정……!"

질린 듯 양 눈을 치켜든 관군 하나가 소매를 걷어붙이곤 방망이를 손에 쥐었다. 관군의 육모방망이가 막 정이를 타작하려는데 누군가가 그의 손목을 잡아 비틀곤 순식간에 바닥에 내동댕이쳤다. 깜짝 놀란 정이의 시선 끝에 태도가 서 있었다.

"오라버니……!"

그 순간 알 수 없는 눈물이 솟구쳤다. 정이가 주체 못할 슬픔을 바닥에 떨구는 사이 성큼 걸음을 내딛은 태도가 종사관 앞에 마주섰다. 기세가 가히 장군에 필적하니 종사관의 눈빛에 묘한 두려움이 스쳤다.

"웬 놈이냐?"

"어찌 연약한 아이를 위압하시는 겁니까? 이 아이가 죄인입니까? 아님 도적입니까?"

매섭게 쏘아보는 태도의 당돌함에 슬쩍 시선을 돌린 종사관이 비틀거리며 일어서는 정이를 응시했다. 태도를 보며 애써 비웃음을 삼킨 뒤 짧은 턱짓으로 말했다.

"이놈의 발모가지를 분질러 놓아라!'

종사관의 턱 끝이 제자리를 찾기도 전에 태도를 에워싼 관군들이 우악스레 달려들었다. 날선 삼지창과 무쇠 육모 방망이 그리고 서슬퍼런 환도의 칼날이 동시에 날아들었지만 대뜸 튀어 오른 태도의 오른 무릎이 각을 세웠고 가장 먼저 뛰어든 관군의 가슴을 내리찍었다. 그 비호 같은 몸놀림에 당황한 관군들이 전열을 가다듬기도 전 태도의 주먹과 수도가 차례차례 관군들을 땅바닥에 내동댕이쳤다. 창졸지간에 벌어진 사단에 부사관 두 명이 급히 칼을 뽑아 태도를 좌우로 에워쌌다. 곁눈질만으로도 부사관의 무예가 그저 왈패 수준은 아님을 알 수 있었다. 태도의 손이 천천히 허리에 찬 예도를 잡았지만 출검을 해야 할지 말아야 할지 고민이 되었다. 이내 손을 뗀 태도가 슬금 사위를 살피고 말했다.

"종사관 나리, 진정 예서 혈전을 벌여도 괜찮으시겠습니까?"

그제야 사위를 둘러싼 군중들의 웅성거림이 들려왔다. 관군들도 어찌할지 몰라 우왕좌왕 하고 있었다. 종사관이 버럭 목청을 키웠다.

"네놈이 간댕이를 배 밖에 두고 다니는 모양이구나! 뭣들 하느냐! 당장 저 무례한 놈의 세치 혀부터 잘라 내거라!"

그 순간 몸을 일으킨 정이가 태도를 막아섰다.

"용서해 주십시오, 나리! 모두 제 잘못입니다…… 부디 용서해 주십시오!"

순간 태도의 가슴에 매서운 분노가 일었다. 정이만 지킬 수 있다면, 그럴 수 있다면 쓸모없는 혀 하나쯤이야 잘려 나가도 상관없었다. 태도의 이글대는 눈빛을 본 종사관이 더 크게 고함을 내질렀다.

"뭐하고 섰느냐! 당장 저 연놈들을 도륙하지 않고!"

두 눈이라도 질끈 감을 수 있다면 좋으련만 차마 그러지도 못하고 힘겹게 버티고 섰던 을담이 다급히 입을 열었다.

"나리! 대역죄인 하나면 족하지 않으십니까! 전 이미 죽은 목숨이니 부디 제 자식 놈들 목숨만큼은 부지할 수 있도록…… 부디 불쌍히 여겨 주십시오……."

을담의 하소연에 조사관의 눈빛이 누그러들자 이내 태도를 향해 소리쳤다.

"어찌 그러고 섰느냐! 당장 용서를 구하거라! 어서!"

그 순간 질끈 말아 쥔 태도의 주먹이 힘없이 탁 풀렸다. 힘없이 고개도 떨구었다.

"용서해 주십시오."

그리 말할 수밖에 없었다. 눈물이 쏟아졌다. 한 발자국도 뗄 수 없는 서러움에 떨었다.

"아부지!"

사라지는 을담 뒤로 정이의 슬픈 메아리가 흩어지지 못한 채 마당을 내려앉았다. 한 시진이고 두 시진이고 하염없이 메아리쳤다. 하늘은 어두웠고 바람은 차가웠다.

 청명한 달빛이 감도는 구중심처의 야심함에 궁인들의 발길마저 끊기었고, 도둑처럼 흘러들어온 부엉이 울음소리만 괴이하게 들리는 실로 고요한 밤이었다. 그림자마저 숨죽인 어둠 한가운데 두 명의 사내가 등롱불도 없이 걸어가고 있었다. 뒤에서 가는 사내가 발길을 멈추곤 입을 열었다.

"후회가 되겠지."

 그 목소리에 앞서 가는 사내도 달빛 아래 멈춰 섰다. 천천히 고개를 돌리자 태원전을 둘러싼 담장 그림자에 얼굴을 묻은 임해의 목소리가 이어졌다.

"억울하다 생각되면 지금이라도 아바마마께 이실직고하여라."

 한 발 앞으로 내딛자 그늘에 가려졌던 얼굴이 훤히 드러났다. 하나 무표정한 얼굴은 무엇을 생각하는지 도통 알 수가 없었다. 십여 보만 걸어가면 궁에서 가장 깊숙이 자리했다는 자경전慈慶殿62)이었다. 함부로 입을 놀렸다간 어느 궁녀를 통해 비밀이 새어 나갈지 모르는 일이었다. 나지막이 목소리를 깐 광해가 짧고 굵은 음성을 내었다.

---

62) 자경전 : 대왕대비의 침전.

"어찌 제 뒤를 밟는 것입니까?"

반응도 대꾸도 없는 임해를 향해 광해의 물음이 이어졌다.

"어찌 답이 없으십니까? 말씀해 보시지요."

격노도 증오도 느껴지지 않는 목소리였지만 임해는 알 수 있었다. 화가 치솟을수록 무던해지는 심장, 더더욱 차갑게 내려앉는 광해의 눈빛이라. 늘 이런 식이었다. 임해의 어떤 돌발행동에도 동요하거나 광포하지 않았다. 그런 의연함이 임해의 심기를 더욱 비틀었다. 순간 지금껏 가슴 저편에 숨겨두었던 속내가 터져 나왔다.

"오냐. 내 이 한마디는 꼭 물어야겠다. 너는 말할 수 있겠느냐? ……용좌엔 뜻이 없다! 진정 그리 말할 수 있느냐 말이다!"

숨 가쁨이 턱밑까지 차올라 당장 주먹으로 광해의 얼굴을 내쳐야 직성이 풀릴 듯했다. 그날, 강녕전에 세 왕자를 불러 모은 선조가 세자 책봉 얘기만 꺼내지 않았더라도, 직후 광해에게 봉상시 제조를 제수하지만 않았어도, 본인에게 부제조를 제수하지만 않았어도 지금의 사단까지는 벌어지지 않았을 것이다. 그리 제 자신을 위로한 임해 앞에 처연한 광해가 입을 열었다.

"뜻이 있다면…… 제게 양보하실 수는 있으십니까? 제가 왕좌에 뜻이 있다면, 형님께서는 스스럼없이 제게 양보하실 수 있느냐 말입니다!"

광해의 한마디에 두선이 휘몰아쳤다. 광해의 목살을 움켜쥐고 흔들어 놓지 않는다면 임해가 먼저 쓰러질 판이었다.

"뭐라? 오냐…… 이제야 네가 그 가면을 벗는구나! 말해 보거라…… 너는 어찌 매사에 형님인 나를 앞서느냐? 그것이 예법에 맞다 생각느냐? 형이 아우 밑에 서는 것이 이 나라 조선 왕가의 예법에 맞는 것이냔 말이다!"

격한 감정이었으나 머리 한구석엔 이성이란 것이 숨 쉬고 있었다. 해서 다분히 의도적이었다. 적어도 늪에 빠진 지금의 동생이 가면을 벗어 던지는 걸 보고 싶었다.

"예법에 어긋난다면 고쳐야지요. 예, 고치다 말다요. 백 번이고 천 번이고 고칠 것입니다. 하오나 형님…… 단 한 번이라도 제 생각을 하신 적은 있습니까? 찰나라도 제 입장에 서서 생각해 본 적이 있으시냐 말입니다. 저는 그저…… 서자, 장남도 아닌 차남, 이리도 불행하게 태어난 저 스스로를 지키기 위해서…… 단지 그뿐입니다."

임해의 심장을 두들기던 방망이질이 순간 탁 끊어지듯 멈춰 버렸다. 울분을 토하듯 말을 마친 광해는 고개를 숙이곤 어둠 속으로 사라졌고 임해는 한동안 멍한 얼굴로 서 있었다. 달빛은 맑으나 얼굴은 어두웠고 밤바람은 따뜻하나 가슴은 더없이 시렸다.

구름 속에서 몸을 틀며 당장이라도 승천할 듯한 황룡이 천장을 가득 메우고 그 아래로 임금의 어좌, 그 아래로 대소신료들이 늘어서 조선팔도의 모든 일을 관장하고 있었다. 그래서 하나의 목소리가 들리면 마치 그것을 곱씹듯 높은 천장으로 치솟고 또 사방팔방으로 퍼졌다가 다시 메아리처럼 바닥까지 되돌아왔다. 한마디의 말이 수백의 목숨으로 바뀔 수 있는 곳이 바로 이곳 편전이리라. 어좌에 좌정한 선조의 어깨 너머로 오봉산 일월도五峰山日月圖의 붉은 노송이 타오를 듯 붉었고 그 아래 임금의 대홍색 곤룡포도 붉디붉었다. 장계를 살피던 선조가 멈칫하곤 물었다.

"죄인 유을담이 모든 죄를 시인했다?"

탁 접힌 장계를 도승지가 거두어 가자 선조의 냉기 어린 시선이 대신들을 향했다. 일제히 고개를 조아리며 눈빛들을 피했지만 이조판서 최충헌만은 예외였다. 되레 더 곧게 고개를 세운 최충헌이 의지를 덧세워 아뢰었다.

"전하, 조정을 기만하고 선대를 농락한 대역죄, 유을담 그자의 죄는 참형으로 다스려 부족함이 없사옵니다. 죄인을 참형에 처하시옵소서, 전하!"

최충헌의 첨언에 힘을 얻은 대신들이 일제히 목청을 높였다.

"왕실의 위엄을 바로 세우소서, 전하!"

모두가 입을 모아 유을담을 죽이려 하였고 이는 곧 광해를 궐에서 내치는 것과 일맥상통했다. 민감한 사안이었고 답답한 형국이었다.

어찌하지 못하고 그저 숨만 죽인 채 늘어져 있는 두 손을 바라보았다. 서안 위 등불만도 못한 무능함이 눈빛에 서려 있었다. 스스로의 한심함에 파안대소가 터져 나올 지경이었다. 주먹을 꽉 움켜 쥔 광해의 귓속으로 선조의 목소리가 울렸다.

'가진 재주가 뛰어남을 알고 있으나, 왕실을 기망하고 조정을 농락한 죄 용서받을 수 없다. 죄인 유을담을 참형에 처하라.'

선조가 초초반상도 무르고 편전으로 향했다는 첩보를 들은 순간 악귀가 찾아온 듯 불안감이 엄습했다. 제 예상대로 묘시에 벌어진 정사에서 때이른 유을담의 참형이 결정되고 말았다. 선조의 목소리가 이어졌다.

'또한 왕자의 신분을 망각하고 죄인과 같이 공모한 광해군에겐, 한 해간 문외출송의 율로써 그 죄를 다스릴 것이다!'

문외출송이라, 역대 왕자들 중에 과연 몇이나 이런 엄벌에 처해졌던가. 하여도 이리 힘없이 주저앉아 있을 수만은 없었다. 저로 인해 비롯된 일이 아닌가, 하니 스스로 수습해야만 했다. 자리를 털고 일어난 광해의 심지 어린 눈빛이 짧은 미래를 보고 있었다.

'내 결코 유을담이 죽도록 내버려 두지 않을 것이다!' 광해의 심중이 소리쳤고 이내 강녕전 향오문 앞에 석고대죄하듯 두 무릎을 꿇고 있었다. 반각이 채지지 않은 때에 선조의 음성이 귀에 들렸다.

"어찌 은인자중하지 않고 나대는 것이냐."

태산 같은 선조가 눈앞에 서 있었다. 문외출송이 아니라 참형이라도 각오한 듯한 목소리로 대꾸했다.

"소자, 아바마마께서 내리신 엄벌은 달게 받겠나이다. 하오나⋯⋯."

"그만! 이는 아비가 아닌 대왕의 결단이다. 결코 번복할 수 없다."

"하오나 전하⋯⋯!"

선조는 그대로 고개를 돌렸고 광해의 외침은 허공에 맴돌았다. 중천을 떠돌던 해가 강녕전에 들어서 광해를 감싸 안았다가 이내 서쪽으로 기울었다. 위풍을 드러내던 기와 끝 잡상에 노을의 눈물이 흩어지자 고개를 치켜든 모습이 마치 슬픔을 울부짖는 듯 처연해 보였다. 어느새 일곱 시진이 넘어가고 있었다. 향오문을 독차지한 광해 때문인 듯 선조는 오후 내내 침소에서 꼼짝도 하지 않았다. 노을마저 메마른 눈물을 거둔 채 비켜서자 그 사이를 어둠이 비집고 들어와 앉았다. 그때 어둠보다 더 짙은 그림자가 광해 앞에 멈춰 섰다. 선조였다.

"어찌 어명을 우습게 여기느냐. 내 왕명을 번복할 마음이 없고, 또한 네놈의 죄를 사해 줄 마음도 없으니, 그만 돌아가거라."

한 번에 선조의 마음을 돌이키리라 기대한 것은 아니었다. 선조의 단호한 음성에 조급해진 광해가 '아바마마!' 하고 내뱉으려는데 선조의 말이 이어졌다.

"멍청한 놈! 여기 무릎 꿇고 있다 한들 지은 죄가 사라지느냐? 어찌 그리 어리석단 말이냐!"

선조의 말이 천 번이고 만 번이고 옳았다. 너무나 어리석어 무고한 백성을 죽음으로 내몰았고, 무지하여 아무것도 할 수 없는 본인은 그저 강녕전을 찾아와 무릎을 꿇는 것이 전부였다. 머릿속으로 만 가지 죄책감이 스쳐갔다. 진정 불초 불민한 자식이 아닌가! 광해는 그리 스스로를 물어뜯었으나 선조 또한 간과한 것이 하나 있었다. 어리석은 자일수록 본인이 생각하는 일을 마치기 전까지 절대 멈추지 않는다는 사실, 돌아서는 선조의 뒷모습을 지켜본 광해가 천천히 자리에서 일어났다.

일찍이 부제학을 지내고 마흔이 넘어설 때 도승지를, 근자엔 예조판서로 추대된 류성룡이란 사내가 있었다. 불혹을 넘긴 지 오래이나 여즉 얼굴이 청수하였고 눈매는 매서웠으나 더불어 맑고 영롱하였다. 원체 학문의 연원이 깊은데다 청렴하고 덕이 있어 당파는 동인이었으나 서인들도 존경해 마지않는 사내였다. 그

류성룡이 광해의 발길을 붙들었다.

"마마, 혹 무언가를 하시려는 생각이시거든, 아니 되옵니다. 더이상 주상전하의 눈 밖에 나서는 아니 될 것입니다."

목소리가 격양되진 않았지만 심중이 느껴질 만큼 가늘게 떨리고 있었다. 기천의 대소신료들 중에서도 더 없는 아군이라 근심으로 입을 다물고 있던 광해가 차분히 답하였다.

"아닐세. 내겐 고작 안위의 문제지만, 유을담 그자에겐 목숨이 걸린 일이 아닌가. 막지 말게."

아랫입술을 질끈 깨문 광해가 등을 돌렸다.

궐 앞 수문장이 밀려오는 피로에 긴 하품을 내뱉을 때였다. 붉게 지는 노을을 등지며 작은 인영 하나가 궐 앞 문루의 계단을 올라섰다. 분명 노을빛이 등을 물들인 것이지만 마치 원래의 것인냥 노을빛을 닮은 저고리가 수문장 눈에 띄었다. 악다문 입술과 손톱이 박힐 듯 꽉 쥔 주먹이 평소완 달랐으나 문루를 올라 신문고 앞에 선 이는 분명 정이였다. 뭐지? 하는 수문장들의 얼굴 위로 둥둥 거리는 북소리가 들렸다. 둥! 둥! 가죽을 두른 북채가 북편에 닿자 궐문을 들썩이는 신문고의 굵직한 울림이 널리 펴져나갔다.

"제 아버지 살려 주세요! 제 잘못입니다……! 제발 제 아버지를 풀어 주세요……!"

남은 기운을 북채에 싣기 위해 울먹거림조차 넘겨 삼켜야 했다. 신문고 소리는 단 일경도 쉼이 없었고 꽉 쥔 정이의 주먹 틈으로 핏물이 흘러 나왔다. 그럼에도 정이의 울부짖음에 귀 기울이는 사람은 없었다. 신문고는 그저 힘없는 하층민의 겉치레였고 아직 덜 아문 여아의 몸부림은 눈요기에 좋은 구경거리일 뿐이었다. 전심을 쏟아 북채에 힘을 실은 정이의 손목이 한순간 탁 꺾였고 기운이 다한 듯 털썩 쓰러졌다. 혼절이라도 한 듯 움직임이 없자 군중의 웅성거림이 사위로 번져나갔으나 누구 하나 가녀린 여아를 살피는 이는 없었다. 그때 무거운 발걸음 하나가 군중을 헤집고 나와 정이를 품에 안았다. 한 품에 차지도 않는 여린 어깨가 손에 잡히자 태도는 울컥하는 가슴의 떨림이 눈시울까지 차올랐다. 정이를 안아든 태도가 몸을 일으키자 일순간 침묵 어린 군중이 길을 비켜섰다. 땀인지 눈물인지 분간 못할 진득한 물방울이 정이의 턱 끝에 맺혀 있다가 스륵 태도의 옷깃에 스며들었다.

열은 녹음을 머금은 잔가지가 어깨를 스치고 지나갔다. 콧속으로 봄과 여름을 적당히 섞은 내음이 밀려 들어오자 그것을 마저 느낄 틈도 없이 바삐 가는 자신의 신세가 안타까웠다. 품안의 정이가 또한 제 가슴을 찢어 놓고 있었다. 조심스레 정이를 방 안에 뉘이곤 약초를 구해 조심스레 헤진 정이의 손을 치료해 주었다. 혹여라도 정이가 깰까 상처 위에 약초를 얹을 때도 몇 번이고 물기를 빼내어 조심스레 덧붙였다. 더는 정이를 내버려 둘 수 없었다. 고이 잠든 정이의 뺨을 부드럽게 쓸어내린 태도가 방을 나서자 깊은 어둠이 태도를 맞이했다.

칠흑이 하늘을 뒤덮은 밤, 낯선 그림자가 바람처럼 포청 앞을 스쳐 지나가서는 포청을 휘이 돌아 높디높은 담장 앞에 멈춰 섰다. 떨리는 가슴을 진정시키려 내뱉은 한숨이 복면에 막혀 다시 얼굴을 덮어 왔다. 다분히 불쾌한 느낌이었다. 이내 동동거리며 제자리에서 몇 번 뛰었다. 긴장된 몸을 풀고 두려움을 내치려는 행동이리라. 한순간 차갑게 내려앉은 복면의 눈빛이 비호 같은 몸놀림으로 짚고 있던 우포청의 담벼락을 뛰어 올랐다. 고양이마냥 담장을 타고 달려 여트막한 기왓장 위에 자리를 잡곤 복면을 벗어 잠시 숨을 토해 내었다. 근심이 가득한 태도의 얼굴에 긴장감이 어려 있었다. 때마침 홍심을 밝히듯 횃불을 든 포졸들이 돌아 나오자 잽싸게 복면을 올려 쓴 태도가 활시위를 당겼다. 팽팽해진 시위 끝 화살이 살짝 떨리었다. 호흡을 다듬자 미세한 떨림이 일순간 사라졌고 태도의 품을 떠난 무촉전은 그대로 포졸의 명치를 향해 날아갔다. 포졸은 그대로 혼절했고 옆에 섰던 포졸이 고개를 채 돌리기도 전에 연이어 쓰러졌다. 삽시간에 벌어진 일이었다.

잽싸게 관복으로 변복한 태도가 옥사를 향해 달려갔다. 옥사 앞을 지키던 포졸이 태도를 힐끗 위아래로 살피곤 의심쩍은 눈빛으로 입을 열려던 찰나 수도를 맞곤 그대로 혼절했다. 서둘러 포졸의 품에서 열쇠를 찾았지만 없었다. 그때 뒤늦게 등장한 포졸이 태도를 발견하곤 뒷걸음질 치며 쇠뿔 호루라기 꺼내 불었다. 삐익! 잠든 우포청을 흔들어 깨우는 소리에 삽시간에 모여든 수십 개의 횃불이 태도를 에워쌌다. 이리 되면 어쩔 수 없었다. 천천히 오른손을 뻗어 칼자루를 잡았다. 살심은 없었으나 을담만은 예서 데리고 나가야 했다. 메마른 침을 삼킨 태도가 출검하자 포졸들이 일제히 창검을 찔러 왔다. 태도의 우세로 시작되었으나 기습을 당해 낼 재간이 없는 듯 전신 곳곳에 상흔이 늘어났다. 그럼에도 눈빛은 더욱더 살아 움직였다. 하나, 그러기엔 몸놀림이 급속도로 느려졌다. 순간을 놓치지 않은 포졸이 매서운 장창을 태도의 허벅지에 내려찍으려는 찰나, 격정을 내리꽂는 듯한 한마디가 모두의 움직임을 막아섰다.

"멈춰라!"

놀란 관군들의 시선 너머에 한 사내가 서 있었다. 가쁜 숨을 애써 감추고 싶었으나 터진 봇물처럼 막지 못하였다. 문득 화가 났다. 저 사람에게만큼은 들키고 싶지 않았다. 나약함을, 본인의 패배를.

평소에도 인적이 없던 것인지, 아니면 오늘따라 그 인적이 끊긴 것인지 분간이 되지 않았다. 지천이 숲이고 나무인데도 그 흔한 새소리마저 들리지 않았다. 어쩌면 오늘 밤의 불운을 예고하는 것이 아닌가 하는 생각이 들었다. 잡생각을 떨구고 걸음에 박차를 가했다. 주위를 살피며 한 걸음을 걸을 때에도 삼장 앞을 보고 일장 앞을 들어야 하겠지만, 그렇게 가다간 불운한 상상에 저 먼저 질식해 버릴 거 같았다. 재촉한 걸음이 멈춘 곳은 포청이었고 들어서자마자 관군들에게 포위된 태도가 눈에 들어왔다. 아뿔싸! 이를 어찌한단 말인가! 광해의 낯빛에 기대치도 않은 근심이 물들었다.

종사관의 집무실은 어둡고 축축했다. 포졸에게서 무촉전을 받아든 종사관의 눈빛이 미묘하게 일그러졌다. 화살에 살촉이 없었다. 대신 살대의 끝을 솜으로 감싼 것으로 모자라 한 번 더 무명 헝겊으로 꼼꼼히 덧씌워 두었다. 부사관의 목소리가 들렸다.

"무촉전이옵니다."

종사관의 눈빛에 의혹이 서렸다.

"진정 살심이 없었던 것인가?"

종사관의 만면 가득한 불신의 눈빛이 앞에 선 태도를 향해 그리 캐묻고 있었다. 멀찍이 서서 지켜보던 광해가 먼저 선수를 쳤다.

"애초에 살심이 없었던 것이 분명해 보이는데, 어떠한가? 죽은 자도 없고 크게 상한 자도 없지 않는데…… 이쯤에서 마무리하는 것이."

말투는 권유였으나 일국의 왕자라는 신분을 전제로 한 거절할 수 없는 명령이었다. 종사관 손아귀에 쥐여져 있던 화살촉이 어찌할 수 없는 화가 실려 미세하게 떨리다가 한순간 툭 부러졌다.

'저놈을 절대 이대로 풀어 줄 수는 없다!'

종사관이 조심스레 아뢰었다.

"하오나 마마, 이는 결코 가벼운 일이 아니옵니다."

호흡을 가다듬은 종사관의 말이 가쁘게 이어졌다.

"저자가 비단 관서만 월담한 것이라 할 수 있겠사옵니까? 저희 우포청 관할이 중부 정선방을 시작으로 한성부의 심장에까지 이어집니다. 저자의 위협은 곧 대궐의 침범인 동시에 상감전하의 안보에도 위협을 가하는 중차대한 사안이오니, 이는 대역 죄인으로 다스려도 모자랄 것이옵니다. 하오니……."

종사관의 신념 어린 답변이 채 끝나기도 전 입가에 미소를 흘린 광해가 고개를 치켜들었다. 그제야 사리를 분간 못한 채 심중을 내뱉은 종사관의 시선이 조심히 꺾였다. 눈 앞에 선 사내는 일국의 왕자가 아니던가. 미동 없이 종사관을 바라보는 광해의 시선, 그 자체만으로도 위엄이며 또한 위협이었다.

"도성의 치안을 담당하는 포청. 자네의 말대로 한성부 핵심의 관서가…… 이제 막 약관을 지난 자에게 이리 휘둘렸다는 소문이 돌면 자네 목 역시 성치 않을 텐데?"

매서운 칼날이 바람을 가르는 듯 심장 한구석이 서늘했다. 어떤 반박도 할 수 없음에 자신을 책망하며 답답함에 빠진 종사관이 이미 부러진 화살대 중심을 빠직 또 한 번 부러트린 순간이었다. 문이 열리며 포도대장이 들어섰다.

"마마의 말씀이 백 번 옳습니다. 포청의 권위를 땅바닥에 처박을 수는 없는 노릇이지요."

포도대장의 입가에 의미를 알 수 없는 미소가 걸려 있었다. 상황파악이 되지 않은 듯 히죽거리는 포도대장의 안면을 보니 저녁께 먹은 국밥이 그대로 쏟아져 나올 듯 울컥거렸다. 그때였다. 포도대장의 뒤로 희멀건 여인의 인영이 들어섰다. 포도대장의 인영에 가려 얼굴이 보이진 않았으나, 소매 깃이며 치맛자락이며 새하얀 버선이며 순간에 정이임을 알 수 있었다. 태도도 놀라고 광해도 놀랐다.

'네가 어찌 여기 있는 게야. 어찌하여!'

단번에 웃음기가 가신 광해의 시선이 태도를 향했다. 태도 또한 정이의 등장에 당혹한 표정을 감추지 못하고 있었다. 당차다 못해 당돌한 정이의 단독행동이리라. 깊은 한숨을 내쉰 광해의 입이 열렸다.

"자리를 좀 비켜 주게."

포도대장과 종사관이 사라지자 태도와 광해의 시선이 이내 정이를 향했다. 어찌된 일인지 영문을 캐묻기라도 해야 할 눈빛들임에도 아무런 말이 없었다. 설마하며 서 있었다. 자신들이 생각하는 그것만큼은 아니길 간절히 바라고 있었다. 쓴웃음을 머금은 정이가 말했다.

"내가 한 일이잖아. 아부진…… 아부진 그냥 날 잠시 도운 것뿐이니까, 사실을 그대로 얘기했어. 그뿐이야."

담담히 읊조리는 정이의 음성에 당장 판을 뒤엎고 싶은 심정을 억누른 태도가 되물었다.

"도대체 무슨 생각인 게냐…… 네가 그리하면? 아저씨가 잘했다 그리 말하실 거 같아?"

태도의 물음이 무엇을 뜻하는지 정이 또한 잘 알고 있었다. 그럼에도 이리할 수밖에 없는 결정을 태도 오라비만큼은 지지해 주기만을 바랐다.

"손 놓고 가만히 있을 순 없잖아. ……그래서 오라버니도 여기까지 온 것일 테고……."

당장이라도 정이의 손목을 잡아끌어 포청을 월담하려던 태도의 노기가 일순간 연기처럼 허공에 흩어졌다. 두 사람을 안쓰럽게 지켜보던 광해의 시선에 정이의 꽉 쥔 두 주먹이 보였다. 절대 뒷걸음치지 않겠다는 의지가 한 움큼 쥐어져 있는 작은 주먹이었다.

'너는 대체 예서 무얼 하고 있는 게냐!'

그저 스스로에 대한 물음이었다.

'고작 제 신분을 앞세워 저들의 타당한 행각을 눈감아 주라 종용하는 것밖에 할 수 있는 것이 없더냐!'

한데 없었다. 진정 없었다. 자신이 하고자 하며, 하려 했던 일이. 착잡한 표정의 광해가 말했다.

"거짓을 바로 고쳐 보겠다는데 어찌 그릇됐다 할 수 있겠느냐."

일순간 광해를 바라보는 두 사람의 시선이 엇갈려 부딪치고 다시 튕겨져 나갔다. 태도의 이글거리는 시선이, 정이의 알 수 없는 묘한 눈빛이 광해를 향했다.

"정이 저 아이처럼 너 또한 국법을 무시한 채 포청을 월담하였고, 나 또한 어명을 어기고 이곳에 왔느니라. 아니 그러하냐? 나는 정이 너의 결단이 옳다고 생각한다."

모두가 정로에서 벗어나려 할 때 홀로 외로이 걸어 들어온 아이. 해서 태도의 마음에 쌓인 울분이 더욱 슬프게 부르짖었다.

"이 아이를 죽이려 작정하신 것입니까! 허울 좋은 감언이설 따윈 접어 두시고 지금이라도 당장 이 지옥에서 꺼내시란 말입니다!"

"이미 말하지 않았느냐! 거짓은. 결국 거짓으로 자멸할 뿐이다."

"거짓말 한 번 했다고 죽는다는 게 말이 됩니까! 저는 마마께서 말씀하시는 말도 되지 않는 공명정대함보다 정이가 더 소중하단 말입니다. 저는 저대로 움직일 테니, 말리지만 마십시오."

이글이글 타오르는 눈빛을 거둔 태도가 단호히 몸을 틀자 이내 광해의 음성이 이어졌다.

"멈추어라. 네가 나설 일이 아니다. 나로 인해 벌어진 일이니 내가 종결시킬 것이다." 하곤 먼저 태도를 지나쳐 밖으로 나가 버렸다. 그 눈빛에 의지가 서려 있었다. 모두 되돌려 놓을 것이다. 바들바들 떨리는 두 손을 쥐어 문 채 꿋꿋이 버티고 있는 정이를, 그 아이가 모든 걸 내던져서라도 살리고자 하는 그 아비를, 그 두 사람을 제 목숨보다 귀하다 생각하는 사내를.

"뭐라? 을담이 아니라…… 그의 여식이라?"

밤길을 달려온 광해의 발길이 재차 멈춘 곳은 강녕전이었다. 놀란 듯 양 눈썹을 치켜들었던 선조가 이내 눈매를 가라앉히곤 나직이 읊조렸다.

"을담의 여식이라……."

실로 믿기지 않는 일이 아닌가. 그것은 가히 완벽한 복원이었다. 하여 을담이 짓이라 추호의 의심도 품지 않았었다. 강천이 제 목숨을 놓고 태조발원문자기를 깨뜨리지 않았더라면 실로 죽는 날까지 진실을 알지 못했을 것이었다. 감히 조선 최고의 보물을 한낱 어린 여인이 건드린 것으로도 모자라 감쪽같이 복원하여 대왕을 능멸하려 했단 말인가! 생각이 여기까지 미치자 불현듯 과거의 기억이 용암처럼 되살아났다. 실로 불쾌한 기억이었다. 이름 따윈 애초에 알려 하지도 않았으니 누구인지도 모를 가물가물한 기억 너머에 차마 선조를 마주보지 못한 채 고개를 떨군, 두려움에 질겁하여 가쁜 숨을 내뱉던 여인이 눈앞에 스쳐갔다. 모든 것의 시작은 그 염몽이었다. 아니, 두 번 다시 떠올리고 싶지 않은 악몽이었다.

'전하, 예지몽이란 늘 시작과 끝이 있기 마련이오니, 전하의 염몽 속에서 우선 그 시작을 찾으시옵소서.'

눈만 감으면 목을 죄어오는 악몽의 엄습에 국무의 말 한마디조차 쉬이 넘기지 못하여 집착에 집착을 더하지 않았던가. 그 예지몽의 시작과 끝, 제물이 되어야 했던 여인, 백 년에 한 번 나올까 말까 한다는 기이한 귀물을 잉태한 여인, 불운의 재능을 가진 죄로 목숨을 잃어야 했던 그 여인, 지금 그 여인이 환영처럼 눈앞에 서 있었다. 잠시간의 적막에 한순간 사념을 털어낸 선조가 허리를 고쳐 앉곤 광해를 쏘아보았다.

'자, 어서 말해 보거라. 을담의 여식을 구명해 달라. 살려 달라,

그리 청해 보란 말이다.'

그리 생각하였으나 광해의 입속에선 뜻밖의 말이 터져 나왔다.

"아바마마, 을담의 여식은 조정을 능멸한 것으로도 모자라 국본을 기만한 용서받지 못할 중죄의 죄인이옵니다. 하오니 부디 엄벌에 처하시옵소서."

선조의 냉기 어린 시선이 천천히 광해의 무심한 낯빛을 훑었다.

"무슨 꿍꿍이인 것이냐."

무엇을 고하던 광해의 낯빛에는 변함이 없었다. 해서 광해의 심중이 진심인지 혹은 거짓인지를 알아차리기란 쉬이 여의치 않았다. 잡념으로 선조가 잠시 한눈을 판 사이 짙어진 타액이 광해의 목젖을 타고 조심히 흘러 들어갔다. 그 순간 선조의 눈빛이 번득였고 둥글게 입술을 말아 올린 선조의 입술이 자그마하게 열렸다.

"그렇군."

나직이 내뱉은 선조의 한마디에 광해의 가슴이 바닥에 솟구치듯 떨어져 내렸다. 쾅 하는 이명의 소리가 멀리서 메아리쳤다. 사경을 헤매는 두려움에 제자리를 찾지 못하던 시선을 힘겹게 붙잡고 굳은 고개를 들었다.

'모든 것을 아셨다!'

피할 생각은 없었으나 이리 빨리 들통 날 줄은 예상치 못한 일이었다. 동아줄로 온몸을 휘감은 듯 눈썹 한 올까지도 굳어 버린 광해의 심장이 쾅쾅 쉼 없이 요동쳤다. 선조의 나직한 음성이 귓전에 울렸다.

"내 친히 국문이라도 하면…… 그 아이가 지은 죄의 경중이 달라질 거라 생각한 게냐?"

대답을 원하는 물음이 아니었다. 광대들의 비웃음이 한바탕 쓸고 지나간 듯 광해의 두 귀가 붉게 타올랐다. 이상 무엇을 말한다 한들 구차한 변명에 지나지 않았다. 추한 변명보다 사악한 진실이 더 낫다 여기는 선조에게 작금의 결론은 어떤 미래를 초래할지 장담할 수 없었다. 선조의 말이 이어졌다.

"이 늦은 시각에 짐을 찾아와 이실직고 한 이유가, 바로 이 한 마디를 얻기 위함이었구나."

사악한 진실을 드러내야 할 때였다. 선조의 추궁에 온몸에서 빠져나간 제 몸의 기운을 최대한 끌어 모은 광해가 힘주어 말했다.

"그 아이가 전하를 알현하여 제 지은 죄를 이실직고할 기회를 얻는다면…… 소자, 다만 그것으로 족하옵니다."

동그라미 두개가 서로를 맞잡은 칠보 문양의 현판 아래로 작은 발자국 하나가 찍혀 있었다. 발자국은 가로세로 어지럽게 짜인 난간의 문을 지나 봉황이 투각된 수막새 처마 아래로 들어갔다. 부연附椽의 연꽃과 취두鷲頭의 불꽃까지, 양화당을 둘러싸고 있는 모든 만물이 이곳 주인의 위세를 대변하고 있었다. 정승판서도 이곳에선 뒤꿈치를 들었고 교태전의 중전보단 양화당의 인빈이라는 말이 호사가들 사이에선 공공연한 사실이 되었다. 최충헌이 지금 그 인빈과 마주 앉아 있었다.

"친국을 한다 해도 지은 죄가 사라지진 않습니다. 유을담은 참형에 처해질 것이고, 광해군마마 또한 엄벌을 면치 못할 테지요."

손에 든 면경 속 얼굴을 살피던 인빈이 물었다.

"만약, 혼이 그 아이가 모든 죄를 떠넘긴다면 어찌되는 겝니까?"

"아시지 않습니까? 결코 그럴 분이 아닙니다."

빈청은 어두웠고 자리한 신료들의 표정은 더더욱 어두웠다. 이 야심한 시각에 양화당의 건너편에서는 좌상 이명헌과 예조판서 류성룡, 그리고 사간원과 이조의 신료들이 두루 앉아 있었다. 맑았던 류성룡의 낯빛이 어느새 빛을 잃고 있었다.

"내심 신성군마마를 세자에 책봉하려는 저들이 아닙니까? 이미 주상전하의 신의를 잃은 임해군 마마는 제쳐 두더라도, 광해군마마까지 문외출송된다면 어느 누가 뒤를 장담할 수 있겠습니까?"

좌중은 그저 침묵으로 수긍하였다. 류성룡이 말을 이었다.

"최충헌 대감은 결코 이 기회를 놓치려 하지 않을 겁니다. 전하께서 친히 광해군마마께 일 년간 문외송출을 명하셨으니, 문제는…… 그 맹랑한 여아와 그 아비가 아닙니까. 만약 그 두 사람이 참형을 면치 못한다면…… 어찌되었건 광해군마마 또한 자유로울 수 없을 테지요."

류성룡의 언사대로 인빈의 의중을 파악한 최충헌의 만면에 미소가 걸려 있었다.

힘겹게 미소를 감춘 인빈이 물었다.

"이제 어찌할 생각이십니까?"

잠시 생각한 최충헌이 입이 독을 품고 열렸다.

"죽여야지요. 그래야만 제가 살고, 또 신성군 마마께서 보위를 잇게 될 것입니다."

서인 동인으로 나뉘어 단 하루도 뜻을 함께한 적이 없었지만 빈청의 신료들도 양화당에 들어선 최충헌과 같은 생각이었고, 좌상 이명헌 또한 그러했다.

"안타깝긴 하나 두 부녀를 희생양으로 삼아야지 않겠나?"

좌상의 말에 깜짝 놀란 류성룡이 반문하였으나 대부분의 신료들은 동감하는 듯 고개를 끄덕였다. 좌상의 말이 이어졌다.

"그렇지 않은가? 한낱 사기장 목숨 따위에 연연할 이유가 없네! 모든 죄를 두 부녀에게 몰아 참형을 언도하면, 광해군마마의 안위는 보장할 수 있을게야."

그때 광해군의 목소리가 울려 퍼졌다.

"아닙니다!"

일동의 시선 끝에 광해가 서 있었다. 굳센 의지가 한 얼굴 가득했지만 그런 광해를 앞에 두고서도 신료들의 말은 한결같았다.

"유을담 부녀를 죽여야 합니다."

"그것만이 마마께서 살길이옵니다."

천 명의 신하 중 구 할은 이런 자일 게다. 그저 높은 곳을 향해, 적당히 피하고 적당히 맞추고 적당히 변명으로 둘러대어 명분과 당위성만 내세우는. 짧은 세월이었지만 이런 신료들에게 이골이 난 광해였다. 광해는 그럴 수 없다 소리쳤다. 되레 역설을 입에 담았다.

"그 부녀가 죽으면 내가 죽고, 그 부녀가 살면 저 또한 활로를 찾을 것입니다."

이해할 수 없는 역설에 류성룡이 물었다.

"마마! 어찌 마마께 죄를 묻는단 말씀입니까?"

광해가 짤막히, 그리고 단호히 대꾸했다.

"그리하게. 그리해야만…… 내가 살 수 있네."

좌중의 의아한 표정을 살핀 광해가 힘주어 못 박았다.

"명심하십시오. 죄 없는 부녀의 목숨이, 바로 제 생명줄입니다."

의금부는 운종가와 맞닿아 있었다. 광화문에서 채 일 리밖에 되지 않는 거리니 결코 멀다 할 수 없음에도 역당이 잡혀 들어오지 않는 한 임금이 직접 방래하는 경우는 거의 없었다. 하나 양반도 사대부도 아닌, 기껏해야 전직 분원의 변수였다는 일개 옹기장이가 의금부에 투옥된 이후 모든 일이 걷잡을 수 없이 흘러갔다. 반란을 꾸민 것도, 음모를 작당한 것도, 유교에 어긋나는 강상죄綱常罪를 범한 것도 아니었다. 다만 선조가 목숨과 같이 귀이 여긴다는 조선의 보물 태조발원문자기가 파자되었고, 그 사금파리를 감쪽같이 복원했다는 실로 귀신도 곡할 꼼수를 펼친 옹기장이의 신묘함이 화를 불렀다면 그뿐이었다. 따지고 보면 옹기장이가 태조발원문자기를 깨뜨린 것도 아니지 않은가? 모두가 그리 말했지만 실상 궁인들 대부분은 옹기장이의 딱한 처지에 혀끝을 모으면서도 그들의 속곳 저 끄트머리에서 나온 쌈짓돈은 을담의 참형에 내기를 걸고 있었다.

"주상전하 납시오!"

선조가 들어섰을 땐 응어리져 있던 붉은 노을이 의금부를 삼키기 직전이었다. 늘 핏빛이 가시지 않던 의금부였지만 오늘만큼은 먼지 한 올까지 말끔하게 사라지고 없었다. 마당 한 편에 무릎 꿇고 있는 을담과 정이를 두루 살핀 수십의 대소신료들은 간밤에 모의한 고변을 꺼내들 기막힌 찰나만을 기다리고 있었다. 이조판서 최충헌의 눈빛에도 당금의 기회를 놓치지 않겠다는 굳은 의지가 서려 있었다. 그랬다. 한낱 옹기장이의 실오라기보다 못한 생명줄보다, 자기네들이 이 사안을 계기로 얻게 될 실리에 잔뜩 취해들 있었다. 다만 류성룡만이 만만찮은 낯빛으로 최충헌을 마주보고 있었다. 붕당의 입씨름은 태풍보다 강했으며 노론의 중지가 밀어붙이는 불공정함은 이미 겪어 본 바 한겨울의 한파보다도 매서웠다. 그들과의 전면전이 바로 이곳, 핏빛 투옥장 의금부에서 펼쳐지고 있었다.

무심한 표정으로 들어선 선조가 수십 수백 번 칠을 한 듯한 오동나무 옥교에 자리하자 신료들이 깍듯이 예를 취하며 고개를 숙였다. 정이도 을담을 따라 숙이고 있던 허리를 더 깊숙이 꺾었다. 선조는 그저 차가운 낯빛으로 굵고 냉랭한 목소리를 내놓았다.

"고해 보거라. 너희 두 사람 중, 태조발원문자기를 복원한 자가 누구더냐?"

기이한 질문이었고 좌중의 입이 쩍 벌어진 순간이었다. 그중 강천과 육도가 받은 충격은 이루 형언할 수 없을 지경이었다. 넋이 나가도 시원찮을 충격이라 절로 터져 나온 한탄을 힘겹게 틀어막았다.

'임금이 지금 무슨 헛소릴 지껄이는 것인가! 누구라니? 실로 완벽한 복원이었거늘, 그것을 누가 한 것이냐 묻다니!'

기가 막히다 못해 황당함이 목 끝까지 차올랐지만 문득 가슴을 저미는 불쾌한 기분의 원흉을 알 수 있었다. 그러했다. 을담이 제 아무리 어리석어도 태조발원문자기가 무언지도 모른 채 복원했을 리 만무했다. 만약 사안의 시작이 제 자식이 벌인 사단이라면, 해서 수습하지 않으면 안 될 급박한 상황에 빠진 것이라면? 필시 자신의 목숨을 담보로 하여서라도 자식의 실수를 만회하려 했을 것이다. 그리 생각하니 나란히 추포된 부녀의 모습에 알 수 없는 일말의 동정심이 일었다. 그때 당돌한 여아의 목소리가 파도처럼 강천의 심장을 헤집고 들어섰다.

"임금마마, 제가…… 제가 복원하였사옵니다."

을담보다 한 호흡 빠른 답변이었고 신료들의 머릿속 이성의 끈이 하나둘 끊어지며 단숨에 충격의 침묵에 빠지고 말았다. 강천은 물론 아비 을담조차 화들짝 놀란 얼굴이었다. 홀로 그렁그렁한 두 눈동자를 굳게 뜨고 있는 정이를 본 을담의 눈빛이 파르르 떨렸다. 이대로 나락에 떨어지려는 정이의 손을 놓을 순 없었다.

"아…… 아니옵니다 전하! 보시옵소서. 미욱하고 보잘 것 없는 아이이옵니다. 어찌 감히 태조발원문자기 앞에 설 수나 있겠사옵니까! 천부당만부당한 일이옵니다! 절대 있을 수도 없는 일이오며, 있어서도 안 되는 일이옵니다! 소신이옵니다. 소신이 그리하였습니다! 믿어 주시옵소서, 전하!"

한층 고조된 을담의 고변에 바싹 곤두선 좌중의 촉각이 선조를 향했다. 미세한 떨림도 없었고 이즈음 내뱉어도 될 옅은 한숨조차 보이지 않았다. 해서 더 싸늘해진 공기가 뺨을 스치며 돌아다녔다. 선조의 침묵에 더 급박해진 을담이 정이를 향해 모진 말을 내뱉었다.

"파자된 조각 몇 개 붙여 봤다고 어디 복원이라 말할 수 있겠느냐? 분명 이 아비가 한 것이니 다신 허튼 소리 말거라!"

뭔가 아늑한 기운이 정이를 감쌌다.

"아부지……."

정이의 눈물이 마당을 적시기도 전 참다못한 최충헌이 고개를 쳐들어 혀끝으로 독을 쏟아냈다.

"그 입 다물라! 서로 자기야 하였다 읍소하면 죄를 사해 줄 거라 생각느냐!"

어찌 이곳까지 왔던가, 저 대신 죄를 뒤집어쓴 아비를 살리지 못한다면 아무런 의미도 없었다. 메마른 정이의 목젖에서 가는 떨림이 섞인 구슬픈 목소리가 흘러나왔다.

"임금마마…… 소녀 귀한 양반도 아니옵고 사대부의 공명과 도리 또한 알지 못하옵니다. 하여 옳고 그름을 분간하지 못한 채 그저 미욱함으로 죄를 저질렀사옵니다."

정이의 양 볼에 두 줄기의 눈물이 흘러내렸다. 빗물처럼 쉼이 없었고 떨리는 입술은 연신 선조의 구명을 청하고 있었다.

"하오나 임금마마, 어린 시절부터 아비를 보고 자라 도기를 굽는 데는 작게나마 일기가 있사옵니다. 해서 미천하게 이를 데 없는 제가…… 그 알량한 비재 하나만을 믿고 그릇을 복원하였사옵니다. 믿어주십시오 ,임금마마……."

태조 이래 의금부란 곳이 이렇듯 긴 침묵에 동요된 적은 없었다. 그것도 저리 어린 여아로 인해 밤새 준비한 명분은 잊은 채 되레 죄인의 구명을 바라는 동정심까지 품게 되었다. 팔걸이에 살짝 몸을 기댄 선조의 시선이 정이의 두 눈빛을 응시했다. 정이의 얼굴에, 눈빛에, 목소리에, 거짓이라곤 티끌만큼도 보이지 않았고 그저 온몸으로 자신이 죄인이라 소리치고 있었다. 한데 그것이 더 안쓰럽게 여겨지니 참으로 기묘한 일이었다. 이 상황에 진실을 밝힐 이는 단 한 명이라, 선조의 시선이 광해를 향했다.

"저리도 서로가 하였다고 말하니 진실을 아는 이는 혼이 너밖에 없을 터! 고해 보라. 태조발원문자기를 복원한 자가 누구인지."

광해는 지금까지 산산이 흩어진 제 그림자만 뚫어져라 바라보고 있었다. 다행이도 모든 일이 계획대로 흘러가고 있었다. 그대로만 하면 된다. 실수 없이, 흔들림 없이. 발 빠른 선조의 눈치보다 반 보 더 앞서가야만 이 판에서 승산이 있었다. 차분한 광해의 시선이 을담을 지나 정이에게 멈춰 섰다.

"처음 파자된 자기를 전한 이도…… 그것을 복원하겠다 말한 이도…… 다시 소자에게 복원된 자기를 가져다준 이도…… 모두 저 아이가 맞사옵니다. 이는 한 치의 거짓도 없는 진실이옵니다."

좌중이 술렁였고 강천의 눈빛이 경악에 물들었다. 죽은 자식이 되살아난다 해도 믿을 수 없는 발언이리라! 선조의 시선이 정이를 향했다. 분노도 냉기도 느껴지지 않는, 되레 차분하여 더 섬뜩한 눈빛이었다. 지켜본 광해의 입술도 핏기를 잃은 채 그만큼 새까맣게 타들어 갔다. 을담은 그저 원망 어린 눈빛으로 광해를 쏘아봤다.

'어찌 그러십니까! 어찌!'

정이만큼은 살려 주길 진심으로 바랬고, 제 뜻대로 그리 고해 주기만을 바랬다. 믿어 의심치 않았다. 하지만 그저 혼자만의 착각이었다. 되돌릴 수 없는 애통함에 가슴이 찢기듯 아팠다. 그때 무겁게 닫혀 있던 선조의 입술이 열렸다.

"연유가 무엇이냐?"

다만 그리 물었다. 너그러운 음성은 아니었지만 한기 서린 목소리도 아니었다. 어심을 헤아릴 수 없어 가늠조차 할 수 없는 목소리였다. 힘겹게 고개를 꺾은 을담의 시선이 정이를 향하자 이내 여린 입술이 열리었다.

"잃어버린 제 어미를 찾고 싶어 그리 하였습니다."

선조의 시선이 넌지시 광해를 향했다. 미동도 없는 광해의 눈빛을 보아 저 무지렁이 여아가 그저 허튼소리를 내뱉는 건 아닌 듯했다. 정신없이 요동치는 가슴을 겨우 진정시킨 정이가 말을 이었다.

"하온데 임금마마…… 제가 어리석었음을 이제야 깨달았사옵니다. 마마…… 제가 잘못했습니다. 제 잘못이옵니다. 제 아비는 다만 소녀의 아비라는 죄밖에 없사옵니다. 소녀같이 모자라고 무지한 이의 아비라는 게 유일한 죄이옵고 그거 말고는 아무런 죄도 없사옵니다. 하오니…… 벌을 내리신다면 제가 받아 마땅하옵니다. 그리해도 부족하옵니다. 저희 아버지가 아닌 저에게 벌을 내려주시옵소서, 임금마마…… 부디 그리 해 주시옵소서……."

방년도 되지 않은 여식의 읍소에 절로 탄식이 터져 나왔다. 박석 마당에 떨군 정이의 눈물이 빗물처럼 흥건하였고 말하는 중간중간 가슴이 먹먹해짐을 이기지 못하여 수 번을 끊어 말하였다. 그럼에도 뜻을 다하지 못한 듯 아쉬움이 일었다. 아비의 무고함을 알려야 했다. 창공 가득한 노을빛이 검게 그을릴 때까지 읍소하여도 모자를 듯했다. 그때 을담이 소리쳤다. 다급함이 두 발을 일으켜 세웠다.

"아니옵니다, 전하!"

일어서려 한 것은 아니었으나 다급함이 그리 만들었다. 떨리는 을담의 눈동자에 모든 진실이 담겨 있었다. 애통과 부르짖음, 무언의 통곡이 서려 있었다. 그 순간 나장의 발길이 을담의 무릎을 찍어 밟았다. 털썩 쓰러지는 을담을 보며 십수 년 전 선조의 기억이 흐릿하게 펼쳐졌다. 포획되어 끌려온 을담, 의금부에 몰려든 기십 명 신료들, 그 앞에 매화꽃 유약이 놓여 있었다. 고개를 숙이지도 허리를 꺾지도 않았다. 다만 자신의 떳떳함과 무고함에 더욱 고개를 뻣뻣이 치켜세웠다. 스스로 무죄를 입증해 보이겠다며 유약이 담긴 사발을 단숨에 들이키기도 했다. 그랬던 을담이 지금은 딸자식의 무고함을 외치고 있었다. 부정이었다. 거짓을 내뱉어서라도 이곳에서 딸을 빼내려는 아비의 부정이 을담을 뒤흔들고 있었다.

'부정이라…….'

선조의 시선이 슬쩍 광해를 향했다. 혼이라 이름 지어 줄 때 그리하였다. 그 순간만큼은 임금이라는 직함 따윈 잊고 강보에 싸여 막 세상 빛을 맞이한 아들이 사랑스러웠다. 분명 그리하였던 기억이 있었다. 깊은 한숨을 내쉰 선조의 시선이 좌중을 훑었다. 저마다 정이의 눈물 어린 읍소에 할 말을 잃은 듯 헛기침만 해 대고 있었다. 다만 이조판서 최충헌만은 예외였다. 이 자리에 어찌 서게 되었는지 잊질 않고 있었다. 저 부녀가 죽어야 자신이 삶을 잘 알고 있었다. 지금 같은 천금의 기회가 다시 오리란 보장도 없었다. 그때 선조의 음성이 최충헌의 귀를 열었다.

"이판이 답해 보라. 잃어버린 어미를 찾고 싶어 파자된 자기를 복원했다는데…… 이것이 죄가 된다 생각하는가?"

한순간의 실수가, 한마디의 허언이 모든 일을 망칠 수 있었다. 깊이 고심하는 양 두 눈을 감았다 뜬 최충헌이 결심 어린 눈빛으로 답했다.

"부녀의 안타까운 사정은 충분히 이해할 수 있으나…… 파자된 태조발원문자기를 복원한 죄는 대역죄가 분명하며, 그 여식의 잘못된 행위를 알고도 동조한 아비의 죄 또한 대역죄가 분명하옵니다."

더 이상의 추언이 필요 없는 답변이었다. 한데 선조의 시선은 이미 류성룡을 향해 있었다.

"예판의 생각은 어떠한가?"

어찌 예판의 생각을 물으신단 말인가. 생각지도 못한 선조의 물음에 놀란 것은 류승룡보다 최충헌이었다. 저도 모르게 날을

세운 눈초리가 류성룡을 향했다. 류성룡이 뭐라 내뱉을지 모르는
바 아니었다. 저들이 가지고 있는 패는 훤히 보였다. 그저 광해군
을 옹호한답시고 구차한 변명을 꺼내들 것이다.

'썩은 동아줄에라도 매달리고 싶은 심정일 테지.'

최충헌의 헛웃음이 입안에서 터져 나오기도 직전 류성룡의 입
이 열렸다.

"전하, 소신의 생각은 조금 다르옵니다."

예상한 듯 최충헌의 얼굴에 비웃음이 번져 나간 그 순간에 마
치 우레 같은 충격이 뒤따랐다.

"광해군마마 또한 참형으로 다스려야 할 것이옵니다!"

"……!"

좌중을 충격에 빠트리는 일언이라, 결국 그리 말하고 말았다.
그럼에도 의구심을 거둘 수 없었다. 이리하면 진정 광해의 활로
가 열린단 말인가! 류성룡은 자못 의심이 가시지 않은 눈초리로
선조를 응시했다. 무슨 뜻이냐 묻는 선조의 얼굴이 한층 굳어진
채 풀어질 기미가 보이지 않았다. 크게 노한 것이 분명했다. 류성
룡 급히 말을 이었다.

"송구하오나 전하, 파자된 태조발원문자기를 복원한 자가 대
역 죄인이라면 그릇을 파기한 자의 죗값은 그 곱절로도 모자랄
것이옵니다! 왕실을 모욕하고 전하를 능멸하며 종묘사직을 어지

럽힌 반역죄인 광해군마마를, 지엄한 국법으로 다스리는 것이 합당한 줄로 아옵니다!"

의금부를 둘러싼 만물이 삽시간에 얼어붙었다. 소매 깃에 감춰 둔 최충헌의 양손이 주먹을 쥐었다. 그 주먹 안에 노여운 심기가 들어 있었다.

'이것이로구나……! 네놈들이 바라는 것이. 감히 왕자의 목숨을 놓고 보잘것없는 저 천인들의 목숨을 구걸해 보려는 심산, 그 것이었어!'

예상치 못한 반격에 충격을 먹은 최충헌이 온 몸을 부들부들 떨었다. 선조의 시선이 최충헌을 향했다. 피에 굶주린 화촉이 되어 날아들었다.

"어떤가? 자네의 말대로라면…… 혼이 또한 대역죄인이고…… 그 아비인 나 또한 죄가 있는 것이냐?"

하루에도 수십 수백 번 용솟음치는 변덕스런 어심이라지만, 그 때마다 매순간 위기를 기회로 바꾸어 이 자리까지 올라선 최충 헌이었다. 정치란 신념보다 눈치였으며 노선이었다. 어느 시점에 어떤 사람의 배에 올라탈지 잘 판단만 한다면 길을 잃고 패배자 가 되는 일 따윈 없었다. 모든 것이 신념, 그것이 문제였다. 최충 헌에게 신념이란 게 있다면 단 하나였다. 불길 앞에 서지도 말고, 뛰어들지도 말며, 그 즉시 몸을 피하라!

"전하…… 어찌 그런 황망된 말씀을 하시옵니까. 소신은 다만……."

만사가 귀찮아진 듯한 선조의 옅은 찌푸림이 최충헌의 시야에 들었다. 잠시 멈추었다 다시 가야 하나, 이쯤에서 마무리 지어야 하나, 혼란스레 고민하던 찰나 최충헌을 떠난 선조의 시선이 정이를 향했다. 비스듬히 누웠던 허리도 고쳐 세웠다. 정이의 퉁퉁 부은 두 눈이 떨리고 있었다. 그럼에도 맑고 청아한 빛을 머금고 있었다. 선조의 눈빛이 무섭게 정이를 쏘아 붙였다.

"거짓말 같은 너의 주장을 믿을 수도 신뢰할 수도 없으니, 내 직접 너의 능력을 검증토록 하겠다."

한 호흡을 쉰 선조의 말이 이어졌다.

"세상에서 가장 아름다운 그릇을 만들어 온다면…… 내 너와 네 애비의 죄를 모두 사해 줄 것이다. 대왕의 품격에 한 치 모자람도 없어야 할 것이며, 내 심중에 더없는 흡족함이 남아야 한다. 할 수 있겠느냐?"

더 이상 물러설 곳이 없는 터에 세상에서 가장 추하고 못난 자기를 구해 오라 해도 그래야 했다. 파르르 떨리는 입술이 말했다.

"그리 하겠습니다……. 그리 하겠습니다……. 소녀, 그리 하겠습니다 ……."

닭똥 같은 눈물이 툭툭 떨어졌고 이내 위엄 어린 선조의 목소리가 울려 퍼졌다.

"명심하여라. 만에 하나 내 맘에 차지 않을 시…… 너의 아비는 참형에 처할 것이며, 너는 평생을 노비로 살게 될 것이다!"

깃으로 눈물을 훔친 정이가 연신 부복하며 말했다.

"만들겠습니다……. 그리하겠습니다……. 감사합니다……. 감사합니다, 임금마마……."

달면 삼키고 쓰면 뱉는 변덕 어린 어심, 모두가 알고 있었다. 세상에서 가장 아름다운 그릇을 만들어 오라는 선조의 명은 억지였으며 도저히 해낼 수 없는 불가능이었다. 정이는 연신 감사합니다를 연발하며 선조 앞에 고개를 숙였지만 을담의 얼굴엔 먹구름 같은 근심이 잔뜩 배어 있었다. 알고 있었다. 만에 하나 정이가 세상에서 가장 아름다운 자기라 칭할 수 있는 그릇을 만든다 해도 어심을 움직이는 것은 별개의 문제이리라. 한치 앞도 내다볼 수 없는 일이 조정의 사안이고 또 하루에도 수천 번 변하는 것이 어심이었다. 모두가 한낱 옹기장이 목숨을 차지하지 못해 굶주린 맹수의 눈빛으로 바라보고 있었다. 기적이 일어날 리 만무했고 그저 정이가 그릇을 만들도록 가만히 내버려 두지도 않을 것이다. 생각이 이리 미치자 옥사로 끌려가기 전 옅은 쓴 웃음조차 지어주질 못했다. 가시방석에 앉아 쓰디쓴 웅담을 입에 넣은 듯 편치 못하였고 미안하면서도 가여운 마음에 을담의 눈시울이 붉어졌다.

사방에서 곧 죽을 듯한 신음성을 내는 죄인들이 몸을 뉘여 있었다. 배려를 한 것인지 다만 우연인지 을담은 고이 정돈된 옥사를 배정받았다. 곧게 닫힌 철창 아래 한 움큼의 핏물이 말라붙어 있었다. 이틀 전 포청옥사에 있을 때는 그저 자신만 죽으면 된다고 생각했었지만 우습게도 걸어서 들어와 죽어 나간다는 의금부 옥사에 들어오니 저도 모르게 삶에 대한 욕구가 용솟음쳤다. 그때 강천의 목소리가 들렸다.

"고작 이딴 모습을 보여 주려 다시 온 겐가!"

고개를 푸욱 꺾어 놓고 있던 을담이 처연히 얼굴을 들었다. 창틀 사이를 비집고 들어온 달빛 아래 강천이 서 있었다.

"미안허이……. 내 돌아올 생각도 그럴 마음도 없었다만……어쩌다 보니 이리 되었네……."

강천의 눈썹이 꿈틀거렸다. 이 순간에조차 미안하다 말하는 을담의 말이 진심일 리 없었다. 인간이라면 그럴 수 없음이 당연했다. 하여 되레 화가 치솟았다. 밑바닥을 드러내 철저히 짓밟아야 직성이 풀릴 듯했다. 가면 저편에 숨겨 둔 추악한 본능을 확인하고 싶었다.

"자네…… 행여나 모자란 여식에게 일말의 기대라는 걸 하고 있는 건 아니겠지?"

그렇다 답해야 할 것이다. 자네도 사람이니, 살고 싶다고 그리
말해야 맞을 것이다. 바람과 다른 답이 들려온다 해도 상관없었
다. 인간은 진실되지 않으니까. 본심과 다른 말을 하는 것이 진심
이 아닐 때가 더 많은 법이었다. 하나 을담은 그렇다는 대답도,
아니라는 대답도 하지 않았다. 평소처럼 너털웃음을 보이지도 다
자기 탓이라고 사람 좋은 척 허허거리며 강천의 속을 뒤집는 말
따위도 꺼내지 않았다. 강천은 기어이 화를 누르지 못한 손을 들
어 창살을 쥐어 잡았다. 한이 서린 듯 차디찬 냉기가 강천의 손금
을 타고 흘러 내렸다.

"이 냉혹한 세상의 고초를 똑똑히 기억해야 할 걸세. 쉰을 넘
긴 자네 꼴이 어떤지 보시게! 자네뿐만이 아닐세, 자네의 여식!"

그 순간 을담의 눈동자가 흔들렸다.

'그래, 자네도 사람이지.'

바짝 마른 입술에 적신 물 한 방울처럼 강천의 온몸이 을담의
반응에 일희일비하며 촉각을 곤두세웠다.

"노비가 되겠지. 관노가 되면 그나마 다행일 걸세…… 비참하
게 여기저기 끌려 다니고 내쳐지며 짓밟히는 삶을 살게 될 거야.
그런 삶을 피하려 도망치다 추노에게 잡히기도 전 제 목숨을 내
놓는 숱한 노비들을 자네도 잘 알 걸세. 그런 노비가 되는 게야.

자네 때문에 자네의 여식이, 삶이 지옥이 되고 죽음이 안식이 되는, 그런 처절한 노비의 삶을 살아야 한단 말일세!"

정처 없이 흔들리던 을담의 두 눈동자를 보며 창살에서 손을 뗐다. 되었다. 더 이상 을담의 가슴엔 살을 비빌 틈조차 없었다. 한데 묘하게도 강천의 가슴에 더한 냉기가 몰아친 듯 가슴 한편이 뭉클했다. 죄를 지은 것도 옥사에 갇힌 것도 을담이거늘, 어찌 제 가슴이 더 억눌리고 천근의 베를 묶어 둔 소처럼 무거운 것인가. 이해할 수 없었다. 을담 이자는 왜 이리 어리석은 것인가…… 대체 왜! 입안에서 맴돌던 한마디를 기어이 내뱉지 못하고 돌아서 버렸다. 성큼성큼 돌아나오는 옥사 길이 천 리라도 되는 듯 멀게만 느껴졌다. '미안허이…… 돌아올 생각도 마음도 없었는데…… 이리 되었네…….' 그저 을담의 애처로운 목소리만 냉한 가슴에 휘몰아쳤다.

붉은 그림자가 사라지고 땅거미가 고개를 들 시간이었다. '너의 아비는 참형에 처할 것이며, 너는 평생을 노비로 살게 될 것이다!' 선조의 목소리가 광화문을 나서는 정이의 마음을 연신 흔들어대고 있었다. 오랏줄 대신 쇠사슬을 동여맨 듯 한 걸음 한 걸음이 천근처럼 무거웠다. 광해의 가슴도 꼭 그러했다. 이리 지켜볼 수밖에 없음에 무겁고 답답하였다. 그저 침묵으로 지켜볼 뿐 해 줄 수 있는 일이, 할 수 있는 일이 없었다. 마음은 조급했지만 정이를 닦달할 수도 없었다. 이젠 가야 한다. 집으로, 공방으로, 물레 앞으로. 저 멀리 태도가 서 있었다. 하나 정이 눈엔 보이지 않는 듯했다. 태도 또한 앞을 막지 않았다. 언제든 손을 뻗으면 잡을 수 있는 위치, 다만 그곳에서 기다리고 있을 뿐이었다. 늘.

달이 머리 위에 걸리고서야 공방에 들어섰다. 한껏 굳은 꼬박[63] 몇 덩이가 서탁 위에 어지러이 놓여 있는 것이 꼭 제 마음 같았다. '너의 아비는 참형에 처할 것이며, 너는 평생을 노비로 살게 될 것이다!' 땅을 두드려 통곡을 해도 시원치 않았고 하늘이 무너져라 발버둥질을 쳐도 신통치가 않았다. 암흑 천지에 홀로 내던져진 기분이었다. 뺨을 타고 흘러내린 눈물이 손등에 떨어졌다. 손, 그래…… 손이 있다면 만들 수 있다. 손끝에 꼬박 한 덩이가 잡혔다. 정확한 무게도 크기도 없었지만 딱 사내의 한 줌이었다. 해서 어린아이의 손으로는 두 줌이면 되었다. 하지만 아이도 어른도 아닌 정이의 손엔 애매하기 이를 데 없는 크기였다. 을담 없이는 아무것도 할 수가 없는데, 마음속 저편에서 나약함에 길들여진 투정들이 쉼 없이 튀어 올라왔다. 연신 주무르고 쳐 대서

---

63) 꼬박: 도자기를 빚는 데 쓰려고 이긴 진흙 한 덩이

굳기까지 한 꼬박 덩어리들이 각자 찌그러진 채로 여기저기 나뒹굴었다. 참고 있던 눈물이 기어이 터지고 말았다. 두 손을 얼굴에 파묻어 버렸다. 펑펑 울고 싶었다. 소리 내서 모두 쏟아내고 싶었다.

허공으로 울려 펴지는 정이의 울음소리에 벽에 기대선 태도는 그저 울분을 삼키고 있었다.

'울지 마라, 정아⋯⋯.'

심중에 사그라든 목소리였다. 손에 든 각궁을 꽉 쥐자 이내 날카로운 눈매가 실처럼 가늘게 움츠려들었다. 궁을 들어 검지와 중지 손가락에 내걸어 공중에 비스듬히 뉘었다. 좌우로 흔들리던 활이 요동을 멈추자 청초롬하니 떠 있던 갈고리달이 태도의 활 위로 두둥실 떠올랐다. 시위를 당기면 달 중앙에 날아가 박힐 듯 반 뼘도 채 멀어 보이지 않았다. 시위를 잡아당기지만 살촉은 없었다. 그저 빈 궁이었다. 통! 천근처럼 무거운 태도의 마음이 저 멀리 달을 향해 날아들었다.

정이의 집 마당 한 편에서 밤을 지새우고 또 밤이 되었다. 혹시 몰라 구해 온 땔감이 행여 새벽녘 이슬비에 젖으랴 공방 안에 넣어 두고서도 차마 발길을 떼지 못했다. 그저 정적에 대한 불안 때문이었다. 쉼 없이 뱅이질 치는 물레 소리도 철푸덕 제 몸을 처대

듯 아프게 질러 대던 꼬박 빚는 소리도 전혀 들리지 않았다. 하염없는 정적 속에서 방향을 잃고 외로이 웅크러트린 정이의 고독만이 들릴 뿐이었다. 그때 정적을 깨는 울음소리가 들렸다. 태도의 심장도 덩달아 요동쳤다. 털썩 주저앉아 참았던 눈물을 터트린 정이가 눈에 선했다. 마혜麻鞋[64]가 애꿎게도 더러워 보였다. 씻어낼 수는 없는지라 묻은 흙이라도 탁탁 털어내 보았지만 깨끗해질 기미는 이미 물 건너간 듯 보였다. 정이의 울음 역시 잦아들지 않았다. 마혜에 묻은 세상의 짙은 때만큼이나 가슴이 얼룩지고 아려왔다.

'울지 마라, 정아……'

전할 수 없는 태도의 간곡한 한마디가 조용히 마당을 울린 뒤 밤안개와 함께 흔적도 없이 사그라졌다.

고래 등 같은 넓은 기와집이었다. 한성의 북쪽, 동궐과 북궐사이 고관대작들과 왕실의 종친 사대부들이 즐비한 북촌에서도 최충헌의 사저는 천하제일의 운치를 뽐내고 있었다. 겹겹이 쌓인 기와는 세월을 머금은 와장瓦匠의 손길이 닿아 있었고 마치 나무가 원래의 그리 자라듯 대청마루의 목재는 대목장의 손길이 남아 있었다. 신시가 넘은 때에 최충헌의 부름이 있었다. 달갑진 않았

---

64) 삼이나 노로 짚신처럼 삼은 신

으나 피할 이유도 없었다.

"무엇이 걱정이십니까?"

술 한 잔 목구멍에 털어 넣은 최충헌이 반상이 부서져라 술잔을 내려놓고 말했다.

"소탐대실이 아닌가! 송사리 한 마리 잡으려다 대어를 놓치고만 격일세!"

"설마하니 유을담의 여식이 어심에 족하는 그릇을 만들 수 있다…… 그리 생각하시는 것입니까? 제가 확실히 말씀드리지요. 절대 불가합니다!"

최충헌의 매서운 눈빛이 강천을 파고들었다.

"만에 하나, 만에 하나 그리된다면…… 유을담과 그 여식은 두말할 필요 없고, 광해군의 죄까지 스리슬쩍 묻히고 말 것이네. 하니…… 자네의 말이 맞아야 할 게야. 반드시!"

피식 하고 마풍의 입가에 걸린 실소가 바람을 타고 새어 나왔다. 다만 병풍 너머 두 사람에게 들릴 정도는 아니었다. 두세 해는 묵혀 두었다 꺼낸 듯 병풍 뒷면의 쾌쾌하고 습한 기운이 마풍의 콧구멍을 타고 폐부까지 차고 들어 숨쉬기가 여간 불편한 게 아니었다. 이대로는 일다경도 못 버틸 것이라 자신을 다그칠 때야 강천이 문 밖을 나서는 소리가 들려왔다. 숨을 되찾기도 전 술잔을 마저 비운 최충헌의 한층 굳은 목소리가 마풍의 귓속으로 빨려 들어왔다.

"그년 발목을 필히 잡아 두어야 한다. 사흘이면 충분할 것이
니……."

그년이라 함은 근자 들어 주인의 심기를 어지럽힌 한 여아를
말함이리라. 아니, 열다섯이나 먹은 계집아이라면 여인이라 불러
야 하나. 슬쩍 허리에 찬 왜검을 뽑자 눈이 부신 검광이 눈동자에
부딪쳐 흩어졌다. 어쩌면 오늘, 이 검을 쓰게 될지도 모른다. 피
비린내를 발하는 어지러운 암흑이 한층 더 깊어지는 밤이었다.

일각을 쉼 없이 걸어 당도한 을담의 집은 쥐죽은 듯 고요했다.
고양이 발로 조심스레 청마루에 올라서서는 잽싸게 문고리를 잡
아당기며 칼날을 빼들었지만 텅 빈 방이 마중을 맞이했다.

'잘못 짚은 겐가.'

지금쯤이면 그저 방에 틀어박혀 눈물을 쏟고 있을 거라 짐작
한 터였다. 그때였다. 어디선가 시작된 여인의 흐느낌이 바람을
타고 전해졌다. 조심스레 소리를 따라갔다. 자그마한 공방에서
나오는 소리였다. 덜거덕, 문을 열어 보았으나 잠겨 있었다. 안을
살피기 위해 벽담을 돌아 작은 공방 창틀에 눈을 붙였다. 옹기며
그릇이며 흙덩이들이 어지러이 널려 있었지만 사람의 인기척은
보이지 않았다.

'분명 이곳일 텐데……..'

마풍의 눈빛 아래 유일한 사각지대에 정이가 바들바들 떨며 서 있었다. 숨을 쉴 수도 없었다. 뒷간을 가려고 문을 여는 찰나 맹수 같은 눈빛의 사내가 보였다. 허리엔 칼을 차고 있었다. 본능 적으로 제 목숨을 취하러 왔음을 알 수 있었다. 공방 안은 몸을 숨길 곳이 마땅히 없었다. 조심스레 문을 잠그고 창틀 아래 몸을 붙였다. 사내의 발자국 소리 또한 문에서 다시 창틀로 이어졌다. 숨을 멈추고 기다리길 발자국 소리가 물러가더니 이내 사라졌다. 멎은 심장이 다시 요동쳤고 힘겹게 숨을 토해 냈다. 한데 그 순간 문틈으로 독사 대가리마냥 서슬 퍼런 칼날이 조용히 들어섰다. 심장이 출렁 내려앉았고 심중 목소리가 연신 메아리쳤다.

'오라버니! 구해 줘! 태도 오라버니!'

이렇다 할 찬바람이 옆구리를 스친 것도 아니건만 밤하늘을 올려다보면 을씨년스런 날씨라는 말이 제법 어울릴 듯했다. 좀 전까지 길동무를 해 주던 달빛이 옻칠로 그려낸 칠흑에 뒤덮이 고, 암운은 당장이라도 천둥을 내리칠 듯 꾸물거리며 그 화를 들 썩였다. 기분 탓이겠지 하며 부러 시선을 아래로 내리깔았다. 이 리 발길을 재촉하는 것은 소녀의 가여움 아닌 스스로에 대한 위 로였다. 일이 어찌 끝날런지 몰라도 만에 하나 을담이 살아 돌아

온다 해도, 소녀의 가슴에 광해가 쏟아 부은 상처의 깊이가 얼마나 될 런지 모를 일이었다. '잃어버린 어미를 찾고 싶어 그리 하였습니다.' 선조에게 고하던 정이의 음성이 바람에 실려 광해의 누기 어린 가슴을 쓸었다. 어찌 그런 심정으로 잠을 이룰 수 있단 말인가. 뜬 눈으로 밤을 지새울지언정 먼발치에서라도 그 아이 곁에 있어주고 싶었다. 혼자가 아니라고, 그리 마음으로라도 전해 주고 싶었다. 용기를 준다면 과욕일 테고, 그저 작은 의지의 불씨라도 되고픈 마음이었다. 그런 마음이 광해의 발길을 이리 인도했다. 한데 어찌 걸음은 더 느려지고 더디어 지는지 모를 일이었다. 괜한 자격지심이 광해를 뒤에서 끌어당겼다. 네가 갈 자리가 아니다. 그리 광해의 맘을 타이르고 아울렀다.

칼날이 정이의 목을 더듬고 있어 옴짝달싹할 수 없었다. 복면 사이로 보이는 사내의 눈빛은 그저 독사의 그것이었고 목소리는 염라대왕의 것이었다. 사내의 우악스런 손길이 정이의 입을 틀어막고 두 손을 동여매었다. 소리를 지르기는커녕 숨을 쉬는 것도 힘들었다. 손끝의 떨림이 그대로 가슴까지 전해져 왔다. 쿵쾅거리며 쉼 없이 뜀박질 하는 심장도 팔딱거리다 못해 그대로 튀어나와 숨이 멎을 것만 같았다. '궁지에 몰린 쥐는 호랑이라도 무는 법이다.' 아비의 말이 다 헛된 것임을 절감하는 순간이었다. 호랑이를 물기는커녕 앞에 서 있는 자의 눈을 쳐다만 봐도 질식할 것 같았다. 자신을 들춰 업는 사내에게 몸을 맡기고 공방을 나설 때였다. 이대로 사라졌다가는 을담의 안녕은 둘째치고 제 목숨도 담보할 수 없었다. 힘껏 발을 차자 문 옆으로 늘어선 진열장에 닿았다. 우당탕탕! 옹기며 그릇들이 쏟아졌고 멈칫한 마풍의 발길이 이내 쏜살처럼 빨라져 이내 어둠 속으로 사라졌다.

"이곳엔 어찌 오셨습니까?"

짧고 굵은 음성, 질문을 가장한 경고였다.

"내가 오지 못할 곳에 온 것이냐?"

광해의 대답에 태도의 입매가 더욱 가늘어졌다. 뭐라 쏘아붙일 말은 열 마디도 더 되었지만 입을 열진 않았다. 그저 정이의 눈물이 그치기만을 기다리던 제 심정이나 이곳까지 발걸음한 광해의 맘이 그리 다르지 않을 것이리라. 태도는 입을 닫았다. 그리고 애써 태연히 광해의 곁을 지나쳐 갈 심산이었다. 그때 기괴한 소리가 들렸다. 와장창창! 을담의 공방에서 불어온 소음이었고 그릇한두 개 깨지는 소리가 아니었다. 을씨년스런 암운만큼이나 불길한 기운이 풍기는 소리에 두 사람의 시선이 마주쳤다.

'촌각을 다투는 위급이다!'

시위를 벗어난 화살처럼 두 사람의 인영이 거의 동시에 튀어

나갔다.

  작은 사금파리 하나를 손에 꼭 쥐고 있었다. 날카로운 사금파
리는 연신 정이의 손목을 덮고 있는 오라를 끊고 있었고 보이지
않음에 손목에도 연신 혈선이 그어졌다. 오라가 먼저 끊어질지
손목에서 흘러나온 핏물에 정이가 먼저 정신을 잃을지 알 수 없
었다. 손목에서 떨어진 핏방울이 툭, 툭 흙바닥에 떨어졌고 한순
간 두 손을 꽁꽁 묶고 있던 줄도 두 갈래로 끊어져 스르르 바닥
에 떨어졌다. 그저 작고 미세한 그 변화에 마풍이 멈춰 섰다. 그
러곤 천천히 어깨에 둘러멘 정이의 얼굴을 응시했다. 정이의 눈
동자가 요동치고 있었다.

  '만에 하나 일이 틀어질 경우…… 목숨을 거두어라.'

  최충헌의 목소리가 귓전에 맴돌았다. 이내 무겁던 입이 열렸다.

  "예서 죽고 싶은 게냐?"

  심장이 멈출 듯했고 숨을 쉴 수가 없었다. 단지 살고 싶은 욕망
이 용솟음쳤다. 그 욕망이 정이의 손을 움직였다. 작은 사금파리
조각이 마풍의 눈동자에 박혔고 정이는 바닥에 내동댕이쳐졌다.
그럼에도 작은 신음소리조차 흘리지 않았다. 덜덜 떨리는 두 다
리를 겨우 지탱한 정이가 슬금슬금 뒤로 물러섰다. 그때 태도의
목소리가 들렸다.

"정아! 정아!"

태도의 목소리에 마풍의 고개가 돌아간 그 순간, 정이는 잽싸게 풀숲으로 사라졌다.

"진정 어리석은 년이로구나."

마풍이 천천히 풀숲으로 들어섰고 이내 그 자리를 광해와 태도의 그림자가 들어섰다. 흙바닥에 떨어진 몇 점의 핏방울이 보였다. 핏방울을 훔쳐 비빈 광해가 말했다.

"채 마르지도 않았다."

이내 광해의 시선이 풀숲을 향했다.

"저쪽……."

광해의 입이 채 닫히기도 전 태도는 풀숲으로 사라지고 있었다.

칠흑의 어둠이 한줌의 틈도 없이 산을 가득 메우고 있었다. 어둠에서 벗어나기 위해 달렸지만 쉽게 떨쳐 버릴 수 없었고, 저 멀리 보이는 옅은 불빛만이 정이를 향해 구원의 손짓을 보내고 있었다. 점점 무거워지는 두 다리를 이끌고 가까스로 빛 속에 다다랐지만 부풀었던 희망이 찰나에 절망으로 바뀌고 말았다. 정이의 시선이 나락으로 떨어지는 폭포수에 닿아 있었다. 마치 구원의 빛인 양 반짝이던 것은 하늘에 떠 있는 만월이 폭포수에 비친 것이었다. 마른 침을 삼키고 높이를 가늠하기 위해 절벽 끝으로 빠끔히 목을 내어 보지만 도저히 엄두가 나지 않는 높이였다.

"고통이 따르진 않을 것이다."

커다란 소리를 내며 쏟아지는 폭포수의 소리에서도 마풍의 목소린 너무나도 또렷이 들렸다.

"대체…… 대체 왜 이러시는 겁니까? 뉘신데…… 뉘신데 저한테…….”

절망 가득한 정이의 외침에도 마풍의 눈빛은 흔들리지 않았다. 한 걸음씩 정이에게 다가오며 천천히 검을 빼들었다. 사위를 살폈지만 절벽 아래로 뛰어드는 것 말고는 생로가 보이지 않았다. 피에 굶주린 마풍의 칼날이 정이의 그림자에 닿는 순간 거친 호흡을 토해 낸 사내의 그림자가 들어섰다. 부릅뜬 두 눈동자에 분노가 어려 있었고 한손엔 검을 쥐고 있었다.

"오라버니…….”

거칠어진 숨을 고를 틈도 없이 태도의 날선 검이 마풍을 향해 나아갔다. 이내 검이 부딪쳤고 시퍼런 검광이 어둠을 갈랐다. 생전 처음 겪어 보는 검술이었다. 빠르고 강했으며 유연했다. 전심전력을 다하고서도 마풍의 검을 막는 데 급급했고 그 와중에도 일각에 선 정이가 신경 쓰여 몇 합을 겨루지 않음에도 몸 곳곳에 작은 선혈이 생겨났다. 북풍의 한기를 머금은 마풍의 검이 연신 태도의 목을 덮쳐 왔고 이내 가슴을 베고 지나갔다. 긴 혈선이 옷자락에 스며들었다. 깊지 않은 상처였으나 연이은 마풍의 검은 도무지 막아 낼 재간이 없었다. 그 절체절명의 순간에 허공을 가른 단검이 날아들었고 마풍을 멈추게 만들었다. 창! 너무도 청명한 검명劍鳴이 산을 울렸고 이어 광해가 터벅터벅 두 사람 곁으로 다가섰다. 예상치 못한 행로에 마풍의 인상이 구겨졌다.

"뉘신지 모르겠으나 이쯤에서 모른 척 물러서시는 게 어떻겠습니까?"

가당치도 않은 표정의 광해가 대꾸했다.

"네놈이 눈이 멀고 간댕이가 부어 명을 재촉하는 게냐?"

휙 칼을 뽑아든 광해의 발길은 멈춤 없이 마풍을 향해 다가갔고 분노 어린 목소리도 쉼이 없었다.

"저 아이 털끝이라도 건드리는 날엔 너 또한 성치 못할 것이다. 내 약조하마. 대대손손, 삼대 사대 오대까지 그 죗값을 물을 것이다!"

그 순간 마풍의 손끝을 떠난 표창이 광해의 면전에 날아들었고 태도가 저도 모르게 소리쳤다.

"마마!"

광해가 간신히 표창을 피했지만 목젖 옆으로 가는 혈선이 그어졌다. 입꼬리를 늘어트린 마풍이 다분히 위협적인 음성을 내뱉었다.

"마마? 보아하니…… 광해군마마시군요."

손가락으로 스윽 목의 혈선을 닦아 낸 광해가 코웃음을 치곤 화답했다.

"오냐, 내가 광해군이다. 한데 아느냐? 일국의 왕자에게 칼을 들이댔으니, 너는 이렇든 저렇든 죽은 목숨이다. 하나…… 내 네 놈의 마지막 살길을 열어 주지. 이대로 조용히 사라져라. 하면 네 놈 목숨만큼은……."

마풍은 연신 정이를 곁눈질하고 있었다.

'저 아이만 죽으면 끝이지 않은가.'

광해의 목소리가 끊기기도 전에 마풍의 검이 정이를 향해 날 아들었다. 거의 동시 광해와 태도가 몸을 날려 마풍의 검세 안으 로 뛰어들었지만 이미 예상한 듯 몸을 뉘여 두 사람의 검을 비껴 낸 마풍의 검이 정이의 목을 찔러 들어갔다. 그 찰나의 순간에 정 이가 뒤로 두 걸음 물러서지 않았다면 꼼짝없이 마풍의 검이 여 린 목젖을 뚫고 들어갔을 게다. 하나 다만 그것으로 끝이 아니었 다. 정이의 발이 허공을 밟고 있었다. 마풍의 검은 피했지만 절벽 아래로 추락하는 것은 피할 수 없었다.

"정아!"

정이의 몸은 폭포수 아래로 떨어졌고 마풍은 어둠 속으로 사 라졌다. 태도의 비명 소리가 아득히 귓전을 울렸다. 달려드는 태도를 칼로 막아선 광해가 소리쳤다.

"저놈을 쫓아라. 지옥 끝까지!"

입이 채 닫히기도 전에 광해의 몸도 허공에 떠 있었다. 그러곤 이내 폭포수를 향해 떨어졌다. 머리끝까지 치솟은 분노를 삼킨 태도의 시선이 어둠을 향했다.

'죽일 것이다! 반드시……!'

물속에 빠져드는 순간 날선 기습의 칼날이 몸을 베는 듯한 고통이 뒤따랐다. 다행 중 다행이라 그 짙은 어둠 속에서 정이의 옷자락이 잡혔다. 정이의 손목을 낚아 챈 광해가 수면 위로 떠올라 거친 숨을 토해 냈다. 물에 빠진 생쥐 꼴로 기다시피 뭍으로 나와 정이를 눕혔다. 혼절한 듯 숨을 쉬지 않고 있었다. 이렇고 저렇고 할 여유가 없었다. 광해의 입술이 정이의 입술을 덮었고 두 번, 세 번 숨을 불어 넣자 정이가 울컥 물을 토해 냈다. 팽팽했던 긴장감이 삽시간에 풀어지며 털썩 드러누웠다. 옆으로 정이의 얼굴이 보였다.

'다행이다, 그래도 이리 살았지 않으냐…….'

스스로를 위로하였지만 진득한 의문이 들었다.

'누구냐, 누가 감히 어명을 거역하고 살심을 품었단 말인가!'

검명은 노래하고 검광은 춤을 추었다. 짙은 어둠 속에서 쫓고 쫓기다가 이내 검이 부딪쳤고, 또다시 쫓고 쫓기기를 일각이 넘어설 때였다. 너 나 할 것 없이 전신에 혈선을 머금은 두 사내가 서로의 목을 향해 검을 치켜세우고 있었다.

"헉…… 헉…… 대체 언제까지 쫓을 셈이냐?"

"헉…… 헉…… 배후가 누구냐…… 무슨 연유로 살수를 펼치는 게야……."

"난 그저…… 죽이라면 죽이고…… 죽으라면 죽을 몸이다…… 이쯤에서 돌아서라. 두 번 다시 마주칠 일은 없을 게다."

"그 말을 어찌 믿으란 말이냐! 오늘 반드시 네놈의 숨통을 끊을 것이다!"

그때 불현듯 마풍이 검을 회수하곤 말했다.

"걱정되지 않는 것이냐? 폭포수 아래로 떨어진 그 아이……."

"……."

태도의 시선이 어둠의 저편을 향하자 마풍의 말이 이어졌다.

"내 목을 걸고 약조하지. 두 번 다시 그 아이는 건드리지 않는다."

마풍은 어둠 속으로 사라졌고 태도도 발길을 돌렸다.

태도의 발소리에 광해가 몸을 일으켰다. 걱정 가득한 태도의 시선이 죽은 듯 뉘인 정이를 향했다.

"충격에 잠시 혼절한 것뿐이다."

천천히 걸음을 뗀 광해가 태도의 옷깃을 스치며 말했다.

"저 아이를 지켜 주거라. 나는 잠시 들를 곳이 있으니……."

태도의 분노 어린 눈빛이 광해를 향했다.

"그래, 나도 잘 알고 있다. 이 모두가 나로 인해 생긴 일. 하나 너도 그리 무관하지는 않으니, 너무 그런 눈빛으로 보지 말거라."

선뜻 이해가 되지 않았다. 무슨 뜻이냐며 광해에게 물으려 했으나 광해는 이미 저만치 사라지고 있었다.

차가운 어둠이 내린 밤에 유희와 향락이 울려 퍼졌다. 그 아래로 광해가 들어섰다. 옥관자도 녹피혜도 없고 군데군데 찢기고 젖어 볼품없는 모양새였다. 기방의 뒤를 봐주는 왈패들이 등장해 으름장을 놓았지만 서슬 퍼런 칼날이 왈패의 상투를 베어 버리자 득달같이 달려들던 왈패들이 슬금 뒷걸음질쳤다.

"잠시 자리 좀 비켜 주시지요."

풍악과 웃음소리로 가득한 방 안의 문짝을 부실 듯 열어젖힌 광해의 목소리였다. 기생들을 옆구리에 낀 조정의 신료들이 한껏 달아오른 분위기에 흥을 돋우고 있는 터였다. 광해의 등장에 마치 저승사자라도 본 듯 썰물처럼 빠져나갔다. 터벅터벅 걸어간 광해가 최충헌 코앞에 앉아서는 술병을 손에 쥐어 말했다.

"내 한잔 따라 주어도 되겠소?"

잔뜩 긴장한 최충헌이 술잔을 잡으며 화답했다.

"영광이옵니다. 마마……."

피식 미소를 흘린 광해가 술을 따르며 말했다.

"대감도 알지 않소? 내가 아무에게나 술을 건네는 값싼 이가 아니란 사실…… 그러니…… 한 방울도 흘려선 아니 될 것이오."

하는데 이미 술잔이 넘치고 있었고 최충헌의 표정이 삽시간에 딱딱히 굳었다.

"이런…… 잔이 넘치지 않았습니까? 우선 한 잔 드시구려."

최충헌이 천천히 잔을 들어 입에 털어 넣은 후 잔을 내려놓자 광해가 다시 술을 부으며 말했다.

"과유불급이라…… 과한 것은 언제나 모자람 보다 못한 법 아니겠소이까?"

"무슨 말씀이시온지……."

순간 광해가 술병을 휙 던졌고 벽에 부딪친 술병이 산산이 부서졌다.

"선을 지키란 말입니다. 앞뒤 안 보고 죽자고 덤비면 누가 손해일지 한 번 더 잘 생각해 보시고. 아시겠습니까?"

"……!"

일갈을 내뱉은 광해가 곧장 문을 박차고 사라졌다. 홀로 덩그러니 남은 최충헌은 모멸감에 치를 떨었다.

"건방진 놈 같으니······!"

손에 쥔 술잔을 털어 넣은 최충헌이 나직이 읊조렸다.

"잠시 도성을 떠나 부름이 있을 때까지 부산포 왜관에서 은신하고 있도록 해라."

어둠의 저편에서 짧고 굵은 목소리가 새어 나왔다.

"예, 대감."

폭풍처럼 지나간 하루였다. 정이를 뉘이고 청마루에 앉은 태도의 시선 끝에 초라하기 그지없는 광해가 서 있었다. 예를 갖추지도 않았고, 갖출 맘도 없었다. 그저 냉랭한 태도의 시선에 광해는 차분히 미소를 머금었다.

"아느냐?"

"무엇을 말입니까."

"태조발원문자기를 복원하는 조건으로 한 가지 소원을 청하였다."

"알고 있습니다."

"하나, 중간에 그 소원이 바뀌었지. 그도 아느냐?"

몰랐던 사실이었다. 태도의 침묵에 광해가 말을 이었다.

"오라비 김태도를······ 무관이 될 수 있게 해 달라, 그리 청하였다."

"……!"

기필코 상상치도 못한 일이었다. 어찌 그런 청을 올린단 말인가. 정이의 아둔함에 혀를 차면서도 자신을 생각해 준 마음에 울컥 눈물이 솟구쳤다. 그 순간 털컥, 방문이 열렸다. 무표정한 정이가 서 있었다. 천천히 마루를 내려 선 정이가 광해와 태도를 지나쳐 갔다.

"정아……."

태도가 정이의 손을 잡으려 했으나 광해가 이를 막았다.

"알지 않느냐? 결코 포기를 할 아이가 아니다."

넋을 잃은 듯한 무심한 시선이 공방을 훑었다. 그러곤 가장자리에 있는 문갑을 열어 조악한 질그릇 하나를 꺼내었다. 한참동안 그릇에 빠져 옴짝달싹 않다가 천천히 그릇을 뒤집었다. '초선蕉瑔' 어미의 이름 두 글자가 덩그러니 박혀 있었다. 무겁게 닫혀 있던 정이의 입이 가늘게 열렸다.

"어머니……."

줄곧 흐렸던 눈빛이 어느새 맑고 총명했던 과거의 눈빛이 되어 있었다. 손끝에 꼬박이 잡혔고 이내 물레가 돌아가기 시작했다. 뻑뻑한 듯 잘 돌지 않던 물레가 구르는 발에 맞추어 속도를 더해 갔다. 힘이 빠진 다리에 감각이 끊어지고, 손과 흙의 경계가 구분되지 않으며, 공방 창에 스며 들어오는 것이 햇살인지 달빛인지 분간되지 않을 때가 돼서야 겨우 그릇 같은 모양이 나왔다. 딱딱하게 굳어 버린 어깨를 풀고 몸을 일으켜 세우고서야 하룻밤을 꼬박 물레 앞에 앉아 있었음을 알았다. 공방을 나서자 옹기 가마 꼬리에서 검은 연기가 치솟고 있었고 봉통의 열기가 얼굴 한가득 전해졌다.

"마마…… 오라버니……."

시커먼 재가 얼굴 한 가득한 두 사내가 함박 미소를 머금고 있었다. 그제야 기대치도 않은 실낱 같은 희망이 가슴 저편에서 꿈틀 고개를 내밀었다. 어깨를 짓누르고 있던 절망이 사라지고 염원의 광명이 날개를 펴듯 치솟았다.

6장
그릇의 노래

❧

그릇을 품은 자, 벼랑 끝에 핀 한 송이 이름 없는 꽃이라.

진시辰時에 을담의 집 앞에 초라한 보교步轎가 들어섰다. 공주
옹주가 타는 덕응德應도 아니고 연지곤지 새색시 꽃가마도 아니
었으나 들꽃처럼 자란 정이에겐 기대치도 못한 옥교玉轎이리라.
교꾼의 종종걸음에 조금은 횡해 보이는 육조거리를 지나 광화문
에 당도하자 큼지막한 현판 아래 보교가 멈춰 섰다. 떨리는 심장
을 추슬러 보교에서 몸을 빼자 기다리고 있었던 듯 유독 얇은 입
술이 눈에 띄는 내관이 서 있었다.

"따라오너라."

먼발치에서만 봐 오던 궐의 으리으리한 전각이 정이의 눈 속
으로 빨려 들어왔고 앞서 가는 내관의 목소리가 나직이 들렸다.

"상감전하를 뵈올 때는 임금마마가 아니라…… '전하' 하고 아

266

뢰거라."

얇고 도톰한 입술이 연신 꿈틀거렸다.

"전하······ 전하······."

　

春眠不覺曉춘면불각효

處處聞啼鳥처처문제조

夜來風雨聲야래풍우성

花落知多少화락지다소.

(봄날 잠에 취하니 어느새 아침이라,

곳곳마다 지저귀는 새소리 가득하네.

밤새 비바람 소리 요란하더니,

꽃잎은 또 얼마나 떨어졌는가.)

　

　

당대의 맹호연孟浩然은 평생 벼슬을 멀리하고 살았다. 매화를
유독 좋아하여 초봄이 되면 장안 동쪽의 설산에서 매화꽃을 찾아
다녔다 한다. 긴긴 찬 겨울을 버텨낸 매화꽃이 광화문을 훑고 넘
어온 춘삼월 삭풍에 흔들리자 한 가지 품을 떠난 꽃잎이 건춘문
建春文과 영춘문迎春門을 지나 신주문까지 닿아 그윽한 내음을 사
방에 퍼트렸다. 와제瓦製와 토우土偶들이 교태전에 만발한 진달
래를 품평하는 듯했고 낙화담과 함월지涵月池는 엄동설한을 떨쳐

낸 봄의 선경을 마음껏 뽐내고 있었다. 천지 사방에 봄꽃이 피고 향음이 가득한 이곳, 구중궁궐의 중심이며 조정의 대소사가 물결치는 사정전이었다. 근정전의 옆 행각行閣을 따라 걷던 내관의 발걸음이 멈춰 섰다. 심장이 터질 것 같았다. 유정이라는 한낱 계집이 왕이 사무를 보는 사정전에 발을 내딛는 순간이었다.

"광화문을 통과했다 하옵니다."

약간 격앙된 내관의 통이었다. 그저 처연한 눈빛으로 경회루 연못에 비친 제 얼굴을 처연히 보고 있었으나, 어쩌면 오늘, 저로 인해 죄 없는 목숨이 형장의 이슬로 사라질지도 모른다는 죄책감이 연신 심장을 쥐어짜고 있었다. 그것을 차마 마주할 용기가 나지 않아 신시까지 편전에 들라는 어명을 어긴 채 이리 경회루를 서성이고 있었다. 어디서부터 잘못된 것일까. 제향소에 가지 않았다면, 어설픈 우애를 앞세워 임해의 실수를 감싸지 않았다면, 파자된 자기를 들고 을담을 찾지 않았다면. 거절당했던 그때 멈췄어야 했다. 턱까지 들이찬 숨을 몰아쉬는 정이를 냉정히 돌려세워야 했다. 그리하였다면 모두가 끝날 일이었다. 사안의 원흉인 자신은 멀쩡하고 죄 없는 이들의 목숨만이 경각에 달리고 말았다. 모든 게 본인의 탓이었다. 입에서 실소가 나왔다. 연못 아래 비친 자신을 향해 보낸 비웃음이었다.

'그래도 마주보기는 해야겠지…….'

무거운 광해의 발길이 편전으로 향하였다.

떨리는 손끝으로 치마를 가벼이 잡아끌어 편전에 올라서자 숨이 막힐 듯한 사정전의 위용 아래 문무백관의 매서운 눈빛이 정이의 말간 눈동자를 바늘마냥 파고들었다. 그럼에도 곱게 빗질한 공단결 아래 맑고 영롱한 얼굴빛은 편전을 훤히 밝히었고, 도독하게 오른 젖가슴 아래로 푸른 치마를 늘어트린 자태가 옥류천 물빛마냥 청초하게 흘러 가히 하늘에서 내려온 선녀 같았다. 감탄을 자아내는 여아의 자태에 신료들이 탄식을 내뱉었고 예를 갖추어 앉아 고운 두 손에 받아 든 그릇을 상선에게 건네자 무미건조했던 선조의 얼굴에 묘한 동함이 있었다. 그럼에도 편전 가득한 신료들의 시선은 절로 오금을 저리게 만들었다. 어좌에 앉은 선조를 바로 보지 못한 채 그저 선조의 발아래만 쳐다보는데도 천근을 머리에 인 듯 고개는 바닥에서 떨어질 줄을 몰랐다. 감정 없는 선조의 음성이 낮게 깔리었다.

"질그릇이라……."

그릇 안에 잘 말린 국화꽃이 들고 이내 뜨거운 물이 부어졌다. 그릇에 물이 그득하길 지켜 본 선조가 강천을 향해 물었다.

"어떠한가?"

잠시 그릇을 살핀 강천이 깍듯이 예를 갖추어 화답했다.

"거칠고, 투박하며, 또한 조잡하옵니다."

감정 없는 메마른 목소리가 바짝 긴장하고 있던 정이를 더욱 조바심 나게 만들었고 동하듯 고개를 끄덕인 선조가 그릇을 살피며 나직이 읊조렸다.

"분명 거칠고…… 투박하며…… 조잡하다……. 한데…… 겉면은 또 어찌 저러한가."

그릇 가득히 알 수 없는 얼룩이 졌고 모래를 뿌려 놓은 듯 까칠까칠한 점이 무수히 덮고 있었다. 매섭게 쏘아보던 강천이 말했다.

"그릇에 쓰인 유약에 염분이 과한 듯 보이옵니다."

"염분이 과하다?"

의아한 표정으로 그릇을 살피던 선조의 시선이 정이를 향했다.

"너의 눈물이로구나……. 왜, 억울하였더냐?"

화들짝 놀란 정이가 급히 아뢰었다.

"아, 아니옵니다, 전하……."

잔뜩 긴장한 정이를 살핀 선조가 물었다.

"그래…… 이 그릇이 대왕의 품격에 어울린다 생각느냐?"

바싹 마른 입술을 열어 또랑또랑한 목소리로 답하였다.

"미천한 제가 어찌 전하의 품격을 논할 수 있겠사옵니까. 다만…… 농사꾼에겐 호미, 서생에게는 붓, 무인에게는 검, 이렇듯 필요한 것이 필요한 이의 손에서 필요한 일에 사용될 때 가장 어울린다……. 그리 생각하였사옵니다."

여전히 무표정한 선조를 힐끔 보곤 다시 말을 이었다.

"그릇이란, 거기에 무엇을 담든지 담은 것을 빛나게 해 주어야지 그릇 홀로 빛나서는 안 된다 생각하옵니다."

정이의 말에 반응하듯 그릇 안에 담겨져 있던 국화꽃이 물을 품어 만개하였다.

'제법 흉내를 내었던가.'

선조의 무심한 시선이 상선을 향하자 상선이 그릇을 소반에 담아 차분히 선조에게 전했다. 뜨거운 김이 모락모락 피어올랐다. 잠시 국화차를 살핀 선조가 세 모금을 목으로 넘긴 후 천천히 그릇을 내려놓았다.

"그릇이란 자고로 빚는 자의 마음이 깃들기 마련이지. 하나, 나는 분명 네게 세상에서 가장 아름다운 그릇을 만들어 오라 했느니……. 이 그릇은 부족하기 그지없다."

만에 하나였던 기대는 차갑다 못해 냉한 선조의 일갈에 여지없이 깨지고 말았다. 그럼에도 정이의 말간 눈동자는 포기하지 않았다. 연신 떨리는 손끝으로 치맛자락 밑단을 다잡아 화답하였다.

"전하, 소녀는 세상에서 가장 아름다운 것이 자식을 향한 부모의 마음이라 생각하였고, 자식을 향한 부모의 마음을 이 그릇에 담았사옵니다."

갸웃한 선조가 물었다.

"이 그릇 어디에 부모의 마음이 담겼느냐?"

"전하, 차를 다 드시었으면 그릇을 뒤집어 보시옵소서."

의아한 표정의 선조가 그릇을 뒤집어 놓자 그릇의 바닥과 굽이 눈에 들어왔다. 정이가 아뢰었다.

"굽의 모양과 그릇의 자태가 마치 여인의 젖가슴과 같으니…… 자식에게 젖을 물리는 어미의 마음과 같사옵니다."

지켜보던 신료 몇몇은 탄식을 흘렸고 또 몇몇은 어불성설의 궤변이라 혀를 찼다. 선조가 물었다.

"하면, 아비의 부정은 어디에 있는 것이냐?"

"아비의 마음은 그릇 전체에 녹아 있사옵니다."

의표를 찌르려는 선조의 물음이었으나 정이의 답변엔 거침이 없었다.

"콩을 태워 그 재를 유약으로 사용하면 그릇에 그와 같은 콩모양의 무늬가 새겨지옵니다. 재가 되어 사라진 콩이 고스란히 그릇에 남듯…… 자신을 희생해 자식을 빛나게 하는 아비의 마음이 곧 그릇과 같사옵니다."

정이가 만든 사발은 그리움이었다. 사무친 슬픔으로 흘러내린 유약은 곳곳에 스미고 고여 애처로운 눈물이 되었고, 구슬프고 애달픈 그 마음이 바닥까지 흘러내려 뭉치고 응어리졌다. 시작도 끝도 없이 제멋대로 휘어진 물레선은 벗어나랴 벗어날 수 없는 업보의 굴레였으며 낮고 낮게 깔린 굽은 기다림이며 또한 그리움이었다. 부모의 품을 그리워하는 어린 여아의 진심이 가슴 한편에 전해졌으나, 대왕은 대왕이라, 선조는 쉬이 현혹되지 않았다.

"설명은 그럴듯하나…… 중요한 것은 과인의 마음이다."

깊이를 알 수 없는 두려움이 전신을 감싸 안았다. 온몸에서 푸른빛을 발했다. 한겨울에 얼음을 깨고 냉수욕을 한 사람의 입술처럼 파란 빛이었다. 힘겹게 떨리는 입술을 열었다.

"마음에 드시지 않으시옵니까? 정녕 그러시옵니까, 전하?"

정이의 당찬 언사에 신료들이 혀를 차며 몸을 들썩였지만 선조가 일순 손을 저어 웅성거림을 걷어 냈다. 이어 눈썹을 매섭게 치켜세우며 말했다.

"과인이 지금 네게 농을 할 성싶으냐?"

퉁명스러움과 서늘함이 동시에 깃든 목소리에 정이는 그저 입을 닫고 말았다. 하나 살짝 떨렸고 봉긋봉긋 열릴 듯 말 듯 하다가 이내 침을 꿀꺽 삼키곤 당찬 음성을 내뱉었다. 실로 하늘이 무너지고 지축이 흔들릴 언사였다.

"하오면…… 전하께옵선 용상에 거하실 자격이 없으시옵니다!"

편전을 통째 흔들고도 남을 일갈이리라. 삼정승도 언성을 높이지 못하는 사정전에서 한낱 계집이 소리치고 있었다. 해일처럼 쓸어 닥친 충격에 신료들조차 벌어진 입을 다물지 못하였으나 선조는 그저 떨리는 눈빛을 감추려는 양 지그시 눈을 감았다. 편전의 공기가 무겁게 가라앉았고 뒤이어 숨 막히는 적막이 편전을 휘감았다. 광해도 강천도 그저 충격에 빠져 옴짝달싹 못하였다. 다만 최충헌의 심기만큼은 불편하다 못해 머리끝까지 화가 되어 치솟고 있었다. 있을 수 없는 일, 계획에 없던 일이었다. 최소한 사인검을 뽑아 내던지진 않더라도 장계 몇 개는 집어던졌어야 할 상황이었다.

'한낱 계집이, 사대부도 아니고 양반도 아닌, 한낱 사기장의 여식이 용상에 거할 자격이 없다 하였거늘……. 대체 임금이란 자가 무슨 생각이 있어 저리 침묵한단 말인가!'

그때 선조가 눈을 떴다. 차갑게 굳은 눈빛엔 한기가 내려앉았고 무심하던 만면이 주체할 수 없는 듯 파르르 떨렸다.

"네가 감히 국왕인 내게 용좌에서 비켜나라 청하는 것이냐?"

벼락같은 분노가 한순간 편전 가득 내려앉았고 정이의 심장이 툭 떨어지고 말았다. 선조의 음성이 이어졌다.

"어찌 말이 없는 것이냐! 어서 고하거라!"

예서 주저앉을 수도 물러설 수도 없었다. 산산이 흩어진 기운을 한데 모아 힘주어 화답하였다.

274

"……전하께옵선 백성들의 어버이시옵니다. 어미의 눈물을 닦아 주시고 아비의 노고를 치하하여 만백성에게 선정을 베푸셔야 할 국왕이 아니시옵니까……."

하늘 아래 가장 높은 곳이리라. 구름 위에 걸치어 참수리의 날갯짓으로도 닿을 수 없고 태산을 옮기는 바람조차 쉬어 넘는 곳, 그 벼랑 끝에 한 송이 이름 없는 꽃이 피었다. 치맛자락을 꼬옥 움켜쥔 두 손만큼 목소리도 떨리었다.

"전하께 올린 소박한 그릇엔…… 콩 하나를 위해 일 년을 땀으로 일군 농민의 일평생이 녹아 있사옵니다. 가여운 백성의 아름다움을 보지 못하신다면…… 전하께 올린 소박한 그릇은 그저 볼품없는 사발에 지나지 않을 것이옵니다."

작열하는 햇살에 한껏 달아올랐다가도 비가 쏟아지면 이내 온몸으로 머금어 삼키고, 쉼 없는 바람에 제 몸을 맡겨 거친 바위틈에 뿌리를 내렸다. 그 이름이 유정이라, 사정전 가운데 홀로 선정이의 신세가 실로 벼랑 끝에 뿌리를 내린 꽃 한 송이였다. 할 말은 그것이 전부인 듯 빳빳이 들었던 고개를 천천히 숙였다. 새파랗다 못해 흙빛으로 물드는 것이 당연지사이건만 정이의 낯빛엔 묘한 처연함이 깃들어 있었다. 바늘 하나가 떨어져도 우레 소리를 낼 만한 정적이 편전을 휘감았고 무겁게 닫혀 있던 선조의 입이 나직이 열렸다.

"만백성을 두루 살피는 성군이 되라? 어린 네가 지금 나를 가르치려 드는 게냐?"

화들짝 놀란 정이가 급히 아뢰었다.

"아, 아니옵니다 전하. 천부당만부당한 말씀이시옵니다."

그저 무미건조한 표정의 선조가 혼잣말을 하듯 읊조렸다.

"확신이 들지 않는다……. 너의 이 같은 말들이, 과연 너의 가슴에서 나온 것인지……. 아님 그 머리에서 나온 것인지…….."

호흡을 가다듬은 정이가 화답하였다.

"소녀의 머리에서 그리고 가슴에서 나온 말이옵니다. 무고한 아비를 살리기 위해 죄를 지은 소녀가 벌을 받기 위해 나온 말입니다. 부디 현명하신 전하께옵서 이 모자란 소녀를 죽이시고…… 소녀의 아비를 구명하여 주시옵소서…….."

성심을 다한 읍소였다. 제 진심이 온전히 왕에게 닿을 수만 있다면 지금 당장 가슴을 갈라 보일 수도 있었다. 그 청명한 눈동자에 줄곧 무표정으로 일관했던 선조가 눈썹을 치켜세웠다. 하나 노기도 한기도 서리지 않은 묘한 빛을 머금고 있었다.

"한 가지만큼은 또렷이 보이는구나. 왕 앞에서 이리도 당당히 소신을 말할 수 있는 자. 순결한 마음과 때 묻지 않은 그 손끝으로 만든 그릇이…… 내 두 눈에 또렷이 보인다."

신료들의 눈빛에 당혹감이 가득하였고 작은 술렁임이 파문처럼 번져 나갔다. 매서운 눈초리로 신료들을 훑어 살핀 선조가 두루 하문하였다.

"말해 보라. 그대들은 어찌 보는가?"

도무지 어심을 가늠할 수 없었다. 이미 요절을 냈어야 할 소녀는 버젓이 눈앞에 살아 있었고 선조의 매서운 눈빛은 되레 자신들을 향해 있었다. 하여 침묵하였고 노기 서린 선조의 음성이 이어졌다.

"이것이 바로 조선이라는 나라, 그 나라의 대왕을 보좌하는 대신들의 모습이다. 진정 이 아이보다 진실된 자가 단 한 명도 없는 것이냐?"

하문이 아닌 호통이었고, 모두가 침묵으로 일관하는 때에 이조판서 최충헌이 말문을 열었다.

"전하, 저 여아는 한낱 조악한 기교로 신성한 시조제를 더럽혔으며, 조정을 기만하고 주상전하를 능멸하였사옵니다. 그 어떤 이유로도 결코 죄를 사할 수 없사옵니다."

최충헌이 먼저 선두를 치고 나가자 뒤이어 신료들의 목소리가 봇물 터지듯 터져 나왔다.

"참형에 처하시옵소서!"

"종묘사직을 바로 세우소서!"

분주한 목소리가 편전을 가득 메워 정신이 어지럽고 혼란스러운 때에 선조의 일갈이 터져 나왔다.

"모두 그 입 다물라!"

일거에 술렁임을 걷어 낸 선조가 말을 이었다.

"태조발원문자기를 가져오라!"

준비하고 있었던 듯 상선이 소반에 태조발원문자기 사금파리를 올려 선조 앞에 내놓았다.

"보라, 그대들 눈엔 이 그릇이 그저 파자된 태조발원문자기로 보이는가? ……과인의 눈엔 이것이 현 조정의 모습이로다. 동과 서로 나뉘어 훈구와 사림, 척을 지고 편을 가르는 그대들처럼…… 산산이 부서진 이 나라 조선 말이다!"

신료들은 어찌할지 몰라 그저 당황했다. 선조의 일갈에 감히 반하는 말을 했다가는 태조발원문자기가 깨진 원흉의 죄까지 뒤집어써 뼈도 못 추릴 판이었다. 그들의 머릿속엔 오직 한 가지 사실만이 자리 잡았다. '소나기는 피하라!' 신료들의 침묵에 선조의 시선이 정이를 향했다. 이어 굵고 나직한 음성이 바닥을 훑고 정이에게 전해졌다.

"지금부터 판결을 내리겠다. ……네가 만든 이 그릇은 조악하기 그지없다. 거칠고, 투박하며, 대왕의 품격에 어울리지도 않는다. 하니 너희 부녀가 지은 죄, 달게 받아야 할 것이다!"

기저를 헤아릴 수 없는 절망이 슬며시 피어오르던 기대감을 단번에 짓눌렀고 정이의 말간 눈동자에 눈물이 그렁그렁 맺혔다.

'아부지…… 아부지…….'

그저 목멘 외침만이 심중에 메아리쳤고 매서운 선조의 눈빛이 천천히 광해를 향했다.

"우선, 혼이 너는…… 신성한 태조발원문자기를 파자한 것으로 모자라, 그 사실을 숨기고 몰래 복원하려 한 죄, 또한 시와 때를 가리지 않고 궐 밖을 왕래하며 죄 없는 부녀를 사지로 끌어들인 죄, 이 모두 참형을 받아 마땅하나…… 왕자인 신분을 감안하여 문외출송의 벌을 확정한다."

결국 이리되고 말았던가. 회한이 덮쳐 떨리는 다리를 주체할 수 없었다. 쓰러지듯 털썩 무릎을 꿇고 부복하자 매서운 선조의 시선이 다시 정이를 향했다.

"유정이라……. 너는 태조발원문자기 복원이라는 대역죄를 범하였고, 또한 감히 대왕 앞에서 용좌를 논하며 나를 농락하였으니, 그 죄까지 더하여 참형에 처할 것이다!"

눈앞에 다가선 죽음의 그림자에 순간 정이의 눈동자가 터질 듯 부풀어 올랐다. 그렁그렁 맺혀 있던 눈물이 뺨을 타고 흘러 턱끝에 맺혔다가 이내 저고리와 치맛자락으로 툭툭 떨어졌다. 구슬픈 여아의 눈물에 선조의 말이 이어졌다.

"너의 아비 죄인 유을담은…… 딸자식의 과오를 막지 못한 아비로서의 죄, 딸자식의 죄를 숨기려 조정을 기만한 죄! 역시 참형에 처해 마땅하다!"

원통함과 서러움 따위 떨쳐내면 그만이었고 제 죽음이야 그저 죄 값을 받는 것이니 또한 마땅하였으나, 을담의 참형만큼은 용납할 수 없었다. 부족한 자신으로 아비가 죽는 것만큼은, 그것이 대왕의 어명이라 하여도 인정할 수 없었다. 정이가 소리쳤다.

"전하……! 아니 됩니다! 제 아비만큼은 아니됩니다……!"

그때 최충헌의 일갈이 터져 나왔다.

"어허! 예가 어디라고 감히…… 겸사복장은 뭐하는 게요? 당장 저 사악한 계집을 옥사로 인도하고……"

그때 선조의 음성이 울려 퍼졌고 최충헌의 목소리는 허공에 흩어졌다.

"자중하라! 아직 짐의 판결이 끝나지 않았음이다."

멈칫한 최충헌의 시선이 선조를 향했다. 진정 전에 없던 신묘한 표정이라 순간 가슴 저편에 불안이 엄습했다. 최충헌이 조심스레 아뢰었다.

"판결은 이미…… 무슨 말씀이시옵니까, 전하……."

최충헌의 의아함에 아랑곳없이 선조의 시선은 그저 정이를 향해 있었다.

"네가 복원한 그릇이 조정 대신들의 본보기가 되었고, 아비를 살리기 위해 죽음을 무릅 쓴 너의 효성은 이 자리에 있는 모두를 탄복시켰음이 분명하다. 하여…….”

한 줄기 희망이 바람이 되어 정이의 가슴으로 날아들었다.

“이 나라 조선의 대왕, 임금의 자격으로 네 아비 유을담의 죄를 사하여 주겠노라.”

전심이 동한 감격이 너울져 있던 여린 음성을 파르르 떨리는 입술 밖으로 밀어 냈다.

“가…… 감사하옵니다, 전하……. 감사하옵니다, 전하……!”

어디선가 한 줄기 청아한 바람이 불어와 정이의 심장을 짓누르고 있던 상념의 잔상들을 모조리 흩어 버렸다. 편전을 가득 채운 인간의 이기와 탐욕조차 단번에 씻어내고도 남을 바람이었다.

“또한! 대왕의 품격에는 턱없이 모자라나…… 과인의 마음에는 세상 그 어떤 그릇보다 차고 넘치는 흡족함이 남았다. 약조한 대로 너의 죄 또한 사해 줄 것이다.”

있을 수 없는 일, 결코 상상조차 할 수 없었던 일이 편전에서 벌어지고 있었다. 정이의 작은 심장에서 시작된 작은 파문이 걷잡을 수 없이 커져 폭포가 되고 장강이 되어 편전 가득 너울거렸다.

“감사하옵니다……. 감사하옵니다, 전하…….”

그저 망부석처럼, 요지부동한 여아의 쉼 없는 탄복만이 메아리 쳤고, 경악 어린 좌중의 눈빛을 걷어 낸 선조의 시선이 천천히 광해를 향했다.

"혼이 너는, 문외출송의 명은 거두어 줄 것이나…… 당분간 근신하며 자숙하라."

가슴 저편에서 뜨거운 무엇인가가 치솟아 올랐다. 울컥 눈물을 쏟을 뻔하였으나 힘겹게 되삼킨 광해가 부복하였다.

"소자 혼, 지엄한 어명을 받드옵니다, 전하……!"

한 줄기 청아한 바람이 해일 같은 격랑을 거두어 간 그날 어둡고 축축한 구중궁궐이 한껏 숨을 쉬었다. 햇살은 눈부셨고 바람은 따스하였다. 그 바람을 타고 정이의 발길이 옥사로 향하였다. 부녀는 이내 서로를 얼싸 부둥켜안았다. 전심이 동하고 눈물에 너울진 희망이라는 씨앗은 의금부 옥사에서 새로운 삶을 잉태하였다.

"아부지…… 미안…… 이제 아부지 속 썩이고 말 안 듣고…… 이제 그러지 않을 거야……."

가득한 목매임에 알아들을 수 없는 말이었으나 정이는 무언가를 계속 주저리주저리 쏟아내었고 그런 여식의 대견함에 을담의 눈시울이 붉게 물들었다.

그날 밤 강천을 불러낸 이판이 이리 말하였다.

"자네가 꿰찬 자리가 태산이라도 된다 생각는가? 하루에도 열두 번 성정이 변하는 주상이시네! 그렇지 않은가? 을담 그치는 제쳐 두더라도 그 여식의 재주 또한 신묘하더군. 될성부른 나무는 떡잎부터 다른 법이라, 필시 자네는 물론 앞날 창창한 자네 자식까지 막아설 게야."

근심으로 포장된 비아냥거림이었지만 강천의 귀엔 협박으로 들리었다. 자신의 자리가 위태하면 언제든 바꿀 수 있다는 경고이리라. 강천은 그저 처연히 답하였다.

"한낱 어린 계집이 세 치 혀로 전하를 꾀었을 뿐입니다."

그러곤 근자에 입에 대지 않던 술을 만취하도록 마셨다. 그럼에도 유을담 이름 석 자는 지워지지 않았다. 진정 패한 것인가! 강천의 냉가슴이 낯선 굴욕감에 더욱더 차갑게 굳었고, 유을담 이름 석자가 질끈 베어 문 입술 사이로 새어 나왔다.

"유을담…… 유을담!"

육 대에 걸쳐 수토감관을 지낸 양반 자기명가의 후손으로 태어나 줄곧 도공의 길만을 걸어온 사내였다. 뭐든 주어진 대로 묵묵히 받아들였고 그의 인생관 중심엔 늘 가문이 있었다. 자기를 보는 눈 또한 남달랐다. 하나 사람보다는 돈을, 실리보다는 격식을, 해서 그가 만드는 자기 역시 한 치의 흐트러짐도 용서되지 않았다. 가문의 격식과 품위를 떨어뜨리지 않는 예술성이야말로 그가 추구한 최고의 자기였다. 그 이상이 없었고 그 이상은 바라지도 않았다. 그가 분원 최고의 사기장이었으며 조선 최고의 사기장이기에. 스스로 그렇게 믿었고 모든 이가 그렇게 보았다. 하나 패하였다. 을담에게, 그리고 그의 여식에게.

그날 밤 육도의 눈에 비친 아비는 분명 어제의 아비가 아니었다. 하품이며 보잘 것 없다 했지만 육도는 구할 수만 있다면 어심을 움직인 그 사발을 보고 싶었다. 제 아비 강천과는 또 달랐다. 약관의 나이에 분원의 변수가 된 이후 그저 지루한 나날의 연속이지 않았던가. 그의 피 끓던 열정을 감당할 만한 경쟁자가 없었다. 한데 어쩌면 그 아이가 제 앞에 설 듯싶었다. 무언가 묘한 설렘이 가슴 저편에서 뭉글뭉글 피어올랐다. 청아한 바람 한 줄기가 육도의 목깃을 스치었다. 구름을 걷어 낸 하늘도 청아하였고 말간 만월도 청아하였다.

7장
아버지의 이름으로

❦

죽이고 또 죽여 남는 것이 없다 한들,
내 것이 아니라면 하늘 아래 없는 것이리라.

작열하던 태양이 힘을 잃어 낮은 짧아지고 밤이 차츰 길어지던 때, 한 사내가 운종가를 찾은 건 추분秋分이 지난 나흘째 날이었다. 분주한 객잔 한구석에 조촐한 술상이 놓이고 그 앞에 훤칠한 사내가 걸터앉아 있었다. 깊이 눌러 쓴 삿갓 아래로 틀림없는 무인의 복색을 하고 있었으나 진정 묘한 사내였다. 장대한 키에 우뚝 솟은 어깨 위로 쓸쓸하면서도 매서운 눈매가 번득였고 까칠까칠한 수염이 듬성듬성 돋아 한 마리 늑대와 같았으나, 반듯한 이목구비에 풍요로운 미소를 한가득 머금고 있어 어찌 보면 또 인심 좋은 이웃사촌의 풍모였다. 잠시 기다리길 화려한 복색의 여인이 나타나 엎어진 술잔을 뒤집어 고쳐 놓자 뉘엿뉘엿 지던 석양을 살피던 사내의 시선이 넌지시 여인을 향했다. 실로 아름다운 용모라, 화령이었다. 다소곳하게 마주 앉은 화령이 술잔 가득 술을 따르자 사내가 시원스레 들이마셨다. 화령이 물었다.

"이조판서 최충헌 대감과는 어찌 아시는 겝니까?"

"소싯적 이 나라 조선에 몸담고 있을 때…… 잠시 연이 있었네."

"유을담이라…… 그 이름은 또 어찌 들었는지요?"

"그게 내 밑천일세. 그걸 못하면 죽는 게 또 내 일이고."

화령이 고개를 끄덕이자 작은 봇짐을 풀어 사발 하나를 꺼내 놓은 사내가 말했다.

"이판대감께서 내게 선물로 주시었네."

순간 멈칫한 화령이 조심스레 그릇을 들어 살피었다. 단 한시도 냉정함을 잃지 않던 그녀의 차가운 얼굴에 스멀스멀 탄복이 어리었고 파르르 떨리는 눈빛만큼 손끝도 떨리었다. 천천히 그릇을 뒤집자 바닥 굽에 '을담' 두 글자가 희미하게 보였다.

"실로 귀한 걸 얻으셨습니다."

화령이 그릇을 내려놓자 사내가 화답했다.

"해서 유을담 그자를 만나고 싶은데…… 알고 있는 풍문이 있다면 말해 보게."

그러곤 품에서 두둑한 전낭을 꺼내 놓았다. 열어 보진 않았으나 족히 백 냥은 넘어 보이는 금괴였다. 화령이 야무진 입술을 열었다.

"지금은 물러나 계시지만…… 한때 주상전하의 총애를 한 몸에 받던 조선 최고의 사기장, 그가 바로 유을담입니다. 도성에서 그리 멀지 않은 곳이지요. 먹목산 아래 천년살이 느티나무 한 그루가 있는 마을, 그곳에 있습니다. 아비는 옹기장이며 여식은 염쟁이라, 찾기는 수월할 겝니다."

고을이 한 눈에 들어오는 언덕에 느티나무 한 그루가 있었다. 허리춤에서 칼을 풀어낸 사내가 나무에 비스듬히 기대어 놓고 걸음을 떼었다.

'염한 천이 가득한 집이라…….'

아침나절 쓸어 놓은 마당에 언제 날아들었는지 모를 낙엽이 가득했다. 연신 비질을 하는 정이의 뒤로 낯선 발자국, 낯선 그림자가 드리워졌다. 갸웃한 정이가 고개를 들자 인심 좋은 인상의 사내가 흐뭇한 표정으로 서 있었다.

"뉘십니까?"

갸웃한 정이의 물음에 사내는 그저 조선 최고의 사기장을 찾아왔다 했다. 그 말에 얼굴 한가득 함박 미소를 머금은 정이가 냉수 한 그릇을 떠 올리자 사내가 품에서 그릇 하나를 빼들었다.

"이 그릇이…… 네 아버지의 그릇이냐?"

기꺼운 마음의 정이가 고개를 끄덕이는 때에 을담이 마당으로 들어섰다. 사내는 기분 좋은 미소로 고개를 숙였지만 을담의 심장 한편에 묘한 경계심이 발동했다. 기저를 알 수 없는 깊은 곳에서 소리쳤다. 위험한 자다! 조심하라!

조촐한 방에 마주 앉자마자 사내가 대뜸 황금 전낭을 풀어 놓았다. 대궐 같은 기와집 두 채는 거뜬히 살 수 있는 돈이었으나 을담은 냉랭히 고개를 저었다.

"내게서 무엇을 원하는지는 모르겠으나……, 애초에 재물 따위엔 관심이 없으니, 그만 돌아가시오."

만면 가득 미소를 머금은 사내가 입을 열었다.

"……저는 그릇을 잘 모릅니다. 그저 무사일 뿐이지요. 하나 선생의 그릇을 보고 명검을 보았다 느꼈으니, 부디 청을 거절치 말아 주십시오. 조선보다 나을 것이고, 좋을 것입니다. 무사로서 약조드리지요."

을담이 단호히 대꾸했다.

"싫소이다. 내 부모 내 자식이 모두 조선 사람이고, 나 또한 이제껏 조선 사람으로 살았으니, 앞으로도 조선 사람으로 살 생각이외다."

"……을담 선생……, 보아하니 딸자식이 있는 듯한데…… 한평생 오붓하니 함께 살아야 하지 않겠소?"

"……."

을담의 낯빛이 삽시간에 가뭄의 논두렁마냥 굳어 갈라졌다.

"나를 따를 생각은 없느냐?"

능숙하게 대나무 살대를 손질하던 손이 멈춰 섰다. 그 앞에 그림자를 길게 늘어트린 광해가 서 있었다.

"왜, 내가 네놈 성에 차지 않느냐? 아님 그냥 싫은 게야?"

무관이라, 어린 시절 그토록 꿈꿔 왔던 삶이 아니던가, 그저 손만 뻗으면 간절했던 그 꿈을 이룰 수 있었다. 하지만 무언가가 그 앞을 가로막고 있었다. 당췌 그것이 무엇인지 짐작조차 되지 않아 그저 침묵했다. 답을 원한 것은 아니었으나 태도의 침묵에 광해는 처연히 발길을 돌렸다. 그의 등 뒤로 나지막한 음성이 들렸다.

"언제든 상관없으니…… 결심이 서면 찾아오너라."

살대를 쥔 태도의 손은 그저 쉼 없이 움직였다.

'나는 대체 무엇을 고민하는 것일까.'

그날 이후 계속해서 되물었다. 무엇이 문제이고, 무엇이 고민일까, 마음에 들지 않으면 거절하면 되는 것이고, 내키면 응하면 되는 것인데, 그것이 쉽지 않았다. 무언가 묵직한 돌덩이가 태도의 가슴에 꽉 박혀 있었다.

"어디 전란이라도 났다더냐?"

서늘한 기운이 맴도는 밤이었다. 눈앞에 을담이 서 있었다.

"아닙니다. 한데…… 이 시각에 어쩐 일이십니까?"

그늘진 태도의 얼굴 한편으로 화살이 수북이 쌓여 있었다. 부르튼 손가락 마디마디에 이미 말라비틀어진 물집의 흔적이 보였다. 혀를 끌끌 찬 을담이 나직이 말했다.

"여태 찾지 못한 것이냐? 네가 원하고, 진정 하고픈, 그 일은 결코 멀리 있진 않느니라."

무슨 말인지 알 수 있었다. 굳이 답할 필요도 없었다.

"그리고…… 고맙구나. 앞으로도 잘 부탁하마."

무슨 말인지 알 수 없었다. 정녕코 알 수 없었다.

찬바람이 솔솔한 가을밤이었으나 사내는 요지부동 느티나무 아래 느긋하니 몸을 뉘었다. 밤새 이슬이 내려 앉아 제 옆에 벗어 놓은 삿갓에 물방울이 대롱대롱 맺히었다. 우중충한 하늘에 묘시[65]가 훌쩍 넘어서야 떠오른 태양이 차츰 제 몸을 태우다가 채 미시가 되기도 전에 스르르 서쪽으로 기울었다. 그제야 한숨을 내쉰 사내가 망부석마냥 굳어 있던 몸을 부스스 일으켰다. 꼬박 하

---

65) 오후 1시부터 3시까지

루가 지난 때였다. 잔잔한 호수 같은 눈빛에 작은 파문이 일었고 무언가 결연한 빛이 스며들었다. 느티나무에 뉘여 두었던 칼은 사내의 허리춤에 낚이었고, 이내 터벅터벅 사내의 발자국이 오색 천 휘날리는 을담의 집으로 향했다.

'조선을 떠나기 싫다면 떠나고 싶도록, 그도 아니면 떠날 수밖에 없도록, 행여 이도저도 아니면⋯⋯.'

심중의 작은 목소리였다.

전날에 본 소녀는 온데간데없고 마치 기다린 듯한 을담이 마당 가운데서 사내를 맞았다. 청마루에 올라 앉아 갓을 벗고 기다리니 간식으로 차도를 준비한 을담이 사내 앞에 작은 소반을 내려놓고 마주 앉았다. 따듯한 물이 찻잔을 채우자 위엄 가득한 음성이 겐조의 뇌리에 스쳤다. '내가 가질 수 없다면 조선도 가질 수 없다. 죽이고 또 죽여 남는 것이 없다 한들⋯⋯ 내 것이 아니라면 하늘 아래 없는 것이어야 하지 않겠느냐.' 차를 드는 사내의 손길이 미세하게 떨렸다.

'감잎차라⋯⋯.'

사내의 시선이 초가 옆으로 튼실하게 솟은 감나무를 향했다.

'가을빛에 농익은 발간 속살을 먼저 깎아 먹었을 게다. 그 후 버리는 것 하나 없이 감의 껍질부터 이파리까지 죄다 모아 볕에 말렸을 테지. 아마도 긴긴 겨울을 보낸 후 썩고 문드러진 부분은 잘라 내고 성한 것만으로 추려내 바람 서늘한 곳에 두었음이다.

오랜 손길이 남은 이 감잎차를 내어 놓는 것은, 비책을 내줄 심산

도, 본국까지 동행할 마음도 없음인가…….'

감잎차의 떫은맛을 삼킨 사내가 텁텁한 입을 뗐다.

"하늘 아래 없는 것이어야 한다……. 그것이 뜻이며 곧 명이외

다."

명석한 사람이니 뜻하는 바가 무엇인지 쉬이 간파했으리라. 그

리 생각하며 제 뜻을 꺾지 않는 을담에게 한 번의 기회를 더 주고

싶었다면 겐조의 앞선 과욕이었을까, 을담에게선 아무런 답이 없

었다. 고심을 하는 것인지, 덧없는 생각에 빠진 것인지 모르겠으

나 그저 무겁게 입을 닫은 채 두 눈을 내리깔고 있었다. 화수火手

라 불리었던 혈기 넘치던 젊음이 무심히 떠올랐고 피를 쏟고 떠

난 초선의 얼굴도 환영처럼 떠올랐다. 이제 보니 그 숱한 시간들

이 그저 찰나의 순간이었다. 시선을 내리깔자 사내의 허리춤에

붙은 칼이 보였다. 무사라 했던가, 일순간에 제 목을 베고도 피

한 방울 묻히지 않을 명검이리라.

'지금…… 이자가 나를 죽이려 한다…… 저 눈빛은 내 손을, 내

그릇을 탐하고…… 저 칼은 내 피를 원하고 있다.'

죽음을 직감한 그 순간에 정이의 얼굴이 그려졌다. 제 눈에 넣

어도 아플지 않을 어여쁜 여식이이라. 이리 오붓한 날까지 수도

없이 풍파를 넘어 왔거늘 예서 정이를 두고 떠날 순 없었다. 마지막 한 모금을 음미한 후 천천히 내려놓는 사내의 찻잔이 비었고 을담의 손이 자연스레 사기 주전자를 집었다. 그때 스륵 찻잔을 떠난 사내의 오른손이 허리를 감아 왼편의 칼을 향하였고 그 찰나의 순간을 놓치지 않고 을담의 손이 먼저 사내의 머리를 내리쳤다. 쨍! 사기 주전자가 산산이 부서졌음에도 사내는 작은 미동조차 없었다. 칼을 뽑지도 않았고 날아드는 주전자를 피하지도 않았다. 왼편으로 향했던 손은 그저 늘어진 바지춤을 집어 올리었다. 주르륵 이마를 타고 내린 핏물을 무심히 닦아낸 사내가 피식 실소를 흘리곤 입꼬리를 말아 올렸다. 최후의 발악은 다 끝났소이까. 눈빛이 그리 묻고 있었다. 조금의 떨림도 주저함도 없는 냉혈인의 얼굴로. 간담을 서늘케 하는 기운이 을담의 심장을 훑고 들어왔다. 두려움도 물밀듯 한가득 쏟아 들었다. 하나 사내에 대한 두려움은 아니었다. 정이를 홀로 남겨 둘지도 모른다는 막역한 두려움이었다. 그때 사내가 품에서 장계를 꺼내 펼쳐보였다. 사내의 목소리가 저승사자처럼 을담의 혼을 흔들었다.

"왜의 세작과 작당모의를 하였다는 사실의 증언과 이를 보증하는 비변사 낭청의 진술……. 즉, 을담 선생, 당신을 추포하라는 포청의 하명서요."

말을 마친 남자가 이마의 핏물을 재차 닦아 내었다. 소스라치며 놀란 을담이 눈썹을 치켜세워 물었다.

"세작과 작당모의라니? 난 추호도 그런 일을 한 적이 없소이다! 어찌 있지도 않은 일을……."

말을 끝내진 못하였다.

'설마……'

마주 앉은 사내가 싱긍싱글 웃고 있었다.

"맞소, 내가 왜의 세작이오."

쇠망치로 뒤통수를 맞은 듯 아찔하였다. 평정을 잃진 않았으나 파리해진 얼굴에 수심이 깊었고 제 몸을 지탱하기도 어려웠다. 전신 가득 충격에 물든 을담이 아득히 멀어질 뻔한 정신을 힘겹게 다잡자 사내가 말을 이었다.

"내가 아무런 준비도 없이 선생을 찾아 왔겠소이까? 내 말을 잘 들으시오. 이제 선생께서 선택할 수 있는 길은 딱 세 가지밖에 없소이다. 첫째, 나와 함께 조선을 떠나 왜국으로 가는 것. 둘째, 이 길로 도망쳐 평생 관에서 쫓기는 신세가 되는 것. 그리고 마지막, 그냥 이 자리에서…… 죽는 게요."

저승사자의 손톱이 힘겹게 버티던 을담의 맥박을 끊어낸 듯 정신이 혼미했다. 다만 '죽을 수 없다, 살아야 한다!' 실낱같은 의지만이 심중에서 메아리쳤다. 이제 곧 석양이 떨어지면 염화를 채취하러 간 정이가 돌아올 것이다. 하면 모든 기회가 사라지고 만다. '도망쳐라!' 순간 소반을 엎곤 박차고 일어섰다. 살고 싶었다. 정이와 함께, 오붓하니, 그리 살고 싶다. 정이의 말간 웃음을 마주보고, 짙은 주름이 깊어져 메마를 때까지, 그리 살고 싶었다. 오만 가지 잡상이 뇌리를 스쳤지만 정작 두 다리는 단 한 발짝도 뛰어나가질 못했다. 부르르 몸을 떤 을담이 시선을 떨어트리자 복부를 뚫고 나온 섬뜩한 칼날이 보였다. 무언가 따끔하였고 또 무언가 뜨거웠으나 고통은 느껴지지 않았다. 칼끝에 맺힌 핏방울이 툭툭 흙바닥에 떨어졌고 순간 식도를 타고 역류한 핏물을 울컥 쏟아 냈다. 간헐적으로 내쉬던 숨을 간신히 토해 내는데 지척에서 인기척이 들렸다. 시선을 들자 몇 보 앞에 정이의 쪽빛 치맛자락과 그 옆으로 툭 떨어지는 광주리가 보였다. 들이며 산이며 개천에서 채취한 나물과 꽃잎들이 어지러이 흩어졌고, 붉은 꽃잎 몇 개만이 두둥실 허공을 맴돌다 스르르 바닥에 떨어졌다. 충격에 한껏 부풀어 오른 눈동자 아래로 파르르 떨리는 입술이 열리었다.

"아…… 아부지…… 아부지!"

혼이 나간 듯 파랗게 질린 정이의 얼굴이 을담의 눈동자를 파고들었다.

'불쌍한 내 새끼…… 태어나자마자 어미를 잃은 네게 이 못난 아비가…… 이 부족한 아비가…….'

제 몸을 꿰뚫은 칼날보다 정이의 충격 어린 눈빛이 더 아프고 고통스러웠다. 핏발 선 눈빛 아래 시퍼렇게 멍든 음성이 터져 나왔다.

　"정아……. 우리 딸 정아……."

　형언할 수 없는 충격에 옴짝달싹 할 수 없었다. 그저 가만히 서 있을 뿐인데도 바람에 쏠리는 안개처럼 을담이 점점 멀어지는 듯했고 흙바닥에 바싹 붙은 두 다리는 늪에 빠진 듯 단 한 걸음도 뗄 수 없었다.

　"아부지…… 아부지……."

　매가리 없는 외침도 입술 밖으로 나오자마자 허공에 흩어졌다. 그때였다. 눈물 어린 정이의 눈동자에 스륵 을담의 품을 빠져 나가는 사내의 칼날이 보였다. 아비의 가슴에서 베어 나온 핏물이 칼등을 타고 흘러 바닥에 툭툭 떨어졌다. 가슴에 붉디붉은 꽃을 피운 을담이 털썩 주저앉았고 거의 동시 정이가 달려 나갔다.

　"멈추어라!"

　전신을 탈탈 털어내고 남은 마지막 한 줌의 기운이었다. 화들짝 놀란 정이가 허수아비마냥 우뚝 섰다.

　'죽는 거 아니지? 안 죽는 거지, 아부지? 지금 그렇게…… 계속 말할 수 있는 거지?'

　정이의 쉼 없는 질문이 그렁그렁한 눈동자로 을담을 흔들었다.

"오면 안 된다……. 거기 서 있어야 한다……. 절대 오지 말거라……. 절대……."

그러곤 한 움큼 덩어리진 피를 목구멍에서 쏟아냈다.

"그만 말해……. 피…… 피 나오잖아……. 아부지 입에서 피 나오면 아부지 죽을지도 모른단 말야……. 그니까…… 말하지 마……. 안 갈 테니까……. 말하지 말라고……."

냉기 어린 표정의 사내가 성큼 걸음을 뗴었고 한껏 을담의 피를 들이킨 칼날이 천천히 정이를 향했다. 그때 핏물이 흥건한 을담의 손이 사내의 바짓가랑이를 잡았다. 뼈만 앙상히 남은 메마른 손도, 간절하고 애절한 눈빛도, 연신 피를 토해 내는 입술도, 그 속에서 새어 나오는 목소리도, 예외 없이 사시나무마냥 떨리었다.

"아직 어린 아이요……. 부디 목숨만은…… 살려 주시오……. 이 목숨 하나로 끝내 주시구려……. 청이외다…… 부디……."

사내의 손끝에 주저함이 느껴지자 을담이 마지막 숨결을 짜내었다.

"움직이지 마라……. 너는 단 한 발자국도 움직여서는 안 된다……. 보시오…… 저 아이까지 죽일 필요는 없질 않소……. 제발……, 우리 딸아이만큼은……. 살려 주시오……. 제발……."

안개 속에 묻힌 듯 눈앞이 가물거려 보이지 않았고 몸은 점점 무거워졌으나 사내의 바지춤을 쥐고 있는 앙상한 손만큼은 제 의지대로 붙어 있었다. 하지만 그도 잠시, 간신히 버티고 있던 손아귀 힘이 생명줄이 끊어지듯 주르륵 겐조의 발밑으로 흘러내렸다. 그럼에도 핏대 오른 눈동자는 간절히 사내의 답만을 기다리고 있었다. 사내가 처연히 고개를 끄덕였다.

"약조하리다."

희끄무레한 미소를 머금은 을담의 시선이 정이를 찾았다.

"내 딸 정아…… 살아라……. 아비를 대신해 기필코 살아야 하느니라……. 알겠느냐…… 이놈아……. 어찌 말이 없누……. 선머슴처럼 그리 살아도 좋으니…… 살아야 한다……. 알겠느냐……."

순간 이성을 잃고 눈동자를 뒤집은 정이가 바닥에 뒹굴던 옹기 파편을 잽싸게 집어 들었다. 그리고 정신없이 사내를 향해 뛰어 들었다. 하나 이내 사내의 매서운 주먹에 털썩 쓰러지고 말았다. 등골까지 파고드는 통증에 숨을 쉴 수도 없었지만 제 앞에 죽어 가는 아비의 충혈된 눈동자가 보였다. 시간이 멈춘 듯했다.

"아부지…… 아부지……."

넋을 놓기 전이었다. 을담이 힘겹게 정이를 향해 손을 뻗었고 파편을 베어 물어 핏물 가득한 정이의 손 또한 을담을 향해 움직였다. 찰나가 일순처럼 길어진 시간, 두 사람의 손끝이 닿는 그 순간에 을담의 호흡이 잦아들었다. 바람에 흔들리는 촛불처럼 희미하게 흔들리다 한순간 혹 꺼져 버렸다.

'살아야 한다……. 살아야 한다……. 사랑한다 정아…….'

'아부지…… 가면 안 돼……. 나 두고 가지 마……. 아부지……. 아부지…….'

억지로 막아 두었던 둑이 무너지며 눈물이 봇물처럼 터져 나왔다. 차마 을담을 볼 수 없어 눈을 감았다. 이대로 시간이 멈췄다가 다시 눈을 떴을 때 아비가 훤히 웃고 있을 것 같았다. 그리 바랐고 그리 믿었지만 혹여나 찾아들 두려움에 눈을 뜰 수 없었다.

'예끼, 이놈아! 어찌 이리 흙바닥에 뒹굴고 있는 게야. 네 좋아하는 뭇국에 고사리 나물 무쳐 놨으니 얼른 빨래통에 옷 벗어 두고 오너라.'

생생한 을담의 목소리가 아른거려 이것이 도무지 꿈인지 생시인지 분간이 되지 않았다. 그저 명치를 짓누르는 고통에, 숨을 들이쉴 수 없음에, 지독히도 차가운 사내의 음성에 이 모든 게 눈앞에 닥친 현실임을 알 수 있었다.

"아비가 애써 구명한 목숨 버리기 싫으면…… 죽은 듯 조용히 있거라."

힘겹게 짓눌렀던 눈을 뜨자 손수건으로 칼날의 핏물을 닦아내는 사내의 뒷모습이 보였다.

"당신…… 가만두지 않을 거야……. 내가…… 지옥 끝까지라도 쫓아갈 테니까……."

검을 회수한 사내가 발갛게 물든 석양을 바라보며 대꾸했다.

"지옥이라……. 그리 힘겹게 쫓아올 필요 없다. 네가 조선 제일의 사기장이 되면, 내가 널 찾을 테니."

그때 덜덜 떨리는 정이의 손이 사내의 허리를 향했고 이내 허리춤의 칼을 움켜잡았다. 정이가 칼을 뽑아내기까지 그저 무심한 표정으로 보고만 있던 사내가 말했다.

"그래, 아비를 죽였으니 당연히 복수를 해야겠지. 하지만……."

천천히 몸을 일으킨 정이가 사내의 목 끝에 칼을 겨누었다. 떨리는 심장만큼 눈동자도 떨렸고 칼 끝도 떨렸다. 서릿발처럼 날카로운 사내의 시선에 칼을 들고서도 옴짝달싹할 수 없었다.

"감당할 수 없는 복수는 만용일 뿐이다."

천천히 뻗어 나간 사내의 손가락이 칼끝을 스륵 밀어내는가 싶더니 이내 한 걸음 다가가 정이의 코앞에서 덜덜 떨리는 여린 두 손을 덮어 쥐었다. 그러곤 손잡이로 힘껏 정이의 명치를 가격했다.

"컥……!"

단말마 신음을 토한 정이가 털썩 쓰러졌고 두 눈에 원통함이 가득 어리었다.

"이미 말했지 않느냐. 조선 제일의 사기장이 되면, 내가 널 찾을 것이다."

무심히 칼을 회수한 사내가 돌아 섰고 고통에 숨을 토하지 못한 정이의 시선이 을담을 향했다.

'아부지…… 아부지…….'

차가운 흙바닥에 얼굴을 묻은 정이가 눈을 감았다. 모든 세상이 멈춰 버렸으면, 희미하게 미소 짓던 아비도, 심장을 찢어 놓는 이 고통스러운 자괴감도, 모두가 끝이었으면. 차라리 아버지가 없는 세상이라면 두 눈을 뜨지 않게 해 달라 빌고 또 빌기를 기어이 정신 줄을 놓고 말았다. 암흑 같은 혼돈에 정신을 놓았으나 제 맘은 연신 아비를 찾았고, 숨은 쉬었으나 차갑게 식은 심장은 꽁꽁 얼어붙어 있었다. 아득히, 그리도 아득히 멀어져 갔다.

공방에 가득찬 그릇들은 죄다 가치 없는 노리개에 불과했다. 조선 제일의 사기장이 만들었다 믿어지지 않을 만큼 조잡한 문양과 흐트러진 균열이 감상조차 힘겨운 수준이었다. 답답한 한숨을 내쉬고 돌아서려는데 문득 저를 향해 죽일 듯 달려들던 여식이 떠올랐다.

'이것들은 죄다 그의 여식이 만든 그릇들이로구나. 하면…….'

쓴웃음을 넘긴 사내가 진열장에 늘어선 그릇들을 검지로 툭툭 떨어뜨리며 앞으로 나아갔다. 그렇게 산산이 부서진 그릇들이 십여 개가 넘어설 때쯤 진열장 끄트머리에 놓인 작은 나무궤짝이 눈에 띄었다. 뚜껑을 열고 감싸고 있던 비단 천을 풀자 그 안에 오랜 세월 숨죽이고 있던 보물이 빛을 발하며 사내의 시선을 사로잡았다. 떨리는 손을 주체하지 못한 사내가 그릇을 높이 치켜들었고 이내 감탄 어린 목소리가 입술 밖으로 새어 나왔다.

"이도다완……!"

무심히 오색 천 초가를 벗어난 사내의 걸음은 빠르지도 그렇다고 느리지도 않았다. 무언가에 쫓길 일도, 급히 쫓을 일도 없었다. 그저 무색무취의 생물처럼 걷는 사내의 곁을 누군가 스쳐 지나갔다. 태도였다. 순간 섬뜩한 냉기가 태도의 전신을 휘감았다. 걸음을 멈춘 태도의 시선이 힐끔 사내를 향했다. 사내도 무언가 느낀 듯 걸음을 멈추어 태도를 바라보았다. 잠깐 두 사람의 눈빛이 부딪쳤다가 이내 흩어졌다. 만면 가득 미소를 머금은 사내가 살짝 고개를 숙이곤 걸음을 재촉하자 태도도 고개를 돌렸다. 걸음을 떼었으나 발목이 잡힌 듯 몇 걸음 나가질 못했다. 무언가 불길함이 엄습하여 심장을 가쁘게 뛰게 만들었고, 무거웠던 걸음은 이내 잰걸음으로, 잰걸음은 다시 뜀박질로 바뀌었다. 그리 달려간 그곳에, 붉은 석양 아래 길게 늘어진 제 그림자 앞에 을담과 정이가 있었다.

"아저씨! 정아!"

급히 호흡을 확인하였으나 을담에게선 조금의 숨결도 느껴지지 않았다. 순간 태도의 낯빛이 잿빛으로 변하였고 덜덜 떨리는 눈빛이 정이를 향했다.

'아니 된다…… 너만큼은…….'

파르르 떨리는 손길이 정이의 목젖에 닿자 따스한 기운이 태도의 손을 타고 심장까지 전해졌다.

'살아 있다!'

급히 정이를 안아든 태도가 방으로 튀어 들어가길 이내 밖으로 달려 나왔다.

'그자다! 그자를 찾아야 한다!'

쏜살같이 마당을 튀어 나가 살기 어린 사내를 뒤쫓았다. 평생 이토록 뛰어본 적이 있었던가. 고을을 벗어나 북쪽 목멱산으로, 남쪽으로 마포 나루까지, 마혜가 닳고 닳아 구멍이 나도록 사내를 찾았지만 바람에 쓸린 먼지처럼 사라지고 없었다. 짙은 감색 하늘에 만월이 휘영청 떠 있었다. 후회막급에 털썩 무릎을 꿇곤 주먹으로 땅을 쳤다. 솟구쳐 오른 눈물만큼 태도의 주먹에 핏물이 배어 들었고 형용할 수 없는 거친 손길이 태도의 숨통을 틀어 쥐었다. 그럼에도 잦아들지 않았다. 만월이 사라질 때까지, 태도는 그리 목메어 울었다.

넋 나간 얼굴로 울다가 쓰러지길 기십 번이었고 원치 않게 맞닥뜨린 현실과 그보다 더 지독한 악몽이 어지러이 섞여 무엇이 진짜인지, 무엇이 현실이며 무엇이 꿈인지 분간치 못할 때였다. 머리를 부술 듯한 고통이 정이를 흔들어 깨웠다. 기운을 죄다 소진한 듯 몸을 일으키기는커녕 손가락 하나 움직이는 것도 힘에 겨웠지만 그보다 더 힘든 건 이 현실에 눈을 뜨는 것이었다. 몽롱하던 정신이 가물가물 돌아오자 왈칵 눈물이 차올랐다. 막 젖은 수건으로 정이의 얼굴을 닦으려던 태도가 멈칫했고, 꼬옥 감긴 정이의 눈에서 눈물이 주륵 흘러내렸다.

'울고 싶을 만큼, 슬퍼하고 싶을 만큼 슬퍼해라. 나는 그저…… 네 곁에 있을 것이다. 너를 떠나지 않는다. 언제까지고 너를 지켜줄 것이다.'

그리도 헤매고 있었지만 그제야 답을 찾았다. 광해의 곁으로 달려갈 수 없었던 이유, 오직 정이가 유일한 이유였다. 그때 정이의 파리해진 입술이 열리며 떨리는 음성이 새어 나왔다. 눈은 여전히 감고 있었다.

"아……부지는……?"

차마 답을 못한 채 침묵하자 눈물을 넘겨 삼킨 정이가 천천히 눈을 떴다. 한동안 멍하니 천정을 응시하다가 다시 입을 열었다.

"아부지······. 우리 아부지 어디 계셔······ 아부지······."

저도 모르게 눈시울이 붉어졌으나 힘겹게 슬픔을 삼키곤 정이의 이름을 불렀다.

"정아······."

떨림 가득한 그 목소리에 정이가 눈을 감았다. 눈물은 멈추지 않았고 냇물이 되고 강이 되었다.

추야秋夜의 밤은 그저 적막이었다. 사대문의 높은 문루도 다가오는 어둠은 막아 낼 수 없었고 스멀스멀 피어오른 어둠이 삽시간에 사대문을 뒤덮었다. 번잡하던 저자도 육조거리도 어둠에 지워졌다. 대략 유정시[66]가 지난 시각이리라, 풍악에 어우러진 기녀의 노랫가락이 하나 둘 켜지다가 이내 수없는 울림으로 번져갔다. 한양 도성이 어둠에 눌려 있었지만 향락과 탐욕에 물든 기방의 홍등은 시간이 지날수록 점점 더 어둠을 몰아내고 있었다.

"제 분수를 모르고 나대더니······ 자연히 그리될 일 아니었던가. 하기야······ 그리 알았다면 유을담 그자가 그토록 어리석게 나오진 않았을 테지!"

싸하게 굳은 강천의 만면을 넌지시 살핀 최충헌이 말을 이었다.

---

66) 오후 6시

"어찌 그런 얼굴인가? 거장을 잃었으니 이 나라 조선이야 슬픈 일이 분명하나…… 이 낭청…… 자네에겐 그리 나쁜 일만은 아니지 않은가."

하마터면 술잔을 최충헌의 면상에 내던져 버릴 뻔했으나 힘겹게 붙든 인내심을 잔에 실어 조용히 내려놓았다. 지그시 눈을 감는 아비의 얼굴을 살핀 육도가 나직이 말했다.

"유을담 그자가 죽다니요…… 믿을 수가 없습니다. 자세히 말을 해 보게. 어찌하여 그리 되었다던가?"

최충헌의 술잔에 술을 채우던 화령이 육도의 질문에 술병을 내려놓고 말했다.

"스스로 목숨을 끊었다 합니다."

강천의 미간이 꿈틀거렸다. '거짓이다!' 그러곤 무겁게 닫혀 있던 입술이 열렸다.

"을담은 제 목숨을 끊을 만큼 어리석은 자가 아닐세! 어디서 들은 풍문인지는 모르나…… 그 입을 가벼이 놀려 신상에 좋을 바 없을 것이네!"

강천의 노기를 담담히 받아들이는 화령의 눈빛이 더 신통했다. 강천의 성난 마음을 어루만지기라도 하듯 차분한 시선으로 고개를 숙이자 강천이 자리를 박차고 일어섰다.

"대감, 소인은 먼저 일어나겠습니다."

눈썹을 매섭게 치켜세운 최충헌의 입이 열리기도 전에 강천이 홀쩍 문 밖으로 사라졌고 이내 싸한 냉기가 맴돌았다. 미세하게 비틀어진 입꼬리를 들어 올린 최충헌이 말했다.

"내 이 낭청의 속내를 모르는 바 아니지. 숙적이며 또한 지우라 하지 않았던가. 미움이야 미움이고…… 죽음 앞에서야 다 속절없는 것들일지. 아니 그런가."

느물거리는 미소를 짓는 그 모습에 육도는 피식 실소가 터져 나왔다. 부친이 박차고 떠난 자리에 자신이 무엇 때문에 앉아 있단 말인가. 하나 그것이 아비가 남긴 숙제였다.

"제가 한잔 따라 올리겠습니다, 대감."

영화관을 나선 강천은 곧장 문 앞에 늘어선 교꾼을 잡아 웃돈을 얹어 준 뒤 을담의 집으로 향했다. 영화관에서 을담의 집까지 꼬박 두 식경이 걸렸다. 그도 웃돈까지 얹어 받은 교꾼이 발길을 재촉했기에 가능한 시간이었다. 뭐가 급했는지 교꾼들이 가마를 내려놓자마자 성큼성큼 을담의 집 마당으로 들어섰다. 무언가에 떠밀리듯 살짝 비틀거렸다. 가마 멀미는 아니었고 가시지 않은 술기운 때문은 더더욱 아니었다. 보이지도 않고 볼 수도 없는 것이었다. 곳곳에 찢겨지고 뭉쳐진 상처들이 덧나고 그 위로 또 상처가 덧입혀져 수 세월이 지나도 사라지지 않을 상흔이었다. 을담의 집 앞에 선 강천의 눈동자에 회한 가득한 처연함이 깃들어 있었다. 긴 시간 서 있지 않았으나 그 시간 내내 여아의 울음소리가 들렸다. 편전을 울렸던, 그 여아의 목소리였다.

'무엇하러 온 게냐. 이제 와 무엇하러…….'

힘없이 돌아서는 강천의 뒤로 정이의 목멘 슬픔이 이어졌다.

눈을 뜨고 있어도 감고 있어도 을담의 모습이 환영처럼 아른거렸다. 감당하기 힘든 슬픔에 손 놓은 채 종신은커녕 곡도 하지 못한 스스로가 한스러웠다. 그저 이리 숨을 쉬어 생을 이어가는 것, 그것이 정이가 할 수 있는 전부였다. 그리 슬픔에 빠진 정이의 방문 앞에 매일 아침 따뜻한 죽 그릇이 놓였다. 귀한 쌀곡에 산이며 들이며 몸에 좋다는 곡물은 죄다 넣어 끓인 죽이었다. 단한 번도 정이의 이름을 부른 적도, 뭣하느냐 재촉한 적도 없는 오라비 태도의 진심이 그저 아련히 느껴졌다. 죽고 싶은 마음에 곡기를 끊은 게 언제였던가. 하나 죽기는 쉽고 살기는 어려운 법이라, 이대로 경솔히 죽고 싶은 맘은 없었다. 어떻게든 아비의 뜻을 이어야 했고, 아비의 원수를 찾아 한을 풀고 싶었다. 여자일망정 일심이면 되지 않을 일이 없었다. 힘겹게 손을 뻗어 죽그릇을 만지자 손끝으로 따뜻한 온기가 전해졌다. 그 온기를 느끼고 싶어 수저를 사용치 않고 마시었다. 적당히 따뜻한 죽이 식도를 지나

위장 깊숙이 흘러들자 마음도 따듯하여 차분해졌다. 그러곤 잠시 몸을 뉘여 뒤척이길 반복하다 결심이 선 듯 몸을 일으켰다. 조용히 귀를 기울이니 바람에 낙엽 쓸리는 소리며 썩썩 비질 소리며 재잘재잘 지저귀는 참새 소리가 들렸다. 모든 소리가 기이하고 새로웠다. 문고리에 손을 얹자 한기가 느껴졌다. 천천히 방문을 열어젖히자 어느새 찬 기운이 가득한 겨울바람이 세차게 불었다. 방 안에 틀어박혀 숨만 쉬고 있는 동안에 겨울, 어느새 차디찬 겨울이 되어 있었다.

8장

스승과 제자의 연緣

🌿

그 겨울, 한 떨기 꽃이 피고 지고, 다시 피었다.

'왕실 자기가 이송되기도 전에 파기되었다?'

최상품의 왕실 자기가 한 계집의 손에 파자됐다는 실로 어처구니없는 보고에 눈썹을 매섭게 치켜 올린 육도가 바삐 걸음을 옮겼다. 간이 배 밖으로 나온 죄인의 면상보다 그럴싸하게 늘어놓을 변명이 더 궁금했다. 하여 보니 청사 마당에 끌려온 계집은 여인도 뭐도 아닌 한낱 앳된 여아였다. 의아한 마음에 찬찬히 여아를 훑어 본 육도가 물었다.

"부러 자기를 깼다 들었는데…… 어찌 그런 것이냐?"

하니 자그맣고 여린 입술 밖으로 나온 말이 더 가관이었다.

"분원에 들어오고 싶어 그리하였습니다."

순간 파안대소를 터트릴 뻔했다. 사치와 향락의 위선을 깨부수기 위함도 아니고, 악심에 눈이 뒤집어져 왕실을 능멸하기 위함도 아니며, 분원에서 쫓겨난 여느 집 자식이 원통함에 한을 풀고자 한 일도 아니었다.

'그저 분원에 들어오고 싶었다?'

육도가 절반의 장난을 담아 응수했다.

"해서 이리 분원 내에 들어오게 되었으니…… 결국 성공은 한 셈이로구나."

제 아비를 닮아 냉철하고 칼 같은 성정에 농이라곤 태생적으로 할 줄 모르는 육도였기에 사기장들이 의아한 표정을 지었다. 하나 그도 잠시, 옅은 웃음기를 싸늘히 거둔 육도의 시선이 진상결복군을 향했다.

"당장 관아에 넘기고, 실손에 대한 배상을 물으시지요."

말이 떨어지기 무섭게 덩치가 큰 두 명의 진상결복군이 좌우에서 정이의 팔을 낚아챘다. 그 순간 정이의 입에서 좌중을 침묵에 빠트릴 음성이 새어 나왔다.

"제 부친이…… 전 분원의 변수였던 유을담입니다."

난데없는 정이의 돌발에 육도와 사기장들의 만면이 딱딱하게 굳었다. 성큼 걸음을 내딛은 육도의 발길이 무릎을 꿇고 있는 정이의 얼굴 앞에 멈춰 서자 그 발끝을 떠난 정이의 시선이 육도의 몸을 타고 올라 감정이라곤 느껴지지 않는 차가운 육도의 두 눈동자에 맺혔다.

"지금 네 아비가 유을담이다……, 그리 말한 것이 맞느냐?"

"제 이름이 유가 정이옵니다. 아비의 뒤를 이어 이곳 분원에서 일하고 싶습니다. 이리 청을 올립니다. 부디 제 청을 들어 주십시오."

당참을 넘어선 당돌함에 당장 정이를 내치고 싶었으나 그 순간 묘한 쾌감이 느껴졌다. 실로 궁금하지 않았던가. 홀로 편전에 들어 아비와 왕자의 목숨을 구명한 아이, 조잡한 질그릇으로 어심을 움직인 아이, 그 아이가 눈앞에 있었다. 입꼬리를 말아 올린 육도가 냉랭히 물었다.

"변수의 자식이라 하여 맘대로 들어올 수 있는 곳이 아니다. 말해 보거라. 네가 이곳 분원에 들어와야 하는 이유를."

'사기장이 되고 싶습니다. 아버지를 죽게 만든 사람을 만나기 위해선 조선 제일의 사기장이 돼야만 합니다.'

심중은 그리 외쳤으나 어린 입술은 달리 말하였다.

"아비가 돌아가시고……, 어떻게든 입은 먹고 살아야 하는데……, 무지하고 어리석은 제가 할 수 있는 거라곤 오직 흙을 만지는 것뿐이라 이리 찾아오게 되었습니다. 청하오니 받아만 주십시오……, 뭐든 열심히 하겠습니다."

저도 모르게 눈물을 쏟았으나 구차하다 생각되진 않았다.

"네 사정이 그러하니 내 힘을 써 줄 수는 있다. 하나 너의 간청으로 시기를 무시하고 기회를 주는 것인 만큼 뛰어난 재주와 실력으로 여기 모인 사기장들의 이해를 얻어야 할 터인데…… 할 수 있겠느냐?"

육도의 뒤로 선 사기장이 기십인데 한결같이 곰이 뛰어넘을 재주를 기다리고 있는 구경꾼들 같았다. 사물패의 각설이가 되어도 좋고 곰이 되어도 상관없었다. 분원에 들어올 수만 있다면. 정이가 고개를 끄덕이자 이내 걸음을 뗀 육도가 정이를 파기소로 안내했다. 눈앞에 펼쳐진 어리어리한 광경에 정이의 입이 쩍 벌어졌다. 실로 자기들의 무덤이리라. 눈에 보이는 전후좌우가 모두 사금파리의 세상이었고 넘실거리고 이글거리는 파편의 바다와도 같았다. 바닥에서 작은 파편을 주운 육도가 정이에게 보여주며 말했다.

"찾아 내거라. 시한은 해가 지기 전까지다."

휙 저편으로 던지니 파편은 이내 종적을 감췄다. 침을 꿀꺽 삼킨 정이가 대꾸 없이 주저하자 육도가 얼음장을 놓았다.

"엄두가 안 난다면 이쯤에서 포기하든가."

"아, 아닙니다. 하겠습니다. 해가 지기 전에…… 꼭 찾아내겠습니다."

여린 계집 따위가 어찌 저 성난 칼 무덤에 뛰어들 수 있을까.

궁금증이 앞서기도 전 일말의 망설임도 없는 정이의 발길이 성큼 날선 바다에 뛰어 들었다. 되레 마른 침을 삼킨 건 지켜보던 사기 장들이었다. 분원이 목숨을 걸고 들어올 정도로 그리 대단한 곳 이었던가. 하루 온종일 흙이며 물을 퍼 나르길 몇 년이 지나야 겨 우 물레질을 할 수 있었다. 부르튼 발에 피고름이 맺히고 또 굳길 몇 년이 지나야 겨우 성형에 눈을 뜨고, 하여 십 년이 지나 본들 여인인 이상 사기장들의 수발을 드는 봉족이 될 뿐이었다. 다만 육도의 얼굴엔 묘한 쾌감이 스며 있었다. 이리 나오기를 바랐다. 내쳐 낼수록 기어오르고 밟아 줄 수록 튀어 오르는 것이 제 맛이 리라. 철저한 응징으로 제 위치를 자각시켜 주는 것이 육도의 방 식이었다. 사옹원 분원은 예술을 꿈꾸는 곳도, 그릇에 제 혼을 불 어 넣는 곳도 아니었다. 그저 양육강식의 세계일 뿐이었다. 강한 자, 이긴 자가 살아남는 곳이 바로 분원이며 육도가 생각하는 분 원이었다. 아비 이강천 또한 그리 말하지 않았던가. '훗날 네가 수토감관이 되더라도 분원을 이끈다 생각하면 잘못된 생각이다. 분원은 만드는 것이다. 너의 것이며, 네 손에 틀어쥐어야 하는 것 일 뿐이다.' 미소를 머금은 육도가 무심히 걸음을 옮겼다.

파편의 무덤은 푹푹 패이고 미끄러져 중심을 잡는 것조차 쉽 지 않았고 낡은 신발은 채 한 시진도 버티지 못한 채 날카로운 파편에 헤지고 찢겨 여기저기 구멍이 뚫렸다. 칼날 파편이 보드라운 살결을 베고 뚫어 여린 두 다리에 핏물이 가득했고 상처 위에 상처가 생기길 수번이라 뜯겨져 나간 살갗의 속살에 다시 베일 때면 생살을 뜯는 고통이 전신을 아찔하게 만들었다. 작열하던 태양을 밀어낸 해질녘 노을이 핏물처럼 번져 파기소를 붉게 물들일 때 쯤 정이의 손에 작은 사금파리 하나가 집혔다. 보석마냥 반짝였고 정이의 두 눈에 고인 눈물이 또한 석양빛에 반짝였다.

"시각이 다 되었습니다."
막 완성된 기물을 물레 옆으로 내려놓은 육도가 차분히 손을 씻자 맑았던 물이 차츰 흐려졌다. 봉족이 건네는 수건에 손을 닦고 나서야 시선을 들었다. 수비장 김주동이 서 있었다. 팔에 차고 있던 토시를 풀어 내려놓은 육도가 그저 무심히 김주동을 스쳐 지났다. 파기소에 들어서자 멀찌감치 대기하고 있던 사기장들이 일제히 육도의 뒤로 따라 붙었다. 멀리 파편의 바다 해변에 정이가 주저앉아 있었고 동여맨 치맛자락 밑으로 피칠갑을 한 가녀린 두 다리가 보였다. 육도가 다가서자 예를 갖춘 정이가 발갛게 물든 손을 조심스레 뻗었다. 손톱보다 작은 파편이 들어 있었다.
'진정 성공한 것인가!'
불신의 눈빛이 정이를 향하자 이내 정이가 입을 열었다.

"약조한 대로…… 아직 해가 지지 않았습니다……."

붉은 태양의 꼬리가 산등성이에 매달려 있었다. 모두의 예상을 깬, 심지어 육도의 농락을 정심으로 짓밟은 정이의 승리였지만 육도는 당황하는 기색 따위 보이지 않았다. 그저 쓴 웃음을 지었다.

'조악한 질그릇으로 어심을 움직인 아이…… 제 다리가 끊어질 줄 모르고 끝끝내 파편을 찾아낸 아이…… 이 아이라면…….'

경쟁자 없이 이 자리에 오기까지 그 얼마나 지루한 나날이었던가. 순간 잊고 있었던 긴장감이 되살아났다. 저 안에서 용솟음치고 있는 시뻘건 피의 향연이 당장 저 아이를 분원에 들여 오늘 흘린 피의 곱절, 아니 열 배 백 배에 달하는 아픔을 안겨 주라 부르짖고 있었다.

"내가 한 약조이니…… 내 특별히 낭청 어른께 고하여 너를 분원에 입소시키도록 하겠다."

그 순간 벼락같은 음성이 터져 나왔다.

"누가, 누굴 입소시킨단 말이냐!"

급히 예를 갖추는 사기장들 뒤로 위엄 어린 강천이 서 있었다. 육도와 정이가 급히 예를 갖추자 강천의 매서운 눈빛이 정이를 향했다. 약간 놀란 듯 눈두덩이 파르르 떨렸지만 이내 잔잔히 흩어졌다.

"네가 어찌……!"

성심을 다해 차분히 전후사정을 고하였으나 강천은 되레 목청을 높였고 매서운 눈빛엔 노기가 서려 있었다.

"네 아비가 그리 가르쳤더냐? 아님, 분원이 네게 그리 만만히 보였던 게냐? 이 분원에 엄연히 원칙과 규율이 존재하거늘! 하찮은 술수 따위로 그것을 피한다면 모두를 속일 수 있다 그리 생각한 것이냐!"

"하오나 낭청 어른……."

"긴 말 필요 없다! 넌 당장 분원을 떠나거라!"

"낭청 어른!"

단말마에 애절함이 가득했으나 차가운 강천의 시선은 이미 육도를 향해 있었다.

"육도 너는 직분을 망각한 것은 물론 경솔한 언행으로 분원에 혼란을 야기시킨 점을 피해가지 못할 것이다. 당분한 자중하고 근신해야 할 것이야!"

육도의 대답 따위야 들을 필요 없다는 듯 강천이 발길을 돌려 세웠고 도열하고 있던 사기장들 또한 강천의 뒤를 따라 삽시간에 사라졌다. 우두커니 파기소에 남겨진 정이가 예기치 못한 혼란에 그저 멍하니 앉아 있었다. 무수한 상처의 욱신거림에도 이상하리만치 고통스럽진 않았다. 다만 얻은 것 없이 빈손으로 돌아서야 하는 현실을 받아들일 수가 없었다. 허무함이 썰물처럼 밀려들었고 텅텅 빈 속내에서 휘몰아친 쓴 물이 울컥 솟아올랐다.

'이제 어떻게 해야 하나, 가서 애원이라도 해야 하나, 손이 발이 되도록 빌어 볼까.'

하나 아무것도 할 수 없었다. 그때 부러 능장을 피우며 나서던 화청장 양세홍이 슬그머니 파기소로 들어섰다. 사기장들의 눈을 피해 온 것이 내심 걸렸는지 수차례 주위를 확인한 후에야 정이에게 다가와 말을 걸었다.

"내년 봄에 잡역 충원이 있으니 그때 다시 오거라. 내 멀찍이서 보았지만, 네 정성이면 공초군이야 능히 뽑히고도 남을 것이다. 암…… 틀림없이 그럴 게야."

그렁그렁 눈물이 맺힌 정이가 물었다.

"그때까지…… 저는 무얼 해야 합니까?"

"……영 오갈 데가 없는 게냐? 어허…… 이걸 어쩐다. 그렇다고 낭청 어른의 명을 무시할 수도 없는 노릇이고…… 옳지! 거길 한번 가 보거라."

"거기라면……?"

"오라버니…… 분원에 가려면 어디로 가야 돼?"

찬바람이 솔솔이 불 즈음에 방문을 열고 나온 정이의 첫 말이었다. 설마하니 일면도 없고 아는 이도 없는 분원에 다짜고짜 찾아 가지는 않을 것이라 생각 없이 답해 주었으나 채 하루도 지나지 않아 정이가 사라지고 말았다. 정이에게 변고라도 생긴다면 모두가 저의 책임이라 쉼 없이 달려 분원에 당도했지만 단 한 발짝도 안으로 들어설 수 없었다. 다만 열다섯 된 앳된 여아가 분원에 들어왔다는 말은 수문장으로부터 들은 터라 열일 제쳐두고 그저 정이가 나오기만을 기다리고 있는 중이었다. 근심 가득한 태도의 시선 끝으로 곳곳에 피워 둔 횃불의 잔명이 분원의 담장 위로 어리었고 진청색 하늘로 빨려 올라가는 새하얀 연기도 보였다. 문루를 지키는 수문장의 눈길이 따가운지라 괜스레 팔을 휘저어 보기도 하고 뛰었다 걸었다를 반복했다. 낮에는 별 놈으로 취급도 안 하고 눈길 한 번 주지 않던 수문장이 어둠이 짙어질수록 경계심을 거세게 느끼는 듯했다. 괜한 오해를 살까 싶어 일각 나무 그림자 밑 어둑한 곳으로 몸을 뺄 때였다. 굳게 닫혔던 문이 열리고 터벅터벅 걸어 나오는 인영이 보였다. 절름발이처럼 한쪽 발을 절룩거리는 인영이었다. 태도의 무심한 시선이 돌아서려던 순간 인영이 휘청하며 쓰러졌고 횃불 아래 그 얼굴이 선명히 보였다.

"정아!"

온몸의 기운을 다 소진한 정이가 힘겹게 몸을 일으켰고 저도 모르게 달려가 힘껏 정이를 품에 안았다. 고여 있던 눈물샘이 솟구쳐 올랐다. 정이도, 태도도. 울먹이는 목소리가 흘러 나왔다.

"오라버니…… 여긴 어찌 왔어……."

"어찌 이 먼 곳에 혼자 왔느냐…… 가자…… 집으로 가자."

정이는 그저 침묵했다. 그때 낯익은 목소리가 들렸다.

"차라리 잘되었다."

화들짝 놀란 두 사람이 한데 엉킨 몸을 풀자 말에서 내린 광해가 성큼 다가섰다.

"겁 없이 뛰어들어 그리 당하였으니, 더는 불나방처럼 날뛰진 않을 것이 아니냐."

소매로 눈물을 훔친 정이가 미소를 머금고 한 걸음 내딛었다.

"아니요."

또 한 걸음 내딛었다.

"아직…… 시작도 하지 않았습니다."

그러곤 터벅터벅 걸어 가 광해를 스쳐 지나갔다. 겨우 아물어 가던 상처들이 터진 듯 붉은 핏물이 정이의 걸음마다 낙인처럼 찍혔다. 광해는 전혀 무심한 투로 말했다. 입가엔 뜻 모를 미소마저 머금고 있었다.

"그 참…… 정말 대책 없는 녀석이 아니냐."

태도의 주먹이 부르르 떨렸다. 미소를 머금은 광해의 면상에 주먹을 날릴 뻔한 격분을 참아 내는 것보단 스스로를 향한 분노를 참아 내기가 더 힘들었다. 대체 저 아이를 위해 무얼 할 수 있단 말인가. 제 목숨만큼 아낀다 해도 그저 옆을 지켜 주는 것밖에 정이에게 해 줄 수 있는 것이 무엇 하나 없었다. 힘겹게 걸음을 떼 흙바닥에 찍힌 정이의 발자국을 밟아 나갔다. 심장을 쥐어 짜고 짓밟는 기분이라 한 걸음 한 걸음이 그토록 무겁고 아플 수 없었다.

두 사람의 발자국 뒤로 깊은 한숨이 터져 나왔다. 광해는 그저 어둠 속으로 사라지는 두 사람을 처연히 보고만 있었다. 태도의 맘과 다르지 않았다. 왕자라 한들 무엇을 할 수 있단 말인가. 석 달 전, 사기장 유을담이 죽었단 소식을 듣는 순간 말고삐를 낚아채 정신없이 달려갔었다. 주인을 잃은 듯 초가삼간도 죽어 있었다. 오색 천은 빛을 바랬고 가마에서 흘러나오던 나무 탄내도 구수한 밥내음도 모두 죽어 있었다. 행여 정이가 따라 죽지는 않을까 걱정이 앞섰다. 태도가 곁에 있으니 괜찮을 거다 애써 자신을 타일렀으나 피멍이 들어 울고 있을 정이가 눈에 밟혀 아무것도 할 수 없었다. 들어서지도 못하고 만나지도 못할 테지만 행여나 몰라 주변을 서성이다가 정이의 목멘 울음소리가 터져 나오면 아직 살아 있는 것에 안도의 한숨을 내쉬고 돌아서길 수 번이 지난 때였다. 가을 내 방구석에 박혀 있던 정이가 밖으로 나온 지 채 하루도 지나지 않아 사라졌단다. 태도는 분원에 갔을 거라 추측했다. 곡기를 끊고 이승을 떠나는 애통함 따위 겪지 않아도 될 테니 다행이란 생각이 앞섰다. 지금 이 순간에도 그러했다. 다리가 부러진 것도 아니고 명이 다한 것도 아닌데 무엇이 어떠하단 말인가? 저리도 살아 있으니, 언젠가는 그 맑간 얼굴을, 그 총명한 눈빛을 마주할 때가 오지 않겠는가. 고즈넉한 밤 홀로 남은 광해 곁으로 제 주인의 맘을 아는 듯 말이 도리질을 했다. 지독히도 외로운 밤이 그렇게 지나갔다.

뭐가 그리 급한지 낙엽이 채 다 떨어지기도 전에 때 이른 폭설이 쏟아졌고 산이며 들이며 새하얗게 뒤덮였다. 성큼 다가선 겨울 아래 설경이 깔리었고 희뿌연 하늘이 설경에 맞닿아 흘렀던 그날, 정이가 흔적도 없이 사라져 버렸다. 냉기가 들어찬 방에 몇 글자 들지도 않은 서찰만이 정이의 행로를 알리었다. '오라버니…… 이렇게 떠나서 미안해. 사기장이 될 거야……. 엄마가 이루지 못한 그 꿈…… 난 꼭 이룰 거니까……. 믿고 기다려 줘.' 어디로 떠난 건지 알 수 없었고 추측조차 할 수 없었다. 그날 태도가 광해를 찾아와 무릎을 꿇었다. 정이의 소식을 모른 광해가 그저 반가운 마음에 물었다.

"마음을 정한 것이냐."

"……송구합니다. 저는…… 마마를 모실 만한 그릇이 못되옵니다."

"……."

"부디…… 강녕하십시오."

"후회하지 않을 자신이 있느냐."

"자신은 없습니다. 하오나 그 또한 소인이 감당할 몫이옵니다."

그러곤 태도도 사라져 버렸다. 어디로 떠난 건지 알 수 없었고 추측조차 할 수 없었다. 홀로 남은 광해의 머리 위로 그저 청초롬한 그믐달이 쓸쓸히 떠 있었다.

삭풍이 정이의 전신을 훑고 갔다. 눈앞에서 아비를 잃는 동안 아무것도 하지 못한 자신의 무능함에 가슴을 쥐어짰지만 세상은 조금도 변하지 않았다. 하니 제가 변해야 했다. 그리 결심하고 소설小雪 때 내린 첫눈을 밟으며 집을 나선 지 이틀 째였다. 마포나루에서 한강을 건너 남쪽으로, 다시 이천 쪽으로 방향을 틀어 하루를 꼬박 걸었다. 수소문 끝에 문사승이 산다는 고을 초입의 주막에 들러 주린 배를 채운 후 주모에게 물었다.

"혹시…… 이 부근에 가마가 있다고 하던데…… 어딘지 아십니까?"

"가마? 가마라…… 가만! 아…… 그 주정뱅이 양반 말하는 가 본데……."

먼 길을 떠나느라 남장을 하였으나 계집임을 숨길 순 없었다. 남루한 어린 계집이 무엇 하러 가마터를 찾나 의아한 눈길로 정이를 살핀 때에 굵직한 목소리가 끼어들었다.

"내가 잘 알지!"

옆에 앉은 사내가 주모의 말을 낚아채자 주모는 이내 사라졌다. 국밥을 후루룩 목구멍으로 털어 넣은 사내가 그릇을 내려놓곤 고개를 쭈욱 내밀어 듬성듬성 돋은 염소수염을 쓰다듬었다.

"따악 보니 문사승 어른을 만나러 왔구먼?"

잘 안다는 말이 거짓은 아닌 듯하여 조심스레 물었다.

"문사승 어른을 잘 아십니까?"

이내 속사포 같은 사내의 말이 쏟아졌다.

"알다마다! 문사승 어른이라 하믄 이 바닥에서 모르는 이가 드물지. 하지만 나만큼 잘 아는 이도 또 드물 걸세. 하나 이를 어쩌나……, 쯔쯔쯔……. 너무 늦게 온 듯허이. 원체 술을 좋아하는 영감이기도 하지만 근자들어 술독에 빠져 산다는 소문이 파다하단 말이야. 사실이든 아니든 간에 맨정신으로는 만나기 힘든 분이니…… 우선 술 한 잔 들게. 내 가는 길일랑 천천히 알려 줄 터이니, 자자 쭈욱 들이키게 어서."

뭐라 대꾸할 새도 없이 정이의 앞에 술이 가득 따라졌다. 잠시 고심한 정이가 눈을 꼭 감고 술잔을 단숨에 비워 놓자 탐욕 어린 눈빛의 사내가 말했다.

"그래…… 거 돈은 넉넉히 챙겨 왔고……?"

소매로 입을 닦던 정이가 깜짝 놀라 물었다.

"그것이…… 이문은 따지지 않고 가르치신다 들었습니다만."

어허! 헛기침을 내뱉은 사내가 상을 내리쳤고 깜짝 놀란 정이가 두 귀를 쫑긋 세웠다.

"거 헛소문을 듣고 왔구먼, 그래! 그것도 다 옛날 얘기지…… 보아하니 사정이 있는 듯하니…… 내가 좀 힘을 써서 이 일대에서 가장 유명한 사기장을 소개해 줌세. 소개비로 내 몇 푼만 받을 터이니……."

"됐습니다!"

사내의 심산을 간파한 정이가 대뜸 짐을 챙겨 일어서려는데 다급해진 사내가 급히 정이의 소맷자락을 잡고 소리쳤다.

"거 답답하구먼! 취옹 선생의 시대는 이미 갔다니까! 한물 간 사기장을 찾아가 뭐하누! 시대의 흐름을 타야지, 젊은 사람이!"

"됐다지 않습니까?"

저도 모르게 힘껏 사내의 손길을 뿌리치자 그 바람에 사내 옆에 있던 백자 하나가 쿵 바닥에 떨어져 부서져 버렸다. 놀랄 겨를도 없이 호들갑스레 방방 뛰어 오른 사내가 목청을 한껏 키워 정이에게 쏘아 댔다.

"내 귀하디귀한 청화백자가 어찌……! 이 사람이! 싫으면 싫다 말로 하지 왜 멀쩡한 청화백자를 깨부수고 난리야!"

"죄…… 죄송합니다…… 제가 일부러 그런 게 아니라……."

"됐고! 절반 뚝 잘라서 열 냥만 내놓고 가!"

"열 냥이오?"

"열 냥이면 거저지 거저! 이게 얼마나 귀한 백자기인지 알긴 하는 게야?"

"……."

그때 술에 거나하게 취한 노인이 소금을 한 움큼 쥐어 잡곤 자리를 털고 일어섰다. "뭐가 이리 시끄러운 게야……." 하곤 연신 딸국질을 해 댔지만 노인의 술주정에 귀 기울일 겨를이 없었다. 당장 열 냥을 내놓지 않으면 관아로 끌고 가겠다는 사내의 막무가내에 혼이 나갈 지경이었다. 그때 비틀비틀 다가온 노인이 깨진 청화백자 위로 소금을 획 뿌렸다. 느닷없는 노인의 행동에 눈을 치켜뜬 사내가 소리쳤다.

"이 영감탱이가! 지금 뭐하는 거요?"

귀가 먼 듯 대꾸 없는 노인이 소금이 흩뿌려진 파편을 집어 들어 소매로 박박 문질렀다. 움찔한 사내가 더 목청을 높였다.

"대체 뭐 하는 거냐니까! 어여 저리 꺼지시우!"

잔뜩 포만한 트림을 끄억 내뱉은 노인이 주저리주저리 떠들었다.

"거 시퍼런 안료 대충 처발라 청화백자라 하니…… 내 소금 대충 문질렀을 뿐인데……왜, 뭐가 잘못 되기라도 한 겐가?"

양 소매를 힘차게 걷어 올린 사내가 두 눈을 부라리며 달려들 찰나였다. 번쩍 사내 앞으로 내민 파편의 그림이 소금기에 희미하게 지워지고 없었다. 먼발치 깜박이던 기억이 되돌아 온 것인지, 아니면 불현듯 공자 왈의 깨달음을 얻은 것인지. 사내가 느닷없이 짐을 챙겨들고는 부랴부랴 나서며 뒤를 향해 크게 소리 질렀다.

"주모! 거 내 술값은 외상으로 달아 두시게!"

부리나케 도망치며 꽁무니 빼는 사내의 모양새에 안도의 한숨을 내쉰 정이가 고개를 숙였으나 노인은 그저 무심히 주막 문을 나섰다. 정이도 급히 밥값을 치르고 걸음을 뗐다.

여기저기 수소문 끝에 겨우 문사승의 집에 당도할 수 있었다. 뒤로는 제법 큼지막한 산이 있고 앞으로 뚫려 있는 전경엔 수풀진 나무숲과 그 사이를 흐르는 냇물이 그럴싸하니 어우러져 있었다. 마음을 굳게 다잡은 정이가 마당으로 들어서자 문사승 휘하에서 수련을 하고 있는 또래 아이들이 고까운 두 눈을 치켜뜨고 정이를 막아섰다. 이름이 광수인 사내아이는 유난히 키가 크고 삐쩍 꼬아 말랐는데 나이는 서넛 많아 보였고 그 옆에서 팔짱을

낀 미진이라는 계집은 또래 아이였다.

"내 누차 말했지만…… 스승님께서는 댁 같은 자가 함부로 만날 수 있는 분이 아니래두!"

"꼭 만나 뵙고 싶습니다. 방법이 없겠습니까?"

"정 그리 나온다면야…… 내 특별가에 안내하지. 한 냥일세."

이미 저물어 가는 해가 언제 어둠을 몰고 올지 몰랐고, 뻘쭘하니 고개를 뒷산으로 돌린 광수 손바닥을 보니 한 냥이면 문사승 어른을 만날 수 있는 듯했다. 한데 가진 돈이라곤 닷 푼이 전부라 조심스레 닷 푼을 건넸다. 광수의 얼굴이 어두웠지만 예서 싸울 생각은 없는 듯 정이를 공방으로 이끌었다. 광수는 말이 많은 아이였다. 공방으로 향하는 내내 "문전 박대 당해도 내 책임은 아니야, 그렇다 해도 닷푼은 다시 못 돌려주는 것도 명심하고." 등 주저리주저리 반복해서 떠들어 댔다. 그러고 보니 주막에서 만난 사기꾼의 말이 모두 거짓은 아닌 모양이었다. 그때 삐걱 하며 공방 문이 열렸다. 순간 공방을 가득 채운 술내가 밀려들었고 맑았던 정신이 혼미해질 정도였다. 하필이면 술꾼이라니, 물릴 수도 돌릴 수도 없는 현실에 수긍은 해야 했지만 실망감은 감추지 못한 정이의 시선이 공방을 훑었다. 곳곳에 나뒹굴고 있는 술병이 여섯 개에 꼬박 사이에 파묻힌 술병까지 합이 총 일곱 병이었다.

'일곱 병이나…….'

입이 다물어 지지 않았지만 기겁할 여유도 없이 공방 구석에 술에 취해 쓰러져 있는 노인이 눈에 띄었다. 광수와 미진이 급히 문사승을 일으켰지만 고주망태를 바로 잡기엔 힘들어 보였다. 술 냄새에 질식할 것만 같아 저도 모르게 손으로 코를 막는데 잔뜩 인상을 구긴 광수가 헛기침을 하곤 입을 열었다.

"보, 보았지? 밤낮 없이 이어지는 고단한 작업에 쓰러지신 것이니…… 이제 그만 가 보시게……."

실망 가득한 정이의 시선은 대꾸 없이 문사승의 뒷모습에 맺혀 있었다.

"어서! 어허, 어서 나가래도!"

다가선 광수가 정이의 품을 잡아끌었으나 제 스스로도 나갈 참이었다. 이런 사람에게 배움을 얻어 봤자 밤낮 없이 들이붓는 술꾼이 되거나 기껏 해야 술병이나 만들 뿐일 게다. 땅 끝까지 치닫는 실망감에 정이의 걸음이 돌아서려던 순간이었다. 말라붙은 물레 위에 막 완성된 술병이 보였고, 바닥에 뒹구는 술병들도 다시 보였다. 정이가 소리쳤다.

"잠깐만요!"

화들짝 놀란 광수가 손을 떼자 정이가 성큼 걸음을 뗐다. 묘한 두근거림에 심장이 요동쳤다. 정이의 시야에 환상처럼 문사승의 역동적인 움직임이 그려졌다. 멈추고 있는 물레가 쉼 없이 돌아가고 그 위를 물결치듯 노래하는 진흙덩어리, 그리고 그 진흙에 영혼을 담듯 어루만지는 문사승의 섬세한 손길이 보였다. 마치 제 아비 을담을 보는 듯했다. 환영을 털어낸 정이의 시선이 문사승을 향했다. 절망 끝에서 내려온 한자락 희망의 동아줄이었다.

'이분이라면……'

다짜고짜 바닥에 엎어져 두 무릎을 꿇었다.

"받아 주십시오! 어르신의 제자가 되고 싶습니다!"

생소한 목소리에 슬며시 눈을 뜬 문사승이 두 눈을 비비곤 입을 열었다.

"열 냥이 아니냐."

그러곤 연신 딸국질을 쏟아내며 말을 이었다.

"내 저것들도 치워 내지 못해 안달인데…… 짐 덩어리를 또 들이라니…… 됐으니 그만 돌아가거라."

소쩍새 우는 고적한 밤하늘은 묘한 여운이 있었고 시렸던 기억을 알싸한 추억으로 만드는 데는 술만 한 것이 또한 없었다. 채 버리지 못한 삶의 애환이 가슴에 응어리진 문사승에겐 약술이며 진통제였다. 바닥을 보인 듯 찰랑거리는 소리에 아쉬움을 담아 한 모금을 털어 넣으려는데 정이의 목소리에 그만 술병을 놓아 버리고 말았다.

"스승님."

순간 매섭게 변한 사승의 눈초리가 정이를 향했다.

"스승? 대체 뉘가 네 스승이냐?"

작은 가슴에 한기가 한 움큼 휘몰아쳤다. 정이가 조심스레 입을 열었다.

"능력도 없고 배움도 부족합니다. 하오나 며칠간이라도 머물게 해 주시면…… 그저 노력이라도 해 보고 싶습니다. 그때…… 다시 한 번만 생각해 봐 주십시오."

"어리석은 년 같으니! 이곳에 눌러 붙어 망부석이 되건 말건 내 알바 아니고, 그렇다 해도 달라지는 건 눈곱만큼도 없을 것이다! 그리 알고…… 망부석이 되건 말건 니 맘대로 하거라!"

허락이라 할 수도 없는 냉랭한 반응에 여린 어깨가 더 움츠려 들었다. 두 주먹을 꽉 쥐었지만 칠흑 속에 던져진 듯 불안감을 떨쳐낼 순 없었다. 미세하게 떨리는 눈동자에 두려움 가득한 눈물이 차오를까 얼른 하늘을 향해 고개를 젖혔다. 을담이 죽은 후 늘은 게 하나 있다면 눈물을 참아내고 아픔을 삼켜내는 것이었다.

'지켜봐 줘, 아부지…….'

열흘하고도 닷새가 흘렀다. 감히 공방을 기웃댄다는 문사승의 호통에 쫓겨나와 문사승이 잠든 밤늦게서야 공방을 드나들 수 있었다. 그나마도 흙을 축내지 않기 위해 손수 흙을 구하고 물을 길어야 했다. 수비 작업도, 반죽도, 성형도 모두 정이의 몫이었다. 밤낮 없는 정이의 열정에 마음이 동한 광수와 미진이 맘 닿는 만큼 도와주었지만 어리숙한 무지갱이의 여린 손놀림이라 보름이 흘러도 변변찮은 무엇 하나 나올 리 없었다. 시시때때로 정이에게 먹을 것이며 입을 것을 챙겨 준 미진과는 금세 친해졌다. 원체 마음이 수수한 광수와도 마음을 터놓을 수 있었다. 하지만 그럴수록 더 이를 악물었다. 정도正道를 걷고 싶었다. 당당히 문사승의 제자가 되고 싶었다. 반드시 그리해야 했다. 조선 최고의 사기장이 되기 위해선.

새벽녘부터 몰아치던 눈보라는 그칠 기미 없이 더 큼지막한 눈송이를 쏟아냈다. 정이가 그 한가운데에 오롯이 술병 하나를 내놓았다. 그 안에 담긴 뜨거운 청주에서 피어오른 김이 한파에 놀라 금세 허공에 흩어져 사라졌다. 정이는 그 앞에 조용히 두 무릎을 꿇었다. 오늘로서 꼬박 이십 일 하고도 사흘이 흘렀다. 그 사이 백여 개의 꼬막을 만들고 스무 여점의 술병을 만들었다. 그 중 멀쩡히 나온 술병이 딱 한 점이 바로 정이 앞에 놓인 술병이었다. 일다경도 지나기 전에 청주가 식고 설탕가루를 한가득 뿌린 듯 눈이 소복이 쌓였다. 드센 겨울의 한파에 정이의 손발이 꽁꽁 얼어붙었고 발갛게 언 뺨에 서리가 내려앉았다. 한 시진, 아니 일각만 더 그대로 두었다면 그대로 동사를 했을 것인데 보다 못한 문사승이 벌컥 문을 열고 나왔다.

"노력해도 안 되면 떠나겠다……, 분명 네 입으로 내뱉은 말이다!"

잔뜩 노한 문사승이 대뜸 다가와 술병을 집어 들었다. 차갑게 정이를 쏘아 본 문사승이 한 모금 술을 마시곤 불현듯 술병을 뒤집어 정이의 머리 위에 술을 쏟아 부었다. 울컥 눈물이 솟았고 술과 한데 섞인 눈물이 뺨을 타고 흘러 내렸다.

'아니 됩니까. 아니 되는 것입니까. 저는…….'

흑단결 정이의 머리카락과 옷자락이 술에 흠뻑 젖어 들었고 아늑한 절망감에 전심으로 떨리었다. 차가운 눈밭 가운데 앉은 정이가 가여울 만도 하건만 문사승은 마른 입술을 빠져나온 북풍은 동장군처럼 차가웠다.

"이 엄동설한에 한 시진도 더 버티기 힘들 것이다. 내 너를 받아 줄 맘이 없으니 그쯤하고 얼어 죽기 전에 돌아가거라."

침묵에 어린 정이는 그저 눈물만 쏟아냈다. '그래, 여까지 했으니 돌아갈 테지. 가란 말이다. 어서!' 문사승은 주책없는 제 손이 혹여나 정이를 일으켜 세울까 두려워 서둘러 침소로 향했다. 부서져라 문을 닫고 들어와 의자에 앉으니 안타까운 심장의 떨림이 손끝까지 피어올랐다. 오늘 한 짓은, 을담의 자식에게 한 짓은 두 눈을 감는 그날까지 잊지 못할 것이다. 쓰디쓴 술로도 가슴을 짓누르는 애환을 다스릴 수 없어 손에 잡히는 대로 술병을 비우길 네 병째였다. 시각이 얼마나 흘렀을까. 술이 네 병이니 한 시진은 더 지났을 테고, 지금껏 마당에서 눈을 맞고 버텼다면 이 엄동설한에 동사를 하고도 남았음이라. 그리 생각하고 일어서는데 다리에 힘이 풀렸다. 힘겹게 서탁 모서리를 잡아 지탱하자 창밖으로 휘몰아치는 눈보라가 보였다. 허탈한 웃음을 머금곤 이내 비틀거리는 몸으로 밖으로 나갔다.

보고도 믿을 수 없었다. 정이는 여전히 무릎을 꿇고 있었고 두 눈동자가 또렷하니 살아 있는 것이 분명했다.

'미련한 놈 같으니…… 천하에 둘도 없는 곰 같으니……!'

제 몸 어디에 꼼쳐 둔 기운이 있다면 당장 저놈을 동구 밖까지 내동댕이칠 심산에 문을 나섰다. 성큼성큼 향하는 걸음걸이가 성난 들개와도 같았다.

"이 미련한 놈아! 그리 미련해서야 세상 천지 무얼 얻겠느냐!"

정이의 얼굴에 눈물이 주르륵 흘렀다. 꽁꽁 얼어붙어 파랗게 물든 입술이 한참을 파르르 떨다가 겨우 작은 목소리를 흘려보냈다.

"주…… 죽을 만큼 노력해도 되지 않는 것이 있다…… 알고 있습니다……. 저희 아부지가 그러셨으니까요……. 무서웠습니다……. 이루기도 전에 포기부터 할까…… 두려웠습니다……. 그래서 어르신을 찾아왔습니다……. 어르신만 절 믿어 주시면…… 보라는 것만 보고 하라는 것만 하면 다 될 거라고……, 그리 믿고 이리 찾아 왔습니다…….”

제 맘을 감추려는 듯 문사승은 되레 더 호통 쳤다.

“아둔한 놈 같으니…… 설마 하니 최고의 사기장이 되고 싶기라도 한 것이냐. 여인인 네가 감히? 그것을 이룰 수 있는 방도 따윈 애초부터 없다. 기어이 네 꿈을 이룬다 해도 바뀌는 것 또한 없다. 대체 누굴 닮아 그리 미련한 게냐? 모르겠느냐. 술에 찌들어 망가져 버린 내 모습을 보거라. 억울하게 죽은 네 애비를 기억하란 말이다!”

깜짝 놀란 정이의 눈동자가 파르르 떨렸다.

“아…… 알고 계셨습니까? 제 아버지가 누군지…… 알고 계셨습니까?”

“알다마다! 네놈처럼 아둔한 인간이 세상에 그리 흔한 줄 아느냐! 하는 짓이 어찌 그리도 네 아비와 판박이더냐!”

“스승님…….”

“스승님이고 자시고 얼어 뒈지기 싫음 당장 들어가서 몸부터 녹이거라!”

말똥한 정이의 눈동자가 문사승을 향하자 문사승의 호통이 이어졌다.

"뭣하는 게야! 당장 들어가래두!"

순간 샘솟은 눈물이 멈추지 않았다. 아무리 참고 닦고 훔쳐도 끊임이 없었다. 고단한 사기장의 삶에 끌어들이지 않으려는 문사승의 진심이 전해져 알싸한 고통도 일었고 그 맘을 헤아리지 못한 제 알량함에 가슴을 옥죄었다.

"스승님⋯⋯. 감사합니다⋯⋯, 감사합니다⋯⋯, 감사합니다⋯⋯."

목맨 정이의 목소리가 설원에 메아리친 그 밤엔 유난히도 눈이 많이 내렸다. 세상에 깃든 슬픔을 죄다 덮어 버릴 만큼 많은 눈이었다.

〈2권에서 계속〉

불의 여신 정이 (1)

1판 1쇄 펴냄 2013년 6월 10일
1판 2쇄 펴냄 2013년 7월 16일

지은이 | 권순규
발행인 | 김세희
편집인 | 김준혁
펴낸곳 | 황금가지

출판등록 | 2009. 10. 8 (제2009-000273호)
주소 | 135-887 서울 강남구 신사동 506 강남출판문화센터 5층
전화 | 영업부 515-2000 편집부 3446-8774 팩시밀리 515-2007
홈페이지 | www.goldenbough.co.kr

ISBN 978-89-6017-560-0 04810 (1권)
ISBN 978-89-6017-559-4 04810 (set)

㈜민음인은 민음사 출판 그룹의 자회사입니다.
황금가지는 ㈜민음인의 픽션 전문 출간 브랜드입니다.